才能があるが根気がないアレンに
根気が取り
前世の記憶

剣と魔法と学歴社会

〜前世はガリ勉だった俺が、今世は風任せで自由に生きたい〜

「てめぇ、最初のあの大味な上段は……
誘いやがったな？」
「選択肢を少しでも
限定できれば、
と思いました」
デュー
実技試験で
強面試験官を誘導!?

相手が誰であれ
理不尽には屈しない！
「それがお主の考える、己の価値を示す方法か？」
ゴドルフェン
「俺の道を邪魔するやつは、誰であろうと叩き潰す――」

フェイルーン
ジュエリー
自由に振る舞ってるだけなのに、
いつの間にか同級生も教師陣も
アレンにメロメロ!?

剣と魔法と学歴社会

～前世はガリ勉だった俺が、今世は風任せで自由に生きたい～

西浦真魚
illust まろ

口絵・本文イラスト
まろ

装丁
松浦リョウスケ（ムシカゴグラフィクス）

CONTENTS

プロローグ

「アレン様、みっ～け！」

　街の中央を貫く小さな小川にかかる橋、領民から眼鏡橋と呼ばれている、ループが二つ掛かった石造りの小さな橋のたもとで、のんびりと釣り糸を垂らしていると、幼馴染《おさななじみ》のレイナがチェック柄のシャツに茶色のエプロンを掛けた姿で現れた。

「様はやめろレイナ。ガラじゃない。あと声もでかい。……配達帰りか？」

　彼女の手には、実家のパン屋で焼かれたパンを運ぶためのバスケットがある。いくつかの宿屋や食堂に卸しているから、その配達の帰りなのだろう。

「うん配達帰り。だって私もう一二歳だもの。今年は上級学校へ入学する歳ですからね。いくらご領主様が鷹揚《おうよう》な性格だからって、そのご子息様相手にいつまでも君付けという訳にはいかないわ。はしたないもの」

　ご領主様というのは俺の親父の事で、名前はベルウッド・フォン・ロヴェーヌ。爵位は子爵だ。つまり俺は子爵家の息子という訳だ。

　もっとも、この国には子爵など掃いて捨てるほどいる。その上こんなクソ田舎の子爵家三男など、いつかは家を出ることが決まっているので、ほとんど庶民も同然だ。

「ルーおばさんの口真似は止めろ。何がはしたない、だ。この間まで下着姿でその辺りを泳いでいたくせに」

　俺がそう言って目の前の小川を顎《あご》でさすと、レイナは顔を真っ赤にしてぷんぷんと怒った。

「こ、この間って何歳の時の話しているのよ！　そういうアレン様こそ、また勉強投げ出してきたんでしょ？　ゾルドさんが怖い顔で探し回ってたよ？」

　ゾルドというのは俺の生家であるロヴェーヌ家につかえる執事兼家庭教師のじいだ。ロヴェーヌ家の子供たちに親父の代から二代にわたって勉強を教えている。

「毎日毎日勉強勉強、もううんざりだ。こんな事なら俺だって初めからお気楽な庶民に生まれたかったさ」

　俺がそうため息をつくと、レイナは腰に手を当てて抗議した。

「また、そんな事言ってると、ゾルドさん悲しむよ？　あんなに一生懸命なのに。アレン様はロヴェーヌ家の歴代の子供たちの中でも、身体強化魔法の才能に恵まれているんでしょ？　地頭もいいし、本気で勉強さえすれば、あの王国中から選ばれた天才だけが集まる王都の『王立学園』にも合格できる素質があるのにって」

　俺はため息をついた。確かに俺は魔力量にも身体強化魔法の才能にもそこそこ恵まれた。あくまで田舎子爵領レベルで見た限りではあるが。レイナが言う通り、地の頭も悪くない方だろう。だが
――

「そうは言ってもなぁ。興味もない受験勉強なんかを黙々と毎日何時間も出来る奴の頭の中を見てみたいよ……。俺に言わせれば、そんなことを出来る奴の方がよっぽど選ばれし才能の持ち主だ。やればできる奴なんていくらでもいるだろう。でも俺にはできない。ほとんどの奴がそうなんじゃ

ないか？　だから結局俺には才能が無いって——ことだろう」

俺は目の前の小川に流していた浮きが、ほんの少し沈んだ刹那《せつな》に、身体強化魔法をわずかに発動して手首を瞬間的に返し、小さな小さな合わせを入れた。

次の瞬間竿《さお》先がクンと沈み、針に掛けられた魚が横に走り始める。俺は身体強化魔法を再度少しだけ発動して、かかった獲物を難なく取り込んだ。

「ほえ〜アレン君が……じゃなかった、アレン様が釣りしているところ、久々に見たけど、相変わらずその身体強化魔法の制御は神業だね。みんな言ってるよ？　こんな魚がスレた街中の川で苦も無く魚を釣れるのは、アレンの奴ぐらいだって。さすがは遊びの天才、アレン君！　……様！　勉強頑張って！」

俺は横目でレイナを睨《にら》んだ。

「天才なんて言葉で片づけてほしくはない。この釣りの腕は、努力と忍耐の結晶だ」

俺が真面目な顔でそう言うと、レイナは一瞬キョトンとして、そしてころころと笑った。

「ほんと、アレン君は昔から好きな事には信じられない程熱中するタイプよね。どうして勉強にはその集中力が発揮できないのかしら？」

そんな事は俺にも分からない。なぜできないか、というよりも、なぜ受験勉強なんぞに集中できるのかが、俺には全く分からない。

「……レイナは俺が王立学園に合格したら嬉《うれ》しいか？」

俺はふと思いつきで、何となくそんな事を聞いてみた。レイナはほんの一瞬、陰のある顔をして、その後、顔に嘘くさい笑顔を張り付けた。

「そ、そりゃもちろん嬉しいわよ！　あの選び抜かれた天才たちしか通えない鬼の住処、化け物の巣窟《そうくつ》、『王立学園』よ？　私きっと孫にまで自慢しちゃう。ロヴェーヌ領始まって以来の悲願！王立学園合格を初めて達成したアレン・ロヴェーヌは、私の幼馴染だって。私が育てた、なんて言っちゃうかも」

そう言って片目を瞑《つぶ》った。俺はそのあらかじめ準備していたようなセリフは聞かなかったことにして、レイナから目を逸らして立ち上がった。

「魚、お土産にしてくれ。おばさんも姉ちゃんも好きだろ？　うちに持って帰るとゾルドがうるさいからな。竿はいつもの場所に置いておいてくれ」

そう言って尻《しり》についた土を払って歩き出す。するとレイナは後ろから声を掛けてきた。

「……ごめんアレン君！　本当は……少しだけ寂しい。アレン君があの学園に合格したら、違う世界の人になっちゃう気がして。きっともう私の事なんて忘れちゃうだろうって。でも応援しているのは本当なの。アレン君にはこの街は狭すぎる。私思うの。アレン君ならきっと、もっと大きな世界で羽ばたけるって。ドラグーン地方だけじゃなくて、王国中に名前が知られるくらい大きくなれるって。だから勉強、後悔しない様に精一杯頑張って！」

俺は苦笑しながら振り返った。

「……まぁやれるだけやってみるさ」

俺が情けない顔でしょんぼりとそう言うと、レイナは屈託なく笑った。先ほどの嘘くさい作り笑顔ではないその顔を見て、俺は少しだけやる気が出た。

必ず受かるとか宣言できないところが、我ながら情けないな。

……本当に、頭では今は頑張った方がいいって事は理解しているんだ。この街はつまらない。魔法を使えるようになってから、碌《ろく》に喧嘩《けんか》をする相手もいない。

頼む――

頼むから、誰か俺に、勉強のやり方を教えてくれ！

そして4時間後――

1章　ガリ勉覚醒《かくせい》

転生（1）

「ぼっちゃま。……アレンぼっちゃま！」

家庭教師のゾルドが怒鳴る声が聞こえる。

ふと気が付いたら、剣と魔法のファンタジー世界の子爵家三男に転生していた。

いや、三か月後に迫るユグリア王立騎士魔法士学園（通称『王立学園』）の受験に合格するため、昼夜に大嫌いな勉強を強制されており、受験ストレスが限界を突破した結果、前世の記憶を思い出したと言うべきか。

「もう受験まで三か月を切っているのですよ！　ぼーっとしている余裕がぼっちゃまにおありですか⁈」

いきなり前世の記憶を思い出し、頭の中は夢と現実が入れ替わったかのような不思議な感覚だが、ゾルドの説教は遠慮なく続く。

前世では両親の方針で、青春を受験に捧《ささ》げた。もはや死語だったが、いわゆるガリ勉だ。

両親の『世の中は学歴が全て』という偏った古臭い思想を真に受けて、自分の興味や必要性など何も考えずに、ただ機械の様に勉強する子供だった。

自分が転生していることに気が付いて、初めに考えるのがそれか？　と思われそうだが、それぐらい前世では勉強ばかりしていた。

端的に言うと今の俺と逆だ。もしかしたら前世の反動で俺が生来の勉強嫌いなのではと疑いたくなる。

ちなみに、尋常じゃない量の勉強をしていたにもかかわらず、第一志望だった学歴の代名詞的な首都の国立大学には受からず、一浪の末に進学したのは都内にあるそこそこ有名な私立大学だった。

もともと地頭がよくなかったからだろう。

幼少時代からの習慣は恐ろしい。大学生になるころには、勉強をしていないと漠然とした不安を感じ、遊びに行くと罪悪感を覚える体質となっていた。

大学時代の趣味は勉強で、息抜きは資格取得のための勉強だ。

特に目的もなく、たいして役にも立たない資格を色々と取得していた。勉強が好きとか嫌いとか以前の問題で、歯磨きのように勉強が習慣になっていた。地頭が悪かったせいで、大して成果もなかったが……。

……よくもまぁ目的もないのにあれだけ愚直に勉強などできるな……俺からするとまるで理解不能な人間だ。あ、俺の話だった。

「ぼっちゃまは今年一二歳。王都への移動を考えると、実質二か月半しか私が教えて差し上げる時間がありません！　もしぼっちゃまが王立学園にご入学されたとしても、何位で受験に合格し、どのクラスに配属されるかは、その後の成績、そして就職、昇進、人生すべてに大きく響きますよ！

この受験が一生を左右すると言っても過言ではないのです！　ぼっちゃまからは危機感が感じられ

ません。聞いておられますか！」

ゾルドのがなり声を聞いて、俺は遠い目になった。

前世でイメージしていた異世界転生と違う……。

子爵家三男という境遇はともかく、何か途轍《とてつ》もない才能を秘めており、にもかかわらず辺境でダラダラ生きようとしてるのに、勇者様とか、聖女様とか、王子様王女様とかがひっきりなしに訪ねてきて、チヤホヤされるんじゃなかったのか？

まぁそこまで贅沢《ぜいたく》を言わないまでも、いきなり人生がかかった受験が目前というのはあんまりだ。ハードモードならまだしも、夢のかけらもないモードというのはどうなんだ?!　そんな需要はどこにも無いぞ神！

ちなみに前世の俺は三六歳の時に病死したはずだ。

大学でもガリ勉を維持した結果、成績だけはそこそこを維持していたので、何とか大手食品・飲料メーカーに就職し、それまでの努力が実を結んだと安堵《あんど》した。

しかし、現実の社会は両親が口癖のように言っていた、学歴がものをいう世界とはかけ離れていた。

そんな時代は遠い昔に過ぎ去っていたのだ。

学歴が無意味とは言わないが、より求められるのはコミュニケーション能力、課題発見・解決能力、挙句の果てに、業務に関係のない事柄にも関心を持つ知的好奇心と、そこから滲《にじ》み出《で》る一般教養が重要、などと言われていた。

お手上げだった。

それは当時の俺からすると、別人になれと言われているのも同然だった。

当然社会に出てからの評価は『指示待ち君』だの『ＡＩ君（創造力を問われない定型業務だけは早い）』だの、散々な物だった。

三〇歳を過ぎて後輩にもどんどん追い抜かれ、さすがにこれはまずいと思い、何か勉強以外の趣味を探さなければと、焦る気持ちに押されるように、ネットで『趣味を作るには』なんて痛々しい検索をしたりした。

当時は何かに夢中になる、という感覚がまるで理解できなかったのだ。

勉強だけが取り柄のもやしっ子だった前世の俺に、アクティブなアウトドアは無理。そこでまずはインドア派の趣味の定番である読書に目を付けた。

純文学からミステリーまで、それまで読まなかった本を色々と読んでみたのだ。

もともと活字を読むのは苦にはならない。だが楽しいかと問われれば、特に楽しくはなかった。正確に言うと、どこにおかしみを見出したらいいのかがよく分からなかった。

その上『実践・会社コミュニケーション』だの、『感情的になれないあなたのために』だの、『モテる男の裏定理』だの、今思えばインチキくさいビジネス書やハウツー本に手を出して、馬鹿真面目にノートに要点を写したりしている最中に、これでは勉強をしているのと何が違うのか分からないという事に気が付いて頓挫《とんざ》した。実社会で全く成果が感じられなかったこともやめてしまった理由の一つだろう。

半ば強迫観念に駆られるように、如何にも遊びという感じのするゲームやらアニメやらに手あたり次第手を出した。これはまぁ面白いは面白いのだが、やはり遊びの要素が強すぎて、罪悪感は拭《ぬぐ》えない。

そんな中出会ったのが、ネットのファンタジー小説だ。内容がファンタジーとはいえ、何せ小説は活字の分、罪の意識も軽減される。しかも当時は異世界に転生して別人として生きる物語が流行しており、この手の物語は前世の俺の深層心理における人生をやり直したいという不満を実に満足させた。

今思うと苦笑するより他ない。

そもそも、今の俺なら高らかに『趣味は勉強！』と自慢して回って即解決だ。勉強にのめり込めることが如何に貴重な才能か……それが俺には嫌と言うほど分かる。つまり、趣味が何かが問題だったのではない。

「んん？　いやに落ち着いているな俺……」

急に前世の記憶を取り戻した割には落ち着きすぎている。という風に自己分析できるほど、頭も異常に冴《さ》えている。

普通ならついに自分は受験ノイローゼでおかしくなったのかと錯乱すると思うが、この世界にはない言葉や風習などの記憶から、冷静にこれは夢ではないと分析している。

まぁなぜか腑《ふ》に落ちているというのも大きい。感覚的には『そんな馬鹿な』というより、『そういう事か』に近い。なぜそう思うのかは説明できないが、俺がどうしても受験勉強ができなかった理由が分かったような……。

「危機感を持ってくださいと申し上げているのです！　落ち着いている場合ではないのです！　ぼっちゃまは合格ラインギリギリです！」

うるさ……。

「このロヴェーヌ子爵家に生まれたからには、代々王立学園受験に挑戦するのが習わし。しかしその重い扉を開いたものはいないのです。ロヴェーヌ家七〇〇年の悲願！　その栄光の未来が指呼の間に見えているのですよ！　その一族の血の努力と涙の歴史に泥を塗るようなことになれば、私は旦那様《だんな》に顔向けできません！　専属家庭教師として死んで詫《わ》びる所存です！」

な、何かの呪いかこれは？

いくら何でも重すぎる……。

俺は顔を引き攣らせながら、とりあえずゾルドを宥《なだ》めた。

「すまん、じい。考え事をしていた。勿論《もちろん》危機感はある。講義を続けてくれ」

まくし立ててくるゾルドを手で制して頭を下げる。

だがようやく反応した俺に、ゾルドは訝《いぶか》しげな眼を向けてきた。

「……分かっていただけたならよいのです。では講義を続けますぞ」

困惑顔をしながらも、ゾルドはそう言って講義を再開した。

まぁゾルドが困惑した理由には察しがつく。受け答えが俺らしくないのだ。

子爵家という比較的恵まれた環境で、末っ子だったこともあり、周囲に蝶《ちょう》よ花よと育てられた俺は、ほんの三分前まではもっとあまちゃんでわがままなクソガキだった。

先ほどの受け答えをこれまでの俺がした場合、こんな感じのはずだ。

「うるせえ！　朝から晩まで勉強勉強うんざりなんだよ！　そもそも騎士の仕事はなぁ、第一に規律、第二に強さ、あとは仕事の後に飲み屋でワイワイやって背中預けられる仲間作るだけのコミュ力があればいーんだよ。王国の歴史ぃ？　断言するが、俺の人生に役立つことはねぇ！　魔力変換数理学ぅ？　体外魔法の才能がねぇ俺は身体強化魔法を体で覚えるしかねーんだよ！　俺が魔法技師や魔道具士になると思うか？　今日腕がちぎれて騎士の道を絶たれても、それだけはありえねぇ！　無駄だと分かっているものを受験で必要だからって無理に詰め込んで何になるんだ?!　そういう不必要なことを黙々とできる馬鹿が役に立つのか？　大体からして……」

とまぁ、こんな感じで理屈を捏《こ》ねただろう。お勉強嫌いの典型だ。実に世の中を舐《な》めたガキくさいセリフといえる。

まぁそんなことはどうでもいい。

状況を軽く整理すると、まず、俺はつい先ほど前世の記憶を取り戻した。

面倒なので、転生後、一二歳で『覚醒』したということにする。

『アレン』として生きてきた一二年間の記憶はあるが、前世の記憶を取り戻した影響か、少なくとも人格・思考に一定の変化がある。これは間違いない。

ちなみに前世の一人称は『ぼく』だったので、前世の人格がそのまま憑依《ひょうい》した訳でもなく、『脳筋のアレン』と『ガリ勉のぼく』が入り混じった、ハイブリッド状態だと思われる。

そこまで考えた時、俺の脳裏にはなぜか風呂《ふろ》掃除で使う洗剤容器の裏側に書かれている、『混ぜるな危険』という真っ赤な表記が思い浮かんだ。

……脳筋とガリ勉が混ざるとどうなるんだ？

転生（2）

　頭を振って強アルカリ性洗剤の絵面を頭から追い出して、自分を取り巻く環境について、改めて整理していく。

　覚醒前の一二年間の記憶はしっかりあるので今更だが、家族に頭がおかしくなったと思われないためにも、前世と今世の常識をすり合わせておく必要がある。

　俺はこの大陸で一二〇〇年以上の歴史を持つユグリア王国のロヴェーヌ子爵家の三男だ。

　兄姉《きょうだい》には、王立学園受験に挑むも、あっけなく一族七〇〇年の涙の歴史に名を刻み、ドラグーン侯爵領にある貴族学校で官吏コースに進んでそこそこ優秀な成績で卒業した長兄と、同上から騎士コースに進み、これまたぼちぼち優秀な成績で卒業した次兄がいる。

　この国の爵位は長子が継承権一位と明確に決められているわけではないが、概ね慣習としては生まれた順であり、現当主の指名と王による承認で世襲される。

　家族仲もよく、やさしい長男が当主でナイスガイの次男が万一の時のスペア兼領地経営のサポートという形が、既定路線としてほぼ確定しているとみていい。

　面倒な跡継ぎ問題に巻き込まれる危険は低い。

　いずれは家を出ることが決まっている身ではあるが、仮に王立学園に合格できたとしたら、これまた一族悲願の王国騎士団または国家官僚への道がほぼ約束されたも同然と言える。

　王立学園卒業生の輝かしいキャリアの例は枚挙に暇《いとま》がない。

　名もなき田舎の芋男爵家の子供が王立学園から王国騎士団に進み、万の軍団を率いて戦争の英雄になっただの、国家官僚として地域の街道整備事業を推し進め、地域の経済力を大いに盛り上げただのは、ありきたりな話だ。

仮に俺が王立学園に入学を果たしたとすると、その絶大な権力で生家を陰に陽に引き立てられること間違いなしだろう。俺の双肩にかかるプレッシャーはでかい。

ちなみに四つ上の姉も貴族学校の魔法士コース（魔道具士専攻）に入学し、トップクラスの成績で卒業した。

神童と呼ばれた姉であれば、王立学園の受験も間違いなく突破できる。

家族のだれもがそう考えていたが、魔力量による選抜ラインが、たまたまその年だけ運悪く高く、不合格となった。

これればかりは努力でどうにもならない部分が大きいので仕方がないが、受験の神様はどこの世界でも残酷だ。

貴族学校卒業後は、非常に狭き門である王都の特級魔道具研究学院に進学し、忙しく研究の日々を過ごしており、しばらく顔を合わせていない。

だが、実家にいた時は俺のことを目にいれても痛くないほど可愛がってくれていた。いや、覚醒《かくせい》した今だから分かるが、あれはいわゆる重度のブラコンだな……。

あまりに手紙が多いので返信が面倒で返していなかったら、両親に泣きついたようだ。

もっとも、両親はお互いの勉強に差し障ると判断したということで、逆に手紙は月に一度、便せん三枚までと決められていた。禁が破られた場合は俺の目に触れることなく焼却すると取り決められ、姉は憤怒していた。

虫眼鏡が必要なほど小さな文字で三枚の便せんに書かれた呪いの手紙は怖かった。

以上、三男一女が現在のところのわが兄姉構成だ。

次にこのユグリア王国についてだが――

と、そんな事を考えていると、ゾルドと目が合った。

「ぼっちゃま……。今講義とは別のことを考えておりましたな？　このゾルドは生まれた時からぼっちゃまのことを見てきたのです。目を見るだけでそのくらいのことは分かります。どうしてぼっちゃまは……」

再び説教を始めようとするゾルドを手で制す。

「安心しろ、じい。講義はきちんと聞いていた。メモもしっかりと取ってある」

そういって俺はピラピラと三枚ほどに纏《まと》められたメモ用紙をゾルドに見せた。

前世ではどんなにつまらない授業でも飽きることなく、毎日何時間もくそまじめにせっせとノートに纏めていたのだ。

社会人になってからも、会議の議事録の作成は、ナゼかいつまでたっても俺の仕事だった……。

前世基準でせいぜい高校レベルの王国の歴史と地政学の講義など、多少考え事をしていても手が勝手に要点を纏めていく。

最初は胡散臭《うさんくさ》げにそのメモを見ていたゾルドだが、やがて感極まったように顔を震わせ始めた。

メモには、講義内容の要点を簡潔に、且つ分かりやすく纏めてある。

「どうだ、じい。要点を取り違えていたら遠慮なく指摘してくれ」

俺がドヤ顔でゾルドにそう聞いてみると、ゾルドは興奮して紅潮した顔に笑顔を浮かべた。

「……ついに、ついにこのゾルドの誠意がぼっちゃまに伝わりましたか！」

「あぁ暑苦しいほどに伝わった。だからさっさと講義を進めてくれ」

俺はゾルドを適当にいなして講義の続きを促した。

ゾルドは今王国の歴史と地政学についての講義をしている。前世の経験を取り戻した後に聞く講義は、聞いたことのある内容であっても受ける印象がまるで異なる。

前世でも別に歴史に興味などなかったが、ガリ勉と脳筋を混ぜると歴史が好きになる。なんでそうなるのかと聞かれても困る。マイナスにマイナスを掛けたらプラスになると地球でも決められていた。

なんてアホな事を考えながら聞いているゾルドの講義は、歴史や地政学の観点からこの国の貴族制度について説明している。

この国の貴族制はいわゆる公侯伯子男《こうこうはくしだん》制だ。

王家の下に位置する公爵家は、王家の血筋存続のための保険的な扱いで、基本的には領地を持たないらしい。

その代わり道路や水路などのインフラ事業や、商人協会や探索者協会など関与している利権が多く、かなりの権限を有している。

ただ、長い歴史の中で公爵家が増えすぎ、侯爵以下の貴族権益を圧迫したため、血で血を洗う政治闘争があり、その結果、現在は三家と数を厳密に制限されているとの事だ。

俺は机に頬杖《ほおづえ》を突きながら、ゾルドに質問してみた。

ちなみに、前世の『ガリ勉のぼく』は肘《ひじ》を突いて講義を聞くなどという、お行儀の悪い癖はなか

ったので、これは今世の癖だ。

「公爵家が増えすぎるデメリットは分かった。ところでなぜ三家なんだ？」

まさか質問が来ると思わなかったのだろう。ゾルドは一瞬虚を突かれたような顔をして、首を傾げた。

「なぜ、ですか……明確な理由は分かりかねますが、たぶんその取り決めがなされた時代に有力な王家の血族が三家だったのではないですか？」

俺はゾルドのこの説明に首を傾げた。熾烈《しれつ》な政治闘争を経て厳密に三家と決められ、それを何百年も維持しているのに、そこに理由がない、なんて事があるだろうか。

今は惰性で続いているだけかもしれないが、少なくとも取り決めが成された当初は明確な理由があったはずだ。例えば三国志よろしく三すくみの状態を作ることで、一つの家に権力が集中するのを防ぐ、などだ。そういえば徳川も水戸、尾張、紀州の御三家だったな……。

話が逸れたが、こういう『なぜ？』に答えられないままに詰め込む歴史など、実社会ではクソの役にも立たない。

その意味を考え、未来の指針にする事に、過去を学ぶ意味があるからだ。

これが今世で俺が勉強嫌いになった理由であり、『前世のぼく』が、あれほど勉強をしたのに実社会で役立たずだった理由だろう。

覚醒前の俺ならば、ここでたちまち勉強する意欲を失うか、ゾルドをしつこく詰問して不毛な会話を続けるところだが、今の俺はそこまでガキではない。

受験勉強にこの『なぜ？』が不要であることを理解しているからだ。受験という短期的な目的と、中長期的な計画を混同していては、能率が悪い。

そんな事を考えながら、半自動でノートを纏めていると、ゾルドは続けて侯爵家についておさらいを始めた。

侯爵家はこの広い（といってもどの程度の面積なのか把握していないが）ユグリア王国にも九つしかない名家だ。

侯爵家独自の広大な領地を保有しているのは勿論、伯爵以下の周辺貴族のまとめ役をしている。言い方を変えると、この国には九つの侯爵家が纏める大きな地方勢力があり、それぞれが利権を争っているとも言える。

この九つの侯爵領にはそれぞれに貴族学校があったり、探索者協会の大きな支部があったりと、地域の重要な施設が集中している。

王立学園への入学が果たせなかった貴族の子息は、俺の兄姉たちの様に大体こちらの侯爵領立の貴族学校に入学することとなる。

ついでに伯爵以下についても簡単に説明しておくと、まず日本人として突っ込みを入れたくなるのは、この国は貴族家がめちゃくちゃ多い事だろう。

八〇家以上ある伯爵家については、かなり多いように思うがまだ許せる。だが、うちの生家も該当する子爵家は千を超えており、男爵家については八千以上存在する。

もの凄《すご》く大雑把に言ってしまうと、九つの侯爵家が日本でいうところの関東地方や中部地方などの地方を治める大領主だとすると、伯爵家が県知事、うちの実家も該当する子爵家は市長さん、男爵に至っては村の村長さんや庄屋《しょうや》さんのようなイメージだ。

国の大きさが分からないし、社会システムが違うので単純に比較はできないが、日本の市区町村は随分と統合されて確か二千に満たないはずなので、それよりも随分と多い。

こういった利権の絡むものは、増やすよりも減らす方が難しい。国の歴史が長すぎて、徐々に膨れ上がっていったのだろう。

ちなみに、この長い歴史と貴族家の多さで、貴族の血を引く庶民も多い。

いや、多いなどというレベルではなく、もはや貴族の血が入っていない庶民など探しても見つからないだろう。

これだけ多くの貴族家があり、爵位を相続できるのは一人なのだ。相続できなかったものは庶民になるほかないのだから当然だ。遡《さかのぼ》れば王家の血が入っている庶民だってそれほど珍しくはないだろう。

建国当初の時代は、貴族家も今ほど多くはなく、遺伝的な要素も強い魔法的な素質が高く特別な地位に立ったが、現在は庶民と貴族に魔法的素質において昔ほどの差はない。

だから庶民からもたまに魔法の才能に恵まれた人も出るし、その場合は、高位貴族家等が養子にとることもある。

もちろん王立学園をその頂点とする一二歳での上級学校入試から始まる立身出世をサポートする代わりに、権力を使ったお家の引き立てに利用するためだ。

ちなみにこの国には誰でも入れる幼年学校という義務教育に近い基礎教育システムがあり、その上に王立学園や貴族学校に代表される上級学校がある。

建国一二〇〇年の歴史を誇るだけあり、社会システムはかなり完成されており、庶民を含め進学率はかなり高いとの事だ。

こんな田舎のパン屋の三女であるレイナでさえも、服飾の専門学校に進学するみたいだしな。

まぁ何が言いたいのかというと、この世界は日本の様に義務教育後も進学するのが一般的で、その進学先や成績が人生に結構な影響をもたらす世知辛い事この上ない超微妙な学歴社会だという事だ。しかもたかが田舎子爵家の三男など、経済的にちょっと裕福な一般人と変わらない。

せっかくあこがれの剣と魔法の有る異世界へ転生を果たしたのに、その実態は学歴社会……。

う～ん………チェンジ！

俺がこのように心の中で神にやり直しを所望していると、ゾルドがいつのまにか、またじとりとした目で俺を見ていた。

俺は慌ててガリ勉の特殊技能である『半自動ノート取り』で纏めた紙を開陳した。『前世のぼく』と違い、我ながら汚い字だが、要点を簡潔に纏め、疑問点などを整理したその内容には自信がある。

内容を確認したゾルドは目を丸くした。

だがここでほめすぎては元《もと》の木阿弥《もくあみ》と考えたのだろう。ゾルドは顔を引き締めた。

ガキの頃から説教され続けてきたのだ。ゾルドの考えていることは、目を見ていれば大体分かる。

「べ、勉強は継続です。油断なさらずこの調子で三か月間、死ぬ気で頑張りましょう！　このゾルドが、必ずや、必ずや！　ぼっちゃまを合格に導いてみせます！」

……貴族の息子に死ぬ気とか言うなよな。ほぼ一般人だけど。

だがしかし、これまでの俺ではじいの退屈な授業の要点を、要領よく纏めていくなど不可能だったはずだ。

というか、生来の気質的に、まず一時間も聞いていられなかった。

それがどうだろう。急に覚醒したから前後比較でよく分かるが、勉強が苦になる感覚が嘘のように消えている。といって遊び回りたい感覚が消えている訳でもない。

……これは色々と検証する必要があるな。

講義の時間

そんなわけで、転生したことがどのように影響したかや、転生したからこそ考えが及ぶことについて、せっせと検証を繰り返している。

もっとも、じいの講義が朝の八時から夜の一九時まであるので、自由に動けるのは朝食前と、夕食後から就寝前までだ。

通常、王立学園に代表される上級学校の入学試験は実技と座学があるので、午前と午後に分けてそれぞれ訓練と勉強を行うことが多い。

だが俺の場合は実技はすでに及第点を十分クリアしていると思われたため、大幅に遅れている勉強を取り戻すため、ゾルド肝いりの『絶対合格プロジェクト』が当主（親父）にプレゼンされ、半年前から午前も午後も座学へと切り替えられている。

だが――

絶対合格
八時～九時：朝食
九時～一〇時半：言語学・文章学
―休憩―
一一時～一二時半：物理学・魔法理論
一二時半～一三時半：昼食

一三時半～一四時半：午睡
一四時半～一六時：歴史・地政学
—休憩—
一六時半～一八時：軍略・政治

ぬるい……。

浪人時代、悪い地頭で一日一八時間三六五日という猛勉強をして、根性で有名私立大に進学した俺だ。

俺の勉強部屋に張り出されたこんな張り紙を見て、ほんとに合格させる気があるのか心配になってしまったほどだ。

一日六時間勉強など中学生レベルだろう。

まぁ一二歳ということを考えれば妥当なのかもしれないが……。

あまりにぬるいので、俺は覚醒《かくせい》翌日にスケジュールの改定を要求した。講義時間を八時から一九時までとし、休憩と午睡を削って昼食は一五分で十分だろう。

元ガリ勉としては、朝の六時から夜の二四時まででもよかったのだが、能力の検証その他確かめたいこと考えたいことが山ほどあったので、泣く泣くこの辺を落としどころに留めておいたのだ。

時間が空けば効率的に自習をする自信もあったし。

「しかしぼっちゃま、ただ時間を長くすればいいというわけではありませんぞ。ぼけっと時間が過ぎるのを待つ時間を長くすれば成績が伸びる、というわけではありません。私はとてもこのスケジユールでぼっちゃまが気を入れて勉強をできるとは思いませんな」

ゾルドは俺が提示したスケジュール表を見て、やる気は評価するものの、よく若者が陥りがちな過ち、と婉曲《えんきょく》に言っていた。

なるほど、その指摘は一般的には正しい。昨日までの俺ならば、闇雲に時間を増やしても逆効果となっていただろう。

だがさすがにこれ以上は勉強時間を削りたくはない。この受験の成否のインパクトが、実際のところどれほどのものなのかまるで分からないのだ。

覚醒前は、落ちても貴族優遇のあるドラグーン地方の貴族学校に行って、就職の試験で今度こそ頑張ればいい、なんて安直に考えていた。

だが今やらないやつは、いつまで経ってもやらないだろう。

人生設計はゼロ、この社会の構造など何も理解していない。それはある意味で前世の自分と同じだ。

前世で学歴が全てだと何の疑問も持たずに信じ、あれ程後悔した俺だ。

転生してまで学歴が大事だと言われて、はいそうですかとそれを鵜呑《うの》みにするつもりは全くないが、せっかく転生したのにいきなり極端に人生の選択肢が狭められ、気が付いた時には社畜になるよりほか道がない、なんて事態は避けたい。

「……何を悠長な……この三か月に一生がかかっていると言っても過言ではないんだ！　俺の双肩にはロヴェーヌ子爵家七〇〇年の悲願がかかっているんだぞ？　もっと危機感を持て！」

ゾルドは一瞬何を言われたのか分からないように呆《ほう》けていたが、やがて顔を真っ赤にしながら震え始めた。

「昨日の勉強態度にこのゾルド、感服いたしましたが、まさかそのようなセリフをぼっちゃまより聞ける日が来るとは……本気なんですな！」

「分かってくれたかじい！」

「分かりましたとも！　このゾルドが責任をもって、合格に向けた戦略を立てさせていただきます！　休憩は講義の間に一〇分だけ、昼食の一時間は仕方ないとして午睡はなし！　王都に行ってらっしゃる旦那《だんな》様にお手紙でプロジェクトの変更を宣言しておきますので、後悔しても逃げられませんぞ！」

俺はがっくりと肩を落とした。どれだけ受験を舐《な》めてるんだこいつは……。

「じい……なんで昼飯に一時間も必要なんだ？　今の俺にのんびりとダイニングに移動して、コックが温めた、あったか～いスープを飲んでいる余裕があると思うのか？　サンドイッチでも弁当でも何でもいいからパパッとこの部屋で済ませれば一五分もあれば足りるだろう？」

「へ？　しかしそのような冷たい食事はさすがに貴族家のご子息としてどうかと――」

「じいよ、何のために勉強するのかをよく考えてみろ。合格できなければその辺で庶民として生きていくしかない俺が、この大事な時期に形だけ貴族ぶっても仕方がないだろう」

俺がこのようにど正論を口にしても、じいは困惑顔で反対してきた。

「そ、それはその通りですが、適度に休憩を挟まないとぼっちゃまの性格からして――」

俺は再びゾルド《じい》の言葉を手で制した。

「受験には合格と不合格しかない。いくら努力をしても、合格しないと意味がないんだ。であれば、勉強の強度は『俺がこなせそうなライン』に設定するのではなく、『合格できるライン』に設定するしかない。ライバルは自分ではなく、他人なのだからな。それで潰《つぶ》れるのであればそれまでだし、合格を目指さないのであれば初めからやらない方がましだ。時間の無駄だからな。そして――常識的な計画では、俺は受からない」

俺は自信満々に断言した。

当日受験する人間だけでも一万人もいて、合格者はたった百人。魔力量や学力が明らかに足りず、そもそも受験資格すら得られなかった人間も含めたらその倍率は天文学的な数字になる。仮に実技で多少のアドバンテージを持てたとしても、中途半端な勉強では合格は不可能だろう。

受験の神様の非情さは前世で身に染みているのだ。

「で、ですが――」

しつこいな?!

ゾルドには俺が提示したスケジュールを継続できるビジョンがまるでないのだろう。これまでさんざん勉強から逃げ回ってきたからな……。身から出た錆《さび》なのは百も承知だが、俺はめんどくさくなってつい語気を強めた。

せっかく異世界に転生してやりたい事が沢山あるのに、勉強の合間に食う飯に時間を掛けるほど暇ではない。

「しつこいぞ！　例えば将来騎士団に入れば野営しながら討伐任務に当たることもあるだろう。いつ魔物に襲われるか分からない戦地で、常に温かいものばかりを食べられると思うか？　王立学園に合格することはあくまで通過点であり、ゴールじゃないいんだ！　その先を今から考えることが、人生を分ける！」

これは俺の本心だ。ビジョンの無い勉強がクソの訳にも立たないことは、前世の人生で立証されている。そもそも、飯などはたまには贅沢《ぜいたく》もいいが、単純に手を掛ければ満足度が上がるものではない。

ゾルド《じい》が『あなたは誰？』とでも言いたげな顔で呆然《ぼうぜん》としたので、俺はここぞとばかりに畳みかけた。

「いいかじい、ぬるい考えは今捨てろ！　ここは追い詰められた戦場なんだ！　孤立無援。入学試験という敵は強大で、こちらは劣勢だ。だが倒すほか生きて帰るすべはない。しかも期限が切られている……。人生にはゆとりも必要だ。何のためか？　それは、どうしてもやらなくてはならない時に、底力を絞り出す必要があるからだ。俺が踏ん張らなければいけない時はいつか？　妥協してはいけない時はいつか？　それは今だ！　決めたぞ！　明日から俺の昼飯は野営用の携帯非常固形食だ！　ここで午後の予習をしながら食べる。文句はないな！」

俺が滑らかに回る口に任せて前世の熱血塾講師の様な煽《あお》り文句を勢いで並べ立てると、困惑気味だったゾルドの目にたちまち闘志が漲《みなぎ》る。

くっくっく。

こういう熱いセリフが好きだというゾルド《じい》の性格は織り込み済みだ。

「朝八時から夜一九時まで、休憩はなし、昼食は一五分……で、よろしいんですな……？　昨日まではことあるごとに、しっこだうんこだと講義を中断しておりましたのに。持病の頻尿はもうよろしいので？」

じいの口元には笑みが浮かんでいたが、目は全く笑っていなかった。

「くどい！　お前はこのロヴェーヌ子爵家の専属家庭教師だぞ。もっと自覚を持て自覚を！」

その言葉を聞いた瞬間、じいの目からすっと色が消えた。

しまった、ガキみたいな過去の行動を指摘されてつい口が滑った。

親父の代から立派にこの家の子供たちを育て上げてきた家庭教師としての誇りを、そして俺に魔法の素養があると判明したときから、誰よりも王立学園合格を切望してきたじいの気持ちを、よりにもよってこの俺に虚仮にされたのだ。

それは、踏み込んではいけないラインだった。

◆

こうして俺は、無事万全な一日のスケジュールを確保した。もっとも、口が滑らかに回りすぎて多少の手違いはあったが……。

「なあじい、お前まで携帯非常固形食を食べる必要はないんだぞ？　コックに言ってサンドイッチでも作ってもらえよ」

「結構。ここは戦場ですぞ。他者へ情けを掛けている場合ですかな？」

目が据わってる……。

「じい。年寄りは近いだろう。俺は課題を進めておくから、トイレ休憩ぐらい取れ」

「結構。オムツを穿《は》いておりますので、不測の事態にも安心です」

怖いって……。

検証

一か月が経った。

入学試験まであと二か月。王都への移動を考えると、この生家で過ごすのは一月半だ。

この一か月で、覚醒が自身の能力に与えた影響についてはー定程度理解が進んだ。と言うか性格はともかく能力にはそれほど変化がなかったので、転生の影響に関する検証自体は一日で終わった。見知らぬ世界に赤子として転生してスタートを切ったわけじゃない。自分がどう変わったかなど差分を考えれば終わりだ。

結論から言うと、頭脳および人格以外に大きな変化は見られない。

感覚的にそうだろうとは思っていたが、転生チートで俺ＴＵＥＥＥではないらしい。

少々意外であったが、頭脳はけっこう強化されたと思われる。唯一の覚醒メリットだ。

単純に知識が増えたというだけではない。

元来、記憶力や思考力は自分の関心が高い分野に発揮されやすい。そして、俺は憧《あこが》れの剣と魔法のファンタジー世界へ転生したわけだ。

覚醒前の『アレン』があって当然だ、そういうものだ、で片づけていた知識が、今はなんとも興味深い。

異世界転生もの序盤のお約束といえる、深夜の魔法のコソ練などをするにしても、知識がなければ始まらない。

この一か月、魔法理論や、魔物知識、王国の地理や歴史などを貪《むさぼ》るように学んでいた。

もう一つ、これは推測だが、記憶の重ね合わせが物理的に頭脳の能力を向上させていると思われる。

『アレン』はお勉強嫌いではあったが、もともと『前世のぼく』と比べて地頭はかなり良かったように思う。単純な記憶力だけではなく、思考の速度や深さも段違いだった。それにしても、覚醒後は頭の回りはもう一段二段良いように思える。

人の頭脳は使えば使うほど鍛えられる。例えば読書量は、言語化能力や論理構成力、語彙《ごい》量などに直結する。本読んでないバカはすぐ分かるというやつだ。

また、計算能力などでも、フラッシュ暗算などを幼少期から習っている子供を見ると、信じられない速度で暗算をしたりする。

そして、そうした頭脳能力は子供の頃ほど伸びやすい。

俺は、一二歳のまだフレッシュな脳みそに、今世一二年と、前世三六年の経験を無理やり時間を圧縮するような形で積んだ形となっているのだ。

普通はどれだけ効率的に教育を詰め込んでも不可能だろう。なにせ時間は平等だ。

一二歳までに常人の四倍ほどの負荷がかけられたことになる俺の脳は、さぞ皺《しわ》が多いことだろう。あくまで推測の域を出ないが、考えても結論の出ることではないので、そう納得することにした。

次に運動能力だが、こちらには大きな変化は見られなかった。

まぁ前世もやしっ子だった時の運動神経と平均を取られて運動能力が大幅ダウンした、なんて落ちも少し心配したから、そうならなかっただけましだ。

そして俺的に重要な関心事項だった魔法的な素質にも残念ながら大きな変化は見られない。

『アレン』が使える魔法は、体内の魔力器官に溜《た》めた魔力を利用することで、身体能力を強化する身体強化魔法のみだった。

この魔法は誰でも習得可能であり、且つ非常に使い勝手が良いので、身分の貴賤を問わず誰もが利用する一般教養のようなものだ。

荷運びも農作業も、身体強化魔法を効率よく使うと生産性が違う。

ただし、その到達レベルは個人によって大きく異なる。

身体強化魔法に重要な魔法的な要素は二つある。

体内に魔素を取り込むための器の大きさ、すなわち魔力量と、取り込んだ魔素を自在に操作する魔力操作に関する能力だ。

魔力量は、大体一二歳ごろまでに完成すると言われる魔力器官の基礎容量と、魔力圧縮率によって決まる。

基礎容量はずばり生まれ持った才能で、魔力圧縮率は、努力の積み重ねにより少しずつ伸びていくらしい。

当然保有する魔力量が大きいほど、出力の最大値を大きくとりやすいし、魔法の継続時間も長くなる。

魔力操作については、はっきり言ってセンスだ。

もちろん訓練によってある程度は伸ばすことはできるが、生まれ持ったセンスが圧倒的にものをいう領域のようだ。

俺の場合は、魔力の保有量も人に比べて優れてはいたが、この魔力操作に関するセンスがずば抜けて高いと言われていた。

自分のセンスが、この世界で相対的にどの程度のレベルなのかは測りかねるが、実技の家庭教師をしていた田舎道場の剣術師範によると、魔力操作に関していえば王立学園でも最優秀な者たちが集うAクラスも視野に入るのでは？　とのことだ。

田舎道場の師範のおべんちゃらでないことを祈るばかりだが、この師範は俺が一一歳になるころには早々に『私に教えられることはない』とか無駄にかっこいいセリフを言い残してさっさと辞めてしまったので、自分の立ち位置がどの程度なのかはさっぱり分からない。

それ以後は身体強化魔法が得意な母上にたまに稽古《けいこ》を付けてもらっていたぐらいで、大体自己流だ。

くどくど説明したが、覚醒《かくせい》した事による魔力量および魔力操作のセンスへの影響も特にはなさそうだった。

魔力量は魔道具で測定可能なので、計測したら覚醒後も変化がないことはすぐに分かった。

一般人を含めた平均基礎容量が大体百程度、俺の場合は二千ほどだ。

俺は現在のところ魔力圧縮により容量の一・二倍程度の魔力を扱えるので、概ね二四〇〇程度が最大魔力量となる。

ちなみに、王立学園合格者の平均魔力量は大体二千程度、選抜ラインの数字は千程度、（姉の年はこれが運悪く一五〇〇と例にないほど高かった）、トップ合格者は毎年一万を超えてくるとのことだ。

千年を超える歴史のある王立学園入学試験のベストスコアは、三〇〇年ほど前に記録された六万七千という記録がある。のちに臨床魔法士中興の祖と呼ばれる偉大な魔法士が一二歳で記録したそうだが、彼は入学試験に不合格となっている。

勉強にからっきし興味が持てず、座学が選抜ラインに到達していなかったそうだ。

この話は、王立学園が座学を含む総合力を大事にするというスタンスを象徴する逸話であり、いかに実技が優れていても選抜ラインは厳正に運用するという証明でもある。

座学を軽んじる子供にする説教話として有名で、勉強が大っ嫌いだった覚醒前の俺はもちろん耳タコで聞かされた。

一方で、魔力操作のセンスを数値化するのは難しい。

前世の体育測定のような、数値化しやすい単純運動は、筋力などの素の運動能力が大きく影響するし、魔力量も重要になってくる場合が多い。

ただし、見る人が見れば魔力操作のセンスはすぐに分かるとのことだ。

魔力を利用する際の瞬発力や、体の動きとの一体性など、言語化・数値化が難しい部分を見ているらしい。

もちろん、自分の魔力操作の能力に大きな変化があれば、自分では感覚的に把握できる。

そんなわけで、とにかく頭の出来以外に既存の能力には大した変化はない。

いや、実は能力と言っていいかは分からないが、この一か月でもう一つ大きな変化をわが身に感じ取っていることがあった。

バイタリティだ。

言葉では説明し難いが、生きる力とでもいうか、困難を乗り越えていく原動力のようなもの、それがこの身に満ち満ちているのがはっきり分かる。

感覚的な話になるが、人の二倍の魂のでかさ、生命力のようなものを身の内に感じる。

ではこの一か月、あふれるバイタリティにものを言わせて、何をせっせと検証してきたのか？

それはもちろん……

「いくぞ～ファイアーボール！」

ドーン‼

……などが、俺に出来ないかを検証していたのだ。

だって魔法がある世界に転生したんだよ？　やりたいじゃん、かっこいいじゃん。俺前世では断然賢者派だったし。

……そして改めて再確認したことは、俺が体外魔法を使用するのは極めて困難だということだ。

人生設計

この世界はかなりの学歴社会で、しかも大事な受験がすぐ目の前にあって、おまけに勉強が苦では無くなったものだから、つい条件反射的に合格を目指してしまった。

だがよくよく考えてみると、前世の教訓で、王立学園さえ出れば安泰、などと言われても、とても安直に信じる気にはなれない……。

この世界には、八歳から一二歳までの期間で読み書き計算や、地理歴史などの一般常識を教える幼年学校がある。

俺も一般的な子爵家の三男よろしく、地元にある庶民も通う幼年学校に昨年まで通っていたのであるが、この一年は通っていない。

一一歳の時、基礎魔力量が大きく伸び、勉強さえ頑張れば王立学園合格も視野に入るということで、専属家庭教師による徹底的な受験勉強を課されたからだ。

ちなみに、優秀な人材を広く拾い上げる目的で、国が主催して年に二度開催される、王国共通学科試験という名の模試のようなものまである。

一か月前の最後の模試での試験成績を見るに、合格確率は一〇%以下（可能性あり）とのことだった。

ご丁寧なことに合否の可能性判定まであるのだ。

幼年学校で飛びぬけて優秀なものは高位貴族に養子に取られるなどして囲い込まれるし、そうではなくても庶民も上級学校へと進学するのが一般的だ。

その方が就職にも出世にも有利だからだ。

ちなみに、なぜ上級学校が一二歳受験と決められているかというと、九歳ごろから伸び始める魔力の基礎容量が、遅くとも一二歳には伸びが止まるからだ。

子供の概ねの才能が見えるのが一二歳というわけだ。

進学先としては、王立学園や貴族学校に代表される総合学校の他、騎士学校や魔法士学校、漁業や林業や服飾などの職能訓練学校などもある。

どうしても学費生活費が苦しいものは、探索者協会が運営する探索者養成学校の様に一定の条件下で無償の技能訓練を受けられる学校も沢山あるらしい。

それにしても、転生してまで受験戦争を経験することになるとは……。

前世は地頭の悪さで苦労した俺だ。

憧れの『学歴の代名詞』への合格が、あと二か月本気で取り組めば手の届くところにあるのだから、まったく惹《ひ》かれないと言えばウソになる。だが、首尾よく合格したとして、前世同様学校でも必死に就職を見据えて勉強するのか？　そしてその結果例えば王国騎士団に入団できたとしてどうする？　という疑問もある。

入団後もどうせ騎士幹部学校を目指して勉強に訓練に明け暮れて、出世競争に明け暮れて、上司と部下に挟まれて胃痛に悩まされて、あわよくば男爵ぐらいを叙爵される、そんなゴールを目指して生きていくのだろうか？　転生してまで？

何も考えずにズルズルと流されていると間違いなくそうなるだろう。

覚醒からこちら、自分の性格の変化を慎重に見極めてきたが、俺はやはり別に偉くなどなりたくない。貧乏だってかまわない。

『前世のぼく』も出世欲のようなものは特になかったしな。

ただ、漠然と安定のようなものを求めて……そして何も得るものもなく死んだ。どう見てもつまらない人生を送った、気の毒なやつだ。俺だけど。

……うん。

自分のやりたいことをやろう！

立身も、安定もくそくらえだ。

この世界には剣と魔法があり、探索者がいて、魔物がいて、未知なる世界が広がっているのだ。覚醒前までは当たり前だったこんな事実が、俺の胸を高鳴らせる。

ふと、前世の最期、病院の窓から見ていた、ぷっかりと浮かぶ真っ白な雲を思い出した。

そうだ、あの時。

あの雲のように、風に流されるまま、気の向くままに、自分がやりたい事は何かだけを考えて生きていればよかった……。

そう強烈に後悔したんだった。

生き方に正解なんてものはないだろう。

だが今世は自由気ままの『風任せ』に生き、来世で今世を思い出した時に『楽しそうな人生で羨《うらや》ましい』と思える一生を送ろう。

朝の五時に起きて走力トレーニングをしながら、そんな事を密かに決心しつつ、さて日課の素振りをしようと庭に出た。

覚醒前までの俺は、運動そのものは好きな方だったが、実践的な模擬戦などの練習を好む傾向があり、基礎鍛錬を疎かにしていた。

それでも実力の伸びは、少なくともこの田舎では群を抜いていたのだから、確かに才能はあるのだろう。

しかし……覚醒した今なら分かる。『型』を突き詰めていくことの意義が。

地味な反復練習を積み重ねることの楽しさが。

そんな訳で、前世のガリ勉で培った一種のストイシズムを遺憾なく発揮して、朝は主に体力の向上のための運動と、剣技の基礎練習を、夜はこれまたサボっていた魔力圧縮の訓練を行っている。

やや才能に恵まれているとはいえ、転生チートの要素が見つからない今、基礎能力が低いと明るく楽しい異世界ライフなどどこにも見つからない。

そんなことを考えながら木刀を手に庭に出たところで、見ごろの花をつけた木の下で植え込みの手入れをしている、庭師のオリバーをみつけた。

彼は確か昔探索者をしており、引退後、うちの庭師になったはずだ。

異世界へと転生して自由気ままに生きるとすると、まず真っ先に頭に思い浮かぶのは冒険者とか探索者の類だ。

「相変わらず朝早いな」

俺はオリバーに声をかけてみた。

「これはぼっちゃん。今朝もトレーニングですかな？」

最近、朝の自主トレを始めたのを見られていたか？

「あぁ、最近は勉強ばかりで体がなまって仕方がない。気分転換だ」

「近頃は人が変わったように勉強に打ち込んでいると、ゾルドさんが言っておりましたからな」

俺が苦笑しながらそう答えると、オリバーも気持ちは分かると言わんばかりに笑った。

「この花をつけた木はなんて名前なんだ？」

オリバーは意外そうな顔をした。そんな事を聞かれると思っていなかったのだろう。

「あぁ、これはハナミズキの木ですな」

「へぇーなるほどなぁ～、薄紅色だ」

「薄紅色……。なるほど確かにピンクとも朱色とも違う。言われてみれば、薄い紅色、というのが一番しっくりきますな」

ぼっちゃんは感性がみずみずしいですなぁ、なんてオリバーは感心しているが、日本人なら大体同じ事を言うだろう。

「なぁ、例えば探索者となって立身出世するのってどれくらいの年月がかかるんだ？　ある程度の実績を詰めば、そこから騎士団に入団することも可能なんだろ？」

俺がたわいのない雑談の体でそのように聞くと、オリバーは沈黙した。

少し前まで受験が嫌で勉強をサボりまくっていた事は、当然オリバーも知っている。ここで下手なことを言って、妙な問題になったらたまらんと顔に書いてある。

「勘違いするな、勉強がいやだとか、王立学園の受験をやめたいとか言うつもりはない。だが、勉強をするにも『なぜ必要か？』という動機の有無は、成果に直結する。探索者も庭師も同じだろ？」

俺は笑顔で努めて軽い調子でそう付け加えた。

それを聞いたオリバーは納得したのか、やや疑惑の残る表情のまま口を開いた。

「そうですな、確かに庶民で生活に余裕の無いものが、探索者として日々の暮らしを立てながら、実績を積んで騎士団に入団するというケースは聞きますな」

ほう。

お仕着せのお勉強ばかりしているよりも、そちらの方がよほど魅力的だ。

俺が食いついたと見て、オリバーは慌てて続けた。

「ただし、ぼっちゃんが目指す王国騎士団ともなると、なまなかな実績じゃとても無理ですな。最低でも特殊技能を持ったBランク資格。それなりの待遇をと思うとAランク資格の実績が欲しいところでしょうな」

AとかBとかきた！　これは異世界マニアとしてぜひ設定を確認しておかなくては！

覚醒《かくせい》前の俺は、探索者＝貧乏人の日雇い労働者と安直に考えていたので、全く興味がなかったのだ。

「ふーん。ちなみにランクっていくつあるの？」

「探索者協会に登録した段階でまず最初はGランク資格をあたえられますから、Aランクまでの七ランクありますな。その上に一応Sランクもありますが、これは勲章を授与されたものの名誉階級のようなものですな」

ふむふむなるほど。

「ランク上げるのってどれくらい大変なの？」

「そうですな……Eランク資格まではとにかく決められた依頼数をこなせば上がるので、そこそこ才能がある人間が頑張れば、二年ほどもあれば上がれるかもしれませんな」

ここでオリバーはひげもじゃだけど、どこか優しげな丸い顔を、厳つい表情に変えた。

「ただし、EからDランクへの昇格は、決められた依頼数をこなすほかに、協会が指定するいくつかの依頼を最短でも数か月単位かけて達成する必要がありますな。その間に人格・識見を審査されますんで、運もからんで早くともおおよそ五年はかかりますな」

「EからDまでで最短五年かぁ、それはまた随分と気の長い話だな」

「妥当なところですな。Dランクの探索者と言えば、仕事人としてどこの世界でも通用する人材だと、探索者協会が太鼓判を押すということですからな。Dランクの探索者なら、腕っぷしに覚えがあれば上級貴族のお抱え騎士として声がかかることもありますな。わしも一五年こつこつ実績を積んで、Dランクまで昇級したからこうして庭師として旦那《だんな》様に雇ってもらえたんですな」

「へぇ～ちなみに、Dランクの探索者って儲《もう》かるの？」

「うーん、ぼっちゃんの感覚からいうと、儲からないですな。子供が二人もいて、上級学校に進学させようと思えば、奥さんにも働いてもらって慎ましく生活しないと苦しいでしょうな」

俺は前世でいう中小企業の係長くらいを思い浮かべた。

う～ん夢がない……。

「ちなみに、うちの庭師とか、貴族の私兵とかならそれなりに儲かるの？」

「わしの給金は、稼ぎとしてはDランクの平均的な探索者よりは少ないでしょうな。危険がないんで当然ですな。わしは今の仕事が好きですし、独り身なんで、安定して今の給金が貰《もら》えれば十分ですがな。貴族のお抱え騎士も最初は似たようなものでしょうな。なってから出世していけば、それなりにはなるでしょうがな」

「ふーん。世の中甘くないな。ちなみに、BとかAに上がるのはどれくらい大変なの？」

「う～ん。そこまで上の世界になると、田舎者のわしには、はっきりとはよく分かりませんな。このあたりにいるのはCランク探索者がせいぜいでしたのでな。それでもわしからしたら大した人たちでしたな。その人たちは少なくとも一五年、二〇年のベテランでしたな。AランクBランクとなると、経験はもちろん、特別な才能をもっている方らがほとんどではないですかな」

「そっかー、じゃあ王都とかまで行かないと、そのクラスとかはいないってこと？」

「うーん、王都はもちろんですが、例えばドラグーン侯爵領都のドラグレイドまで行けば、Aランク探索者も何人か所属していると思いますな。あそこの近くにある遺跡群は魔物の量と素材の質が王国でも指折りだと言われておりますからな」

そこで、オリバーはふっと笑って、植木の剪定《せんてい》ばさみを置いた。

「しかしそんなこの国の探索者のトップ連中の多くが目標にしているのが、王国騎士団への入団なんですな。そこに入れるかもしれないぼっちゃんは本当にすごいですな」

「え！　Aランク探索者ってそんなに夢がないの?!」

聞き捨てならない話が出てきた。

つい先ほど『自由にやりたい事をやって生きる！』なんて結論に到達しつつあったのだ。

適当なところで競争社会からドロップアウトして、探索者としてアウトローな生活をするのも楽しそうだ……なんて気持ちもなくはなかった。

「そのクラスまで行くとさすがに儲からないってことはないでしょうし、社会的地位も高いでしょうがな。なんせ王国騎士団は別格中の別格ですからな。地位も名誉も待遇も強くなるためのノウハウもまるで別物と聞きますな。この広いユグリア王国に千人もいない、王国の切り札。軍閥の頂点ですしなぁ」

オリバーは常識でしょうとでも言いたげに、不思議そうな顔をした。

「それにAランクなどの仕事はそれほど多くはありませんからな。強力な魔物の討伐は精強な王国騎士団が請け負うのが一番確実で被害も少ないですしな。なので、騎士団の討伐任務で露払いのような仕事をして、働きが認められたら小隊長あたりの待遇で、王国騎士団に召し抱えられるのがAランク探索者のゴールとなるんですな。もちろん、集団生活ができないやらで、あえて生涯探索者として終える人間も一定数いるようですがな。とにかく――」

再び剪定ばさみを持ったオリバーはいい笑顔で締めくくった。

「ぼっちゃまが手をかけている王立学園への入学は、その王国騎士団への入団を大きく引き寄せる魔法のようなチケットですな。どうか受験頑張ってくださいな」

……地位も名誉も金にも別に興味はない。

だが、わざわざドロップアウトして、何十年もかけて探索者として実績を積んで、最後のゴールが、王国騎士団入団ではさすがに徒労感が半端ない。

ちょっと受験に集中できるよう誘導している節があるので裏取りは必要だが、さすがにすぐばれるようなウソはつかないだろう。

もちろん時間や組織に束縛されず、自由に生きられるというのはとても魅力的だ。そういう意味では、探索者として生きる道も有力な選択肢の一つであることは間違いない。

だが前世で個人で事業を営んでいる人に『自由に好きな時に休めていいですね』なんて言うと、『自由というのは全部自分でやって、全ての責任を自分で取るという事ですよ？』なんてキマった目で言われたことを思い出した。

確かその人の口癖は休みが欲しいだった……。

う〜む。

受験戦略と体外魔法

とりあえず、受験そのものを取りやめるという選択肢はない。俺はそう結論づけた。不合格になってしまったら仕方がないが、可愛がってくれた家族やじい、友達の期待をほっぽり出して受験もせずに失踪《しっそう》する気にはなれない。

それに加えて、今の俺に必要なのはとにかく情報だ。その意味では、受験のために王都に行く、その事だけでも価値がある。

いったん将来設計については横に置いておき、まずは王立学園の受験に集中して、入学してからこの世界に関する見聞を広め、場合によっては学園中退も視野に入れ改めて考えればいいだろう。

合格に向けた段取りも万全だ。

受験でもっとも重要なのは、越えるべき壁の高さがどの程度なのかを、受験生本人が正確に把握することだ。

そのためにまず初めにやるべきことは実にシンプルで、過去問を徹底的に解くこと。これに尽きる。

正直言って、準備期間の三か月は短い。

できる事が限られている中で、同型の問題がどの程度出題されるかも分からない過去問に時間を費やすのは、普通なら怖くてできないだろう。

だが、これによって、自分の実力と、ボーダーラインとの距離を測らないことには、戦略など立てようがないのだ。

自分の実力を正確に把握し、どこを埋めれば効率よくそのラインを確実に越えられるか、到達すべきレベルを明確に認識した上で、戦略をもって勉強をすることが重要なのだ。

ただ漫然と、親や教師の出してくる課題をこなすだけでは、実力はたいして伸びない。

思えば前世ではずいぶん無駄な時間を勉強に費やしたものだ。

おぼろげながらもそうしたことが分かってきたのは、前世の大学時代、そして社会人になってからも、適当な資格試験を受け続けた後だ。

自分の不器用さ、要領の悪さを突き付けられ、悪戦苦闘して、ようやくこんなシンプルな答えに辿《たど》り着《つ》いた。

こうした本質に、早いうちに気が付いていればと悔やんだが、あらゆることが必要なタイミングには間に合わないのが受験戦争というものだ。

そんなわけで、ゾルドに言って過去問を集められる限り用意してもらい、最初にかなりの時間を使って自分なりに戦略を立てた。

残りの時間と網羅すべき範囲を客観的に分析し、勉強の戦略を立てた結果、今の俺の頭脳なら余裕でボーダーには到達するという結論に至った。

あとはまぁ、細かいテクニックの話として、前世勉強オタクだった頃の経験を頼りに、記憶の宮殿やら、ポモドーロ・テクニックなんぞを駆使して能率を上げている。

まぁ受験についてはそんな感じだ。

そんな事より、目下の関心事は魔法だ。

多少の知識は覚醒前の俺にもあったが、改めて色々と調べてみた。

体外魔法、すなわち炎を撃ち出したり、水を生み出したり、雷を出したりというファンタジー小説やゲームでおなじみの魔法はこの世界でも実現可能だ。

　だが、これもまた悲しいほどに才能がものをいう世界なのだ。

　日課のランニングを終えて、家の裏にある小さな丘に掛かる階段を何往復かした後、少し朝の講義まで時間があるので、俺は丘の上から生まれ育った街を見下ろしながら座禅を組んだ。

　目を瞑《つぶ》って体内で魔力を練る。

　この感覚は言葉では説明しがたいが、いわゆる運動神経とは異なる神経が全身に張り巡らされており、その神経に筋肉に力を籠める感覚で力を籠めると、体内に蓄積されたエネルギー、つまり魔力が引き出されてくる感覚だ。精緻《せいち》にコントロールしようとすると、鍛錬と集中力が必要となる。

「おはようアレン君！」

　いきなり後ろから声を掛けられ、練り上げていた魔力が霧散した。

「……足音を消して近づくな。俺は領主様の息子だぞ？　アレン様と呼べアレン様と」

　俺が冗談めかしてそう言うと、レイナはおどけて笑った。

「やだよ～。近頃のアレン君を見てたら、ほんとにあの王立学園に受かっちゃいそうなんだもん。そしたらもうこの街で暮らすことはないでしょ？　あと少ししか一緒にいられないのに、気取ってたって仕方がないわ」

　パン屋の手伝いをしているレイナは朝が早い。俺は最近朝にこの丘で風に吹かれながら体外魔法の鍛錬をするようになったのだが、レイナはそれを目ざとく見つけて、いつからかこの丘の上でのコソ練を隣で見るようになった。

気を取り直して目を瞑り、体内で再び魔力を練る。

全身で魔力を練ると、体に力が漲《みなぎ》るのが分かる。いわゆる身体強化魔法がオンの状態だ。この状態で例えば走ったり素振りをしたりすると、通常の筋力による動きが補助されて、威力や速度が増す。

次に、練り上げた魔力を薄く全身に纏《まと》わせる。これは魔力ガードと呼ばれる技術で、主に防御力を高める効果がある。ここまでは覚醒《かくせい》前から普通にできている技術だ。

この状態から体外魔法を利用するには必要な要素が二つある。

そのうちの一つ、体内に蓄えた魔力を射出させたり、体外を循環させたりする事は俺にもできる。感覚としては、身体強化中に体内の魔力を移動させる技術の応用で、魔力操作のセンスに定評のある俺の得意分野と言えるだろう。

これは索敵魔法などに応用ができるそうなので、そういう意味では体外魔法を使えると言えなくもない。

……俺が求めている魔法じゃないけど。

そう、もう一つの重要な要素、俺がやりたい炎だとか、水だとか、聖なる癒しだとかの性質に魔力を変質させる才能が、俺にはからっきしなかった。

この性質変化の才能があるものは、そもそも一〇人に一人くらいしかいないと言われている。変化できる性質の系統にも相性があり、最も相性を持つものが多い火系統の才能で、大体一五人に一人、レアな雷などに親和性を持つものは、万人に一人というほど希少なのだ。

さらにデュアル《二重系統持ち》やトリプル《三重系統持ち》などのレアリティが高い魔法士もいるそうだ。

何と夢のある話だろう。

この性質変化の才能は、魔力の基礎容量と同じく一二歳までには発現し、以後変わる事はない。

魔物でいう魔石に当たる魔力器官が、この歳までに完成するからだと言われている。

選ばれし者だけが持つ特別な才能……実にかっこいい‼

選ばれなかったけど……。

こういうのは、大体現象を正しく理解し、正確にイメージする事が大事……みたいな展開で、科学技術の知識や漫画やアニメでロマン溢《あふ》れる強固なイメージを持っている俺が、覚醒をきっかけにいきなりその才能に目覚めた、的な流れを期待したのだが、今のところそのような兆候はまるでない。

やはり体内の魔力器官に依存する説が有力そうだ。

となると、俺が自力で体外魔法を使用するのは、正攻法では無理ということになる。

「ぷっ」

俺が何とか体内で練り上げた魔力を炎に変換できないかと、虚空を睨《にら》みつけながら体内の魔力をこねくり回していると、レイナが噴き出した。

「性質変化ができないのに、体外魔法が使いたいだなんていきなり言い出した時は、夢物語とおもっちゃったけど……。ひさしぶりにスイッチの入った『遊びの天才』を見てると、何とかしちゃうんじゃないかと思えてくるわ」

俺は苦笑した。

「まぁな。遊ぶのは得意だ。……今もな」

そう言って頭を掻《か》くと、レイナは楽しそうに笑った。

「アレン君ならきっと、王都でも面白いことを沢山やらかしそうね。このアレン・ロヴェーヌが外の世界で何をするのか……楽しみで仕方がないわ」

「……そこは、『すごい魔法士になりそう』と言えよ」

それから俺は、レイナとたわいのない話をしながら丘を下りふもとで別れた。いつの間にか時間は講義が始まる朝の八時ギリギリだ。今日は朝食も携帯非常固形食かな。

一応、性質変化の才能が無い俺が、体外魔法を使う方法に心当たりがない事もない。

魔道具を使用する方法だ。

杖《つえ》などの、属性魔石を媒介にして性質変化の補助をする魔道具を使用すると、才能のない者でも強引に性質を変化させ体外魔法を使用することが可能は可能だ。

しかしこの方法にも欠点がある。

魔石の持つ属性と親和性のないものが、強引に性質変化をさせると、魔石が一気に劣化するのだ。大量の魔力を込めると一発で砕け散る事もあるという。

非常に高価な魔道具を使い捨てにしていたのでは、訓練すらままならないだろう。

となると、魔道具士になって、魔道具の改良か？

でも俺は魔道具士になりたいわけじゃないんだよな……。

そもそも、そんな道具頼みの養殖魔法ではなく、天然物を使いたい……。

誰でも使える道具を使った魔法。道具の性能に依存する威力。それのどこにロマンがある？

とまぁ、こんなところが今までの研究成果だ。

片田舎の一子爵家に過ぎないうちと、一応魔法研究が専門だったというゾルド爺《じい》の蔵書だけがソースでは、正直お手上げだ。

王都まで行けば、きっと図書館で研究資料を調べたりもできるし、合格できれば学園には体外魔法の専門家もいるはずなので、教えを乞《こ》える。

実技試験があるので合格は不可能だが、本当なら魔法士コースに進みたいぐらいだ。

いくら時間を使っても、徒労に終わる可能性も高い。だが俺は絶対にあきらめない。

仕事の役に立たなかろうが、趣味だろうがお遊びだろうが、やりたい事をやると決めたからな！

ゾルドの報告

入学試験が水物という事は分かっているつもりです。出題分野が得意不得意どちらかに偏ることもあれば、当日にたまたま体調がすぐれないこと、精神面のコンディションが整わないこともあるでしょう。

入学試験には、あらゆる不確定要素が絡みますが、長年家庭教師として受験に携わっていて、やっと最近分かった事があります。

こと受験では、幸運の神様がたまたま微笑んで合格、などという事はない。

最近のアレンぼっちゃまを見ていて、この歳にしてやっとその事に気がつかされました。受かる人間は、受かるべくして受かるのだ、と。

それぐらい、ここ最近のぼっちゃまは急激に伸びました。

子爵家の専属となる前から、四〇年家庭教師をしてきた私です。受験直前に、急激に伸びる生徒がいるという事は分かっていましたが、それにしても信じられない馬力です。

何がきっかけになったのか……家庭教師として全く心当たりがないのが寂しい限りですが。

勉強時間を伸ばしてくれと頼まれた時も驚きましたが、本当に驚いたのはその後でした。ぼっちゃまの指示通り、集められる限りの過去の入試問題を整理してお渡しすると、一体いつやったのか、一週間もしないうちに全てこなしてきたばかりか、講義内容に注文をつけてきたのです。

自分が苦手とするところ、苦手ではないが、限られた期間で得点を伸ばせそうなところ、近年の出題傾向も踏まえた分析結果をもって、講義内容を絞り込み、受験までの緻密《ちみつ》な戦略を指示されました。

ぼっちゃまの熱意に押し切られて、講義内容を生徒の主張通り変えてしまった私は家庭教師失格ですが、これがまた私の目から見ても理に適っているのです。

疑問に思う箇所があっても、理路整然と必要な理由を説明されて、全て納得させられてしまいました。

また、講義のスタイルも大きく変わりました。

これまでは一方的に説明するだけで、質問など碌《ろく》にされた記憶はありませんでした。

ですが、ここ最近のぼっちゃまは少しでも疑問に思う事があると、納得するまで徹底的に質問をしてきます。

その内容も鋭くて、質疑というよりは討論になる事も少なくありません。

一二歳と話している事をすっかり忘れてしまいそうになります。

以前から、本質的な勉強……すなわち何のために勉強するのかという理由にこだわる気持ちが強かったのですが、ここに来てさらにそうした気持ちを強めています。

ですが一方で、以前はあれほど毛嫌いしていた、いわゆる受験テクニックとしての勉強も、それはそれとして受け入れてくれています。

疑問に思って聞いてみたところ、『確かに長い目で見たら役に立たないが、短期的には合格が第一目標なのだから、何も問題ないだろう。中・長期的な計画と短期的な目標は分けて考えるのが大切』との事でした。

これまでの苦労はいったい何だったのか……。

そんなわけで、アレンぼっちゃまは、この二か月半で別人の様に伸びました。

あまりの講義密度に、講義終わりには私の方がヘトヘトになりますが、ぼっちゃまは平然とされており、夕食の後も自習をされておられる様子。

その背中に励まされ、何とかくらいついてきたという有様です。

実技については私には分かりませんが、勉強の方はＡクラスに手が届いても何らおかしくはないと、私はそう思っております。

◆

ロヴェーヌ家当主、ベルウッド・フォン・ロヴェーヌ子爵は、王都での社交シーズンを終え、さらに長旅を経て屋敷に帰った。

到着したのは夜更けであり、ヘトヘトだったが、これだけは確認せねばと専属家庭教師のゾルドを書斎へ呼び出した。

そこで恐る恐る、アレン《あの勉強嫌い》の勉強の進捗《しんちょく》を聞いたところ、この様な説明を受けた。

子爵は大いに混乱した。

「そ、それではつまり、この二か月半は、アレンが考えた講義内容で勉強をしていたというのか⁈　この受験直前の！　一番大事な時期に⁈」

子爵はデスクに突っ伏した。旅の疲れが二倍になったような気がした。

確かに王都で受け取った手紙には、アレンがやる気になって、勉強時間を増やしたいと自発的に言い出した、などと書かれていた。

子爵は、三日坊主でもやらないよりはマシかぁ……などと考えてすっかり忘れていたのである。

「じい？　それは本当にあのアレンの話かい？　疲れていてローザ（長女）の時の記憶と混同しているんじゃないかな。アレンの事は、やればできる、才能ある子だと家族みんなが思っているけど、いくらなんでもその話を鵜呑《うの》みにするのはちょっとね。父上もね、あれほど期待したローザでもダメだったんだ、今回はダメで元々の気構えでいようと言ってるから、それほど重荷に思う事はないんだよ？」

長兄のグリムが横からこのように言ったので、ベルウッドは顔を上げた。

グリムは後継なので、今回の社交シーズンに王都へ伴って、つい先程一緒に帰宅したのだ。

「そうか、ローザの話か！　うむうむ、それならば分かる。あの子は小さい頃からしっかりしていて、やると決めた事への没頭具合には目を見張るものがあったからな。流石のじいも耄碌《もうろく》したかぁ？　あっはっはっは、はっはっは、はっはっは……」

穏やかにアレンの近況を報告していたゾルドは、ヘラヘラと笑うベルウッドに対して、途端に気配を一変させた。

子爵はゴクリと唾《つば》を飲み込んだ。

まるで戦場にでもいるような気配だ。

ゾルドは殺気のこもった目で、当主をキッカリと見据えて言った。

「ぼっちゃまは……。この二か月半、事あるごとに、この由緒あるロヴェーヌ子爵家の血の努力、涙の歴史に俺が泥を塗るわけにはいかないとおっしゃって……。寝食を限界まで削って努力をなさっておいでです。それはもう戦場もかくやといった猛烈な気迫で、その背中で私を引っ張ってくれました。背中を預けてくれたぼっちゃんの、不断の努力が幻ではない事が、半月後に迫った受験で証明される事を、この老兵は確信しております……」

もちろんアレンは、一族の歴史などどうでもいいのだが、寝食を忘れて異世界を堪能しようと夢中で勉強《あそ》んでいるのに、やれ健康がどうのといって取り上げられそうになるのを、全てこのセリフでねじ伏せたのである。

「しかし、それでは余計にアレンらしくないような……。あやつは年に一度の墓参りすらめんどくさがる様な男だぞ」

ゾルドの気迫に押され、恐る恐る子爵が反論する。

この『じい』の目が据わると、その昔ベルウッド本人の家庭教師だったころから、何が飛び出すか分からない。

ゾルドは歯噛《はが》みした。

確かに三か月ぶりに帰ってきて、この話を信じろというのも酷なものがある。

自分だったらとても信じられないだろう。

「お人柄も随分しっかりなさいました。ご心配なら、明日にでも夕飯をともにされてみてはいかがでしょう？　なにせ、朝と昼は野営用の携帯非常固形食ですから、同伴する訳にも参らないでしょうしな」

どう見てもコケた頬を歪《ゆが》ませてニヤリと笑ったゾルドは、『この老兵がぼっちゃまに付き添えるのもあっと数日……私にはまだ明日の講義の準備がありますので、失礼いたします』と言い残して退出していった。

アレンはチンタラ朝食を食べるのも時間が惜しくなって、近頃は朝も非常食に変更していた。

「非常食⁉ あやつらは一体いつから兵隊になったんだ……」

疲れ果てた子爵はまたまたデスクに突っ伏した。

「まぁまぁ父上、じいは多少受験ノイローゼ気味のようですが、アレンが成長したという事自体は喜ばしい報告です。明日の夕飯、アレンからしっかりと話を聞いて、頑張った事を褒めればそれでよろしいではないですか。決して、じいの話を鵜呑みにして、プレッシャーなどをかけない様に気をつけましょう」

何事もポジティブな、できる男グリムが父である子爵を励ました。

「そうだな、確かに可愛いアレンが成長したという話自体は喜ばしい。決して過度なプレッシャーとならない様にそれとなく褒める様にしよう。では明日の夕飯はアレンととる。その様に手配を頼む」

……可愛かった末っ子が育つのは少々寂しいがな。

気を取り直した子爵はそう心の中で呟《つぶや》き、目を細めた。

◆

「父上、グリム兄様、お待たせいたしまして申し訳ございません。午後の魔法史の講義でゾルドと議論しておりまして……」

ダイニングまで速足できたアレンは申し訳なさそうに頭を下げた。

ほう。これは確かに見違えたな……。

三か月ぶりにアレンと対面した子爵は内心驚いた。昨日は夜遅くに帰宅し、今日は朝から留守中に溜《た》まっていた領内経営に関する仕事に忙殺されており、この場まで顔を合わす機会がなかった。

それにしても、いくら言っても直らなかった言葉遣いが改まっており、中々堂に入っている。

しかも身にまとう雰囲気から、以前の荒々しさが消えている。

といって腑《ふ》抜けたようでもない。

溢《あふ》れんばかりのエネルギーを、うまく身の内に留めておる……と見るのは親ばかだろうか。

ロヴェーヌ子爵は目を細めた。

「よいよい、近頃は勉強に集中していると、ゾルドから報告を受けておる。王都への出発前の大事な時期なのだから、わしのことなど二の次でよい」

「恐れ入ります。……ゾルドは老体に鞭《むち》を打って、今更やる気になった私にこの二か月半の間とことん付き合ってくれました。感謝の言葉もありません」

アレンはこの二か月半を懐かしむような遠い目をして首を振った。

あのわんぱく坊主がしんからゾルドへの感謝の意を表明したことに、子爵は内心驚愕《きょうがく》した。

……しかしこれは、あまりに急激に大人になっており、どこか不安になるの。

グリムのやつも笑顔が引きつっておる。

「アレン、わしもグリムも王都での気の抜けない社交続きでいささか辟易《へきえき》しておる。いつもは礼儀作法を口うるさく言うが、今日は無礼講で構わんぞ。どうせ身内だけの席だしの」

何となく尻込《しりご》みしそうになるのを誤魔化すように、ベルウッドは努めて明るく提案した。

「母上もいないしね」

グリムはそう付け足してウインクした。

アレンは一瞬、少し気恥ずかしそうな素振りを見せたが、一つ咳払《せきばら》いをして、笑顔を浮かべた。

「親父！　グリム！　おかえり！」

そこには、やや大人びたものの、生意気な口調で旅の土産話をせびるいつもの可愛いアレンがいた。

◆

違和感なく『アレン』でいられるか少し心配だったが、杞憂《きゆう》に終わった。

前世の記憶があるとはいえ、俺がアレンとして一二年間生きてきた事もまた、間違いない事実だ。

「母上は王都に残ったんだね？」

ひとしきり王都での最近の流行やら、当たり障りのない世情の話などを聞いた後。

鹿が長い年月をかけて体内に魔石を育んで生まれる魔物、パピーのステーキを頬張りながら俺は聞いた。

「あぁ、あやつは、ローザの生活があまりに荒んでおるのをみかねての。どうせアレンももうすぐこちらに来るからということで、王都に残ることにした」

「姉上は相変わらずか……」

俺は苦笑した。

実家にいる時も、一度研究や鍛錬に没頭すると、周囲の事など何も見えなくなり生活が荒んでいた。

二徹三徹は当たり前、食事も碌に取らず、顔も碌に洗わない、寝癖も直さない、最後には風呂《ふろ》も入らなくなったところで母上と口論になって、就寝前、もしくは朝食前に必ず入浴する事だけは義務付けられていた。

コスモスの花を思わせる薄い桃色の髪色に、普段はおっとりした性格と愛らしい顔立ちに騙《だま》されて、領民からはコスモスのお姫様《ひいさま》、なんて呼ばれている。

だが名は体を表すとはよく言ったもので、姉上はそんな可愛げのある女ではない。

気が短いという訳ではないが、一度キレたらお気に入りの俺にさえ拳《こぶし》がブンブン飛んでくる。

親父は顔に似合わず草食系穏健派の官吏コース上がりなので、家族で姉上を押さえられるのは母上ぐらいのものだ。

「親父……もし俺が運良く王立学園の試験に合格したら、寮に入る事を認めて欲しい。一般寮で構わないから、頼む！」

俺はテーブルに擦り付けんばかりに頭を下げた。

王立学園には寮がある。

聞くところによると、一般寮は狭いワンルームとの事だが家賃も王都にしては安く、朝食がついているらしい。

子爵家が保有する王都の別邸（といっても小さな庭がついた一般住宅だが）からも通学可能だが、そこには姉上がいる。

母上もいつまでもは王都にいないだろう。

あの姉上と王都で二人暮らしなど冗談ではない。

「そうだな、騎士を目指すアレンは、寮に入って学友と同じ釜《かま》の飯を食べながら学ぶのもいいやもしれんの」

俺の気持ちを察した親父が苦笑いしながら頷《うなず》いた。

「だが、入ってからの事を心配とは、随分と自信がありそうだな？」

酒が入って勢いづいた親父が、努めて平静を装って聞いてくる。

だが、その言葉には僅《わず》かに緊張が伴っているのが分かった。

ちらりとグリムをみると、笑顔を能面のように張り付けて固まっていた。

思えば、食事が始まってから受験のことには不自然なほど話題がおよばなかった。

聞くのが怖かったのか、もしくはプレッシャーをかけないよう気を遣っていたのだろう。

合格する自信はもちろんあるのだが、いつこの競争社会からドロップアウトするかを考えている身だ。

過度な期待を持たせるのは後々の事を考えてもよろしくないだろう。

努めて期待を持たせないように配慮していたのは俺も同じだ。

「まぁ、それなりに頑張ってきたから。流石にAクラスとはいかないだろうけど、何とか下の方に引っかかれないかなと思ってる」

無難にそう答えておいた。

「そうか？　何やらゾルドのやつはやけに自信がありそうだったが……。王都では山隣のムーンリット子爵がやたらと絡んできおっての。今年受験するやつのところの次男坊のトゥードは優秀じゃと、ドラグーン侯爵家の寄り合いでも噂だからのう」

うちのような弱小貴族は普通、他の貴族領を含む広大な領域を管轄する、侯爵家の庇護《ひご》下にある。

うちの場合はドラグーン侯爵家がそれにあたる。

そして、（あまりおおっぴらに話をするのはマナー違反ではあるが）それとなくする子の進学や成績の話題は、社交界でも重要な情報だ。

将来国の中枢に携わるほど優秀な人材が勢力から出れば、それはそのまま勢力の力になるからだ。

「やつめ、よほど自信があるのか、お宅のところのアレンぼっちゃんは優秀で羨《うらや》ましい、などとワザとらしく社交の場で何度も話題を振りおって。これでは受験結果には否が応でもみなの関心が集まる……。再来月のドラグレイドでの総会は気が重いわい」

……何なんだ、その可哀想になるフラグを立ててまわってるアホ貴族は。

まぁ俺の知ったことではないが。

「うーん、とにかくまぁ、受験はやってみなくては分からないけれど、運良く受かったとしても、王立学園は入ってから勉強についていくのも大変だと聞くし、まかり間違って途中で退学にでもなったら赤っ恥だから、親父はそんな自慢して回るような事は控えてくれよ」

とりあえず親父がアホ貴族よろしく墓穴を掘って回らないよう、釘《くぎ》を刺しておく。

「お前は相変わらず能天気でいいの……。まぁ今更ジタバタしても始まらんか……」

「そうだね父上、あの奔放だったアレンが、これだけ人事を尽くしたんだ、あとは天命を待つしかないね」

できる男グリムがいい感じに締めくくった。

「そうだな、あのローザですら天運に見放されてはどうにもならなかったのだからな……返す返すもあの時――」

が、親父がウザ絡みを始めた。

酔ってなければいい親父なんだけどなぁ～。

2章　受験

王都への旅路

親父たちが王都から戻った日から三日後、入れ違うように俺は王都に向けて出立した。

親父は、当初俺に同行する予定だった母上が王都に残ったので、領地経営の執務が忙しい自分の代わりにゾルドを道中に付けて王都に向かわせるつもりだったようだが、丁重に断った。

当初難色を示した親父だったが、意外にもゾルドが後押ししてくれたお陰で、まぁそれも勉強かと、割とあっさりと認めてくれた。

『今更ぼっちゃまにこの老兵がついて行って、小言を言ってもさして効果は期待できません。それよりも道中は心身の充実に当てるべきかと。……ぼっちゃま、信じておりますぞ』

俺の計画に合わせた講義の準備など大変だったろう。

やりきった人間特有の、いい顔をしていた。

この二か月半の間、老体に鞭を打ってとことん付き合ってくれたゾルドには感謝しかない。

王都へは二週間の路程だ。

専用にあつらえた馬車で、ドラグーン侯爵領都、ドラグレイドまで一二日。

そこから魔道列車に乗って一日半。

この世界の地図は縮尺がいい加減で、机上で勉強しても今ひとつ距離感が掴《つか》めなかったが、ドラグレイドまででも、大体東京福岡間くらいの距離だろうか？　はっきり言って、辺境も辺境だ。

ちなみにこの世界にも魔道車という、魔石を媒体として魔力で進む車はあるが、燃費が非常に悪く、おいそれと貧乏貴族が利用できるものではない。

出立当初は何度も山を越えて、たびたび魔物も出たので一〇〇㎞程の距離を進むのに三日もかかったが、そこから先は街道が整備されており、割と順調に進んだ。

ちなみに、万が一にも怪我をしたら大変と、戦闘に参加する事は親父に厳に禁止されている。

そもそもこの世界の治安はまぁまぁいいし、親父が奮発してCランク探索者をドラグレイドまで護衛に付けてくれたので、さらに危険は少ない。

護衛はゴリゴリの前衛職四〇代後半で、しかも超がつく不愛想なおっさんだったので、テンションはだだ下がりだったが、道中に模擬戦の稽古《けいこ》をつけて貰《もら》ったので別にいい。いいったらいい。

おっさんの名前はディオ、槍《やり》使いで、これまで模擬戦といえば田舎道場の師範か、母上を始めとした家族としかしてこなかったが、いずれも木刀を使った稽古で、槍を相手にするのはいい訓練になった。

危険だという理由で、棍棒《こんぼう》と木刀を使った突き技無しの稽古しか受けてもらえなかったが、それでも当初はボコボコにされた。

対槍の剣術というのはまるで別物と知れただけでも収穫だ。

ドラグレイドに着く頃に、何とか槍の間合いに慣れて、ある程度稽古らしくなったかな、というレベルだ。結局一本も取れなかったけど。

座学は自分の現在地をある程度掴んでいるので自信があったけど、これ実技大丈夫か？

すっかり意気消沈した俺に、おっさんは言った。

「当初はボンボンのお遊びに付き合わされて、面倒でかなわんと思っていたが、中々どうして根性もあるし、センスもある。経験はそのうちついてくるから、ボンなら心配ない」

この無口なおっさんは、子爵家の息子である俺を道中一度も誉めなかったし、何なら当初は露骨に護衛に徹していた節があったが、別れ際にこんな事を言って励ましてくれた。

田舎も田舎のロヴェーヌ子爵領でCランク探索者として燻《くすぶ》っているおっさんの太鼓判ではいささか心もとないが、落ちたら落ちたでしかたない。

俺はそう割り切っておっさんと別れた。

◆

ドラグーン侯爵領都、ドラグレイドから、一日半の旅程の魔道列車に乗り込んだ。

ドラグレイドは、夜になると魔道提灯のネオンが輝く非常に魅惑的な街だった。

俺は今世では、やりたい事を気の向くままの風任せにやって生きると決めているので、ここでこの世知辛い学歴社会からドロップアウトしたい気持ちに駆られたが、ゾルドの顔が頭に浮かんでやめた。

アウトローになるのは王都で受験に受かってからでも遅くないしな。

魔道列車は、夜の一〇時に出発した。

出発直後は寝台で窓の外を眺めていたのだが、ドラグレイドから少し離れるとすぐ真っ暗で何も見えなくなり、魔力圧縮の訓練をしていたらいつの間にか眠ってしまった。

慣れぬ旅の疲れが出たのだろう。

翌朝は珍しく朝の六時まで寝坊したが、朝食と昼食の時に携帯非常固形食を食べながら勉強して、帳尻《ちょうじり》を合わせた。

外は馬車の旅と大して代わり映えしない田園風景だ。

最初はロヴェーヌ領とも日本とも違う色合いの風景にワクワクとしていたが、流石に飽きてきた。日本の路線と違って駅が少ない上に、直通便だから途中で停車もしない。

今日の勉強のノルマはこなしたので、暇に任せて寝台から出た。

専用列車かと思うほど、受験生と思しき同年代が山ほど乗っている魔道列車の旅で、どれ一つ友人でも見つけてやろうか、と夕飯の弁当を買うついでにウロチョロしてみたのだ。

だが、どいつもこいつも目の血走った保護者同伴で、近づくと胡乱《うろん》な目で見られたのでアホらしくなってやめた。

夕食後、暇だったので、デッキ車両に出て風を受けながら、ディオとの稽古を思い出す。船の甲板のような、屋根も座席も無い、手すりで囲まれただけの車両だ。

あと五年もしたら、ディオに後れをとる事はないだろう。

だがそれでいいのか？

たかだか田舎子爵領で燻っているCランク冒険者を超えるのに五年。

出世に興味はないが、面白おかしくやりたい事を気の向くままに……そんな生き方をするにはどうしたって実力が必要だ。

そんな一二歳ぐらいにありがちな焦燥感に駆られている自分に苦笑しながら、身体強化魔法を使って丁寧に素振りをする。

魔法の出力ゼロの状態から一気にアクセルをふかし、振り切って戻す。

再び構えた時にはいささかも魔法を使用した余韻が残らない。それが理想だ。

縦に割る。

戻す。

横に薙ぐ。

戻す。

切り上げる。

戻す。

実戦ではこんなに綺麗《きれい》に振れることはほぼないだろう。だが、理想とする型をまず修めた、その先に応用があると思うのだ。

一心不乱に剣を振りつづけて、ディオの幻影を振り切る。負け癖がついたまま、試験に臨むわけにはいかないだろう。

◆

気がつくと朝の日が差していた。

まずい……睡眠時間三時間は確保しないと、翌日に差し障る。

列車は朝一〇時に王都に着く予定だったから、今から寝ればまだギリギリ睡眠時間は取れる。

俺は木刀を放り投げ、ストレッチを始めた。運動後のストレッチは、翌日のコンディションに直結する。と、前世でどこかのスポーツ選手が言っていた。

「面白いものを見させて貰ったよ」

後ろから女に声をかけられたが、無視する。

夜半から車両の屋根に登るための作業用階段に腰掛けて、こちらを見ている視線には気がついていた。

かれこれ六時間近く人の素振りを見ていたこいつは、控えめに言って変人だろう。

君子危うきに近寄らず。厄介ごとの臭いがプンプンする。

俺が危険を察して早めにストレッチを切り上げ、自分の寝台に帰ろうとしたところ、女はついてきた。

案の定、空気を読まないタイプらしい。

「凄《すご》い集中力だったね？　僕は魔道具士志望だからそれほど武術の訓練をやってこなかったけど、君のやっていた素振りの違いは分かるよ！」

ほう、魔道具士志望とな。

しかも素振りの味が分かると。

一瞬姉上の顔が脳裏をよぎり、俺の脳内アラートは即座にイエロー（注意）からレッド（危険）に引き上げられた。

それに伴って、歩速も一段引き上げる。

名乗るなよ〜！　俺らは顔は見たことあるかな？　というレベルの他人だ！

俺が心の中で立てたフラグはたちまち回収され、女は聞いてもいないのに自己紹介を始めた。

「あ、自己紹介が遅れたね！　僕の名前はフェイルーン・フォン・ドラグーン。君も王立学園の受験生でしょ？　ロヴェーヌ子爵家の御曹司君。僕の事はフェイって呼んでね！」

ふふふ。

よりにもよって、この列車に乗っている可能性のある中で。デンジャーレベルＭＡＸのドラグーン家、しかもこの歳にしてフォン《当主》だと？

さらに俺がロヴェーヌ子爵家の者だとバレているとはな……。

確かに俺が振っていた木刀にはうちの家紋が彫ってある。

だがいくら寄り子だからといって、いちいち腐るほどいる子爵家の家紋など記憶しているか？

まぁ興味の赴くままに王国の子爵以上の貴族家の情報をほぼすべて頭に叩《たた》き込《こ》んだ俺が言うのもなんだが……。

ドラグーン家を名乗られた以上、ここで無視を続ける事はできない。

といって無難な会話で通過することも難しいだろう……俺の本能がそう言っていた。

だが俺には前世も合わせて都合四八年の経験値がある！

前にでろ、俺！

ここで攻めに転じなければ、姉上にされるのと同じようにオモチャにされるぞ！

「これはこれは、まさかドラグーン家のご息女様、しかも天才と名高いフェイルーン様とはツユシラズ、ご挨拶《あいさつ》が遅れ失礼いたしました！　私、ロヴェーヌ子爵家の三男で、アレンと申します」

俺は靴を舐《な》めんばかりの勢いで土下座した。

フェイルーンなんて名前は聞いたこともないが、今年受験の侯爵家の人間だ。

どこかで耳にしていても不思議はないだろう。

「受験のプレッシャーで眠れぬもので、不安に駆られて汗を流しておりましたらつい徹夜で素振りをしてしまいました！　ここでお会いしましたのも何かの縁！　是非是非お近づきをお願いいたします‼」

くっくっく。

どうだこの小物感？　先程までは無視を決め込んでいたにもかかわらず、ドラグーン《大物》と聞いた途端の変わり身の早さ……。

うちのような何ちゃって貴族とは訳が違う、正真正銘の大貴族、ドラグーン家だ。

しかもどうみてもネコ科の生き物タイプ……。

へこへこと擦り寄ってくる輩には、うんざりしていると相場が決まっている！

だが、返ってきた反応は俺が想像していたものと違っていた。

「ぷっ。きゃはははは！　面白いね君！　最初は由緒あるドラグーンの貴族学校魔道具士コース卒業生の中でも、近年稀《まれ》に見る才女と名高いローゼリア・ロヴェーヌの弟君を見かけたから、ちょっと様子見がてら素振りを見ていたんだけどね」

フェイはライオンを思わせる目をランランと輝かせながら言った。

「君にも興味が出てきたよ。是非、これからも仲良くしてほしいな」

俺の真っ赤な脳内アラートが勢いよく点滅しはじめた……。

三分以内に即刻退避の合図だ。

フェイルーン・フォン・ドラグーン

「それにしても、さっきの素振りは変わっていたね！　普通、僕らの年代で身体強化魔法の稽古といえば、最大出力を上げることに主眼を置くと思うんだ。よほど才能がある人でも瞬発力、つまり魔法の出力を上げるスピードを速くする稽古をする」

フェイはニコニコと笑っている。

「でも君は、身体強化魔法の余韻を消すことに主眼を置いて稽古をしていたよね。まぁ、魔力の節約になるから無意味とは言わないけど……はっきり言って、受験直前のこのタイミングに、不安で眠れないからといってやることじゃ、無い。相当先を見据えている人間がやる稽古だよ」

はー、なるほどねぇー……。

いや、どんな相馬眼だよ。

俺がやってたのはただの素振りだよ？

逆の立場で他人の素振りを見ていたとして、何の目的で剣を振ってるかなんて何時間見ても分かりっこ無い。

この道何十年の達人じゃあるまいし……。

しかも魔道具士志望？

王立学園ってこんな化け物がウヨウヨいるの？

「そ、そこまで評価していただくとは、光栄の至りです。しかし、ひじょーに残念なことに、かいかぶりです、フェイ様。実はお恥ずかしながら、私は魔力量が騎士としてはギリギリでして。やむに止まれず魔力を節約する稽古《けいこ》をしていた次第です、はい」

どこに地雷が埋まっているか分からない状況だが、とりあえず脱出の糸口を探るしかない。

俺は無難に切り出した。

「そお？　君の魔力量は大体二四八〇くらいでしょ？　特別に訓練するほど低いとは思えないけどな？」

フェイはニコニコと笑っている。

そんな馬鹿な！

いくら素振りを見ていても、最大魔力量なんて分かりっこ無い！　限界ギリギリまで振り絞って訓練していた訳じゃないんだ。

カマかけ……という線も考えたが、あまりにも数字が具体的だ。

最後に測った時は二四〇〇位だったが、コツコツと魔力圧縮の訓練をしているので、今は大体二四八〇くらいだろうという感覚がある。

「ぷ。そんな驚かないでよ。もちろんただ見ていて分かった訳じゃ無いよ。じゃーん」

フェイは手提げの中からビデオカメラのようなものを取り出した。

「これは僕が開発した魔力量を測る魔道具でね？　対象の魔力の残滓《ざんし》から最大魔力量を推定するんだ。ま、三〇分くらい対象を観測し続けなきゃいけないから、実戦じゃまだ使い物にならないけどね。……普通は三〇分くらいなんだけど、君は魔力の残滓が少なくて、測定するのに二時間近くかかったよ。まだまだ改良が必要だね。……それにしてもすごい魔力操作の精度だね！」

フェイはニコニコと笑っている。

そんな伏線なかったよね？

『魔道具士志望』だけのヒントで、これを予測するのは流石に無理だ。

「いえいえ、そんな。ただ昔からの習慣で、何となく続けているだけのことで……。私など戦闘力5……ただのゴミです」

初手から地雷を踏んで焦った俺は、よく分からないことを口走る。

「きゃははは！　流石に戦闘力なんて、技量も関わる総合的な能力を魔道具で測るのは無理だよ。……いやでも、確かにそれがある程度測れるとリターンは大きいね。必要は発明の母だ。アレンは面白い発想をするね」

フェイはニコニコと笑っている。

そうじゃない！　俺が言いたかったのは、俺はただの道端のゴミだということで、深い意味など何もないんだ！

「フェイ様は姉上をご存じで……？」

自分の迂闊《うかつ》な二手目を呪いながら、俺は強引に話題を変えた。

「そりゃ知ってるよ。何せドラグーンの貴族学校魔道具士コースから王都の特級魔道具研究学院へ二〇年ぶりに進学した才女だ。ドラグーン家は魔道具士の育成に力を入れているけど、あそこはほぼ王立学園の卒業生しか取らないからね。僕も同じ魔道具士を志す若手として、王都に行ったら一度ご挨拶に行こうと思っていたところだよ。いやーラッキーだったなぁ、こんな所であの『憤怒のローザ』の弟君と友達になれるなんて。紹介してね？」

フェイはニコニコと笑っている。

またまたとんでもない地雷を踏み抜いた。

この危険人物を紹介？　あの姉上に？

憤怒のローザ……？　いったい何をやらかしたんだ？

気になるが、全くもって聞きたいと思わない……。

仮に紹介なんかしたら。何がどう転んでも血の雨が降る未来しか見えない……。

だがここでこれを断る合理的な理屈はない。

一旦《いったん》引き受けて、二度と会わない。これ以外に道はない。

あとは速やかにこの場を離脱する。

方針を固めた俺は、笑顔を張り付けて口を開く。

「もちろん紹介させて頂きます！　姉上もフェイ様ほどの才覚溢《あふ》れる若手との交流は望むところでしょう。おっと、持病の頻尿が……」

「ぷっ。アレンは最低でも六時間以上は素振りをしてたよね？　碌《ろく》に水分補給もせずに。大量の汗を流しながら。大変な持病だね？　それと、友達なんだから、様はいらないよ？」

フェイはニコニコと笑っている。

先程はスルーしたが、二回目の友達認定か。

もう口先だけでは無理だ……。

俺は居直った。

「そういう病気なんだ。加えて俺は、最低でも毎日三時間は眠ることを自分に課している。魔道具士のフェイは平気かも知れないが、もう到着まで三時間半しかない。おしっこ漏れるから帰るぞ」

そう言って、強引にこの場を振り切る。

「きゃはははは！　それはごめんね。ぷっ。魔道具士はどうも睡眠を軽んじるところがあって……。おやすみアレン」

フェイはショートに切り揃えられた艶《つや》のある髪をかき上げながらウインクした。

目のくっきりとした猫を思わせる活発な女子の雰囲気だったが、すっと細い真っ白なうなじには、わずかに艶《なま》めいたものを感じる。

まぁそんなことはどうでもいい。

早く寝て、ちょっと素振りしただけとは思えないほどヘトヘトになった疲れをとって、明日（もう今日だが）に備えないと……。

うんざりしながら寝台へと帰る俺の後ろから、フェイが声をかけた。

「そういえば、貴族が理由もなく膝《ひざ》を突いて頭をさげちゃダメだよ？　あれは罪人が裁判の場で取らされる姿勢だからね！　きゃはははは！」

フェイは最後まで笑っていた。

土下座の文化ないのか……。

親父がしょっちゅう母上にあの姿勢で謝っていたから、この世界でも普通に存在する文化かと思っていたのに……。

◆

フェイルーン・フォン・ドラグーンは、王立学園入学前にしてドラグーン侯爵家当主《フォン》の位を与えられている才媛《さいえん》だ。

だが彼女は決して順風満帆の人生を歩んで来たという訳ではない。

幼いころ、両親が政争に敗れドラグーン家の跡目争いを退いてからは、ごく一部の人間を除いて彼女の後ろ盾になろうなどというものはいなかった。

ドラグーン家の侯爵位を預かる祖母だけは、早くからその才覚を見出してフェイを可愛がってはくれたが、家中におけるフェイの立場は弱かった。

勢力内に千を超える貴族家を抱えるドラグーン家を束ねる祖母とて、いくら直系で能力がありそうとは言え、何の力もない孫娘を強引に世継ぎとして押し立てることなど出来るはずがない。また、この国の侯爵家当主の位は、後ろ盾《ちから》の無いお飾りに務まるほど軽い立場でもない。

可愛がりはしたが、あくまで当主として中立の立場は崩さず、その器を慎重に測ったのは、むしろ祖母なりのやさしさだっただろう。

ご多分に漏れず、侯爵位を何としても実子に継がせたい伯父や叔母一派は、フェイがその器を示すたびに策謀を巡らせ、あの手この手でフェイを追い落とそうと画策してきた。

だがフェイはその全てを己の才覚で跳ねのけた。両親の失脚により大いに揺れた自派閥を何とか維持した、その人の上に立つ者としての器量もさることながら、伝統的に魔道具士を重んじるドラグーン家において、失われた三つの宝具の内の一つ、天然魔鉱石の埋蔵地を探査できる魔道具の原理を解明し、不完全ながらも再び起動させた実績が家中に与えた衝撃は凄《すさ》まじかった。

ちなみに、この原理解明には、アレンの姉であるローザが貴族学校在学時に書いた基礎研究の論文の内容も関わっている。

そして一二歳。事前の模試における王立学園合格確率九九％、推定配属クラスＡの結果を受けて、いたずらに結論を保留するのは勢力のためにならないと判断した祖母より当主《フォン》の位を譲り受けた。王の承認により世襲される侯爵位は未だ祖母が保持しているが、いずれは爵位を継ぐものとして内定しているとみていい。

勿論《もちろん》、これほど若くしてフォンを継ぐことにはデメリットもあるが、今後王国を背負って立つ逸材が集結する王立学園で、ドラグーン家当主の看板は大いにフェイの政治力を補完することになるだろう。そんな目論見もある。

そんな彼女が、王立学園入試へと向かう王都への直通魔導列車の中でたまたま見つけたのが――

◆

「おかえりなさいませ、フェイ様。何やら熱心に少年の素振りを観測しておられましたが、何か面白いアイディアでも？」

こうフェイに問いかけたのはフェイの側近で付き人のセイレーンだ。

ドラグーン侯爵家当主、フェイルーン・フォン・ドラグーンが『散歩』に行くと専用客室を出て一時間も帰ってこないにもかかわらず、漫然と客室で帰りを待つ呑気《のんき》者では側近は務まらない。

当然手分けして捜索に赴いたのだが、デッキ車両で少年の素振りに見入っている主をその目で確認して、セイレーンは問題なしと判断した。

弱冠一二歳にして侯爵家当主の位を譲られ、さらに天才魔道具士でもあるフェイが、またいつものように魔道具の実験台を見つけてアイディアを練っているのだろうと考えたからだ。

「心配かけたねセラ。ちょっと面白い子を見つけてね？　お近づきになりたかったんだけど、見事に振られちゃったよ」

フェイがニコニコとそう返答すると、セラは苦笑を漏らした。

「それはまた、あの少年には気の毒でしたね。フェイ様の正体を知ったら、きっと手が擦り切れるほどのもみ手をしながらすり寄ってきたでしょうに」

「ぷっ！　きゃははは！　……打算的な顔でもみ手をしながら近づいてきてくれたら、僕もそれほど関心は持たなかったんだけどね……」

フェイは先ほどアレンがジャパニーズ・土下座、この世界で言う罪人がとらされる姿勢ですり寄ってきた前後のやり取りを思い出しながら笑った。

「僕の勘が、初手から全力で捕まえにいけって言っていたから、きちんと自己紹介をしたんだけどね？　露骨に迷惑そうな顔をされたよ。もっと話したかったのに、おしっこ漏れそうだから帰る、なんてあからさまな嘘をついて帰って行ったよ？　……アレン・ロヴェーヌ。情報をくれる？」

「お、おしっこ?!　フェイ様に向かってなんて非常識な……」

セラは主であるフェイの言葉に耳を疑うと同時に、常になく楽しそうなその様子に驚いた。

この主はどんなに苦しい時でも、悲しいほどにニコニコと笑顔でいるが、この様に感情を表に出して笑う事は皆無に近い。

そのフェイが、まるで年相応の子供の様に笑っている。

先ほどチラリと少年の素振りを見たが、それほど目を引くという事もなかったように思うが……。

セラは不思議に思いながらも、取り合えず今年の王立学園への入試にドラグーン地方から挑む受験生のリストを開いた。

「アレン・ロヴェーヌ……あぁ、確かにリストにありますね。……なるほど、どこかで聞いた名だと思ったら、あのローゼリア・ロヴェーヌの弟ですか。フェイ様が興味を持たれた理由が分かりました。ただ彼は魔道具士は目指さず騎士コースを希望するようですね」

フェイはニコニコと笑って頷《うなず》いた。

「本人もそう言っていたね。魔力量が騎士としてはギリギリだって」

セラは首を傾げた。

「ギリギリ、ですか？　……事前の合否判定では『可能性あり』と、受験資格者の中では最低評価になっています。が、資料によりますと、魔力量は十分合格ラインに達しており、実技の実力は不明。ただ、学科がかなり厳しい模様で、恐らく合格は難しいのでは無いかと」

「へぇ〜学科が、ねぇ」

フェイは改めてアレンの素振りを、そしてその眼光を思い出す。その目は、彼が言ったように合格できるか不安に思っている人間の目ではなかった。

あれは合格を確信し、すでにその先を見据えている人間の目。

フェイは列車の最後部に設えられた、ドラグーン家専用車両の窓を開けた。

すり抜けていく風が、澱《よど》んだ車両内部の空気を攪拌し、室内は冷たく清新を感じさせる風で満たされた。

「……きっとまた、すぐに会える」

そう独り言ちたフェイの目にもまた、確信が宿っていた。

姉上と母上

　きっかり三時間睡眠を取った俺は、急いで携帯非常固形食を摂取して、一番に下車できるよう降車扉の前で待機した。

　どうせ姉上が迎えに来ているに決まっている。

　万が一、あの危険人物《フェイ》に見られて姉上を紹介……なんて流れにでもなったら、何が起こるか分からない。

　……しかしこの固形食はホントに素晴らしいな。

　前世はビールが著名な食品・飲料メーカーに勤めていた俺だ。

　食事の楽しみはそれなりに分かるつもりだが、それはそれとして、この固形食の出来には感心させられる。

　味も悪くないし、腹持ちもいい。

　見た目はボソボソとしていそうなのに、食べるとしっとりしていて飲み物なしでいける点も評価ポイントだ。

　プレーンタイプとドライフルーツが入っているタイプがあるが、俺は断然プレーン派だ。

　だが、さすがは王都だな。

　魔導列車は、前世の電車とは違い、時速50㎞ほどの速度しか出ていないとはいえ、かれこれ一時間以上は街の中を走っている。

　どこか牧歌的なロヴェーヌ子爵領からは想像もできない、一〇階以上ありそうな建築物もちらほらと見える。

俺は前世の記憶があるからそれほど驚かないが、田舎から初めて出てきたお登りは、試験の前に、まず街の雰囲気に呑《の》まれない事が大切になるだろう。

列車がゆっくりと減速し、駅に到着する。

ドアが開くと同時にホームへ飛び出して、一番に駅舎を出た。

さて、お迎えは……。

キョロキョロと辺りを見渡しながら歩速を緩めずズンズン歩いていくと、

「アレン君！」

懐かしい声で呼ばれた。

艶のあるコスモス色の髪は、腰の辺りまで伸びている。

腰を帯で締めたシンプルなダークグリーンのワンピースは、雨に濡《ぬ》れた夏草を思わせて、コスモス色の髪がよく映える。

「……姉上……綺麗《きれい》になりましたね」

「ふふふ。ありがとう。アレン君もカッコ良くなったね」

これにはちょっと驚いた。

◆

まさかいつもの研究スタイルである、芋くさいジャージを着てくるとは思っていなかったが、これほど垢抜《あかぬ》けるとは……。

恋でもしたか？

しかしこれはいかんな……。

平々凡々とした顔の俺と違い、人目を引く愛らしい顔立ち。

控えめに膨らんだ胸はまぁいいとして、大人になりかけの時期特有の、ほんの少しだけ艶めいた気品というか、この時期特有の雰囲気を漂わせており、非常～に周囲の関心を引いている。

駅舎からは続々と人が出てきて、ちらちらとこちらに視線を投げている。

……そしてもう一つ、人々がこちらを注視する原因となっているのが――

「よかったわね、ローザ。今のアレンのセリフはお世辞ではなさそうよ。朝から何時間もかけて洋服を選んだ甲斐《かい》があったではないですか。まったく、着ては脱いで着ては脱いで。どれも似合ってるって言っているのに」

身長が150cmほどしかない姉上の後ろから、頭ひとつ抜けた顔に、鋭い眼光。

ひと目見て、常人ではないと思わせる隙のない佇まい。

「お母様～！　言わないでぇ！」

うん、そうだね。俺もそんな話は聞きたくなかったよ。

顔を真っ赤にして、アワアワしながら人差し指を口に当てて振り返る姉を、母上は「家に帰ったら、すぐにあの脱ぎ散らかした洋服の山を片づけなさい」の一言で切り捨てた。

「母上。ご無沙汰《ぶさた》しています」

「見違えましたよ、アレン」

俺の髪色とそっくりな、ダークブラウンの髪を団子にまとめた母上は、これまた控えめに言って美人だ。

生家もいいし、なんであんなうだつの上がらない親父と結婚したのか不思議で仕方がない。

七分の袖《そで》にレースがあしらわれたアイボリー色のブラウスに、すらっと長い脚には濃紺の、くるぶしが覗《のぞ》くパンツを合わせてあり、春らしいいで立ちとなっている。

華奢《きゃしゃ》な手に握った長くてぶっとい剣がなければ、良からぬ輩がひっきりなしに声をかけているだろう。

……目立つ。余りにも目立つ。

「ところでアレン？」

ドンッ。

母上は鞘《さや》に納められたまま手に握られた剣を、軽々と肩に担いだ。

とてつもない緊張感が駅前広場に広がった。

先程からこちらをチラチラと見ていた、見回りの王国騎士団員と思しき人物が慌てて目を逸らす。

いや王国の切り札、仕事しろし。

「貴方まさか一人で来たのですか？　そんな大きなリュックを小さな体に背負って？　……あの人は一体……何を考えているのかしら……」

もう帰りたい……。

俺は恐ろしい王都の雰囲気に、到着して五分で呑まれた。

◆

説明を要求する母上を、立ち話も何だからと、何とか促して馬車に乗り込んだ。

とにかく駅前から移動しないと、フェイの事は措いておいても悪目立ちしすぎる。

「……そんなわけで、勉強の方も順調でしたし、俺も王立学園を目指すからには、責任ある一人の人間として、自立した行動をしたいと、猛反対する父上を何とか説得して、もちろんドラグレイドまでは護衛を付けていただいた上で、こうして一人でやってきたわけです、はい」

馬車の中で正座をしながら何とか説明を終えた。

一頭引きの小さな馬車だ。中は狭い。

対面に座っている母上の顔は、息がかかるほど近くにある。

母上は俺の目をキッカリと見て、俺が長々と説明している間、一度も視線を外さなかった。

いや、瞬きすら一度もしていない。

昔から母上には嘘はつけない。だから有り体に話した。

「よく分かりました。……まぁいいでしょう。本当に見違えるほどにしっかりしましたね」

母上はようやく張り詰めた空気を緩めた。

よっしゃ～！　ミッションコンプリート！　やったぜ親父！

「きゃ～！！！　私のかわいかったアレン君が！　アレン君が！　アレン君が～！」

姉上は俺の隣にピッタリと座り、俺の腕を抱きしめながらパニックを起こしている。

「でもアレン？」

俺が気を抜いた瞬間を狙い、母上は一瞬のうちに空気を再度張り詰めて、凍えるような声で言った。

「あの人は本当に、『猛』反対をしたのかしら？」

母上の強烈な揺り返しに俺の頭は真っ白になり、つい目を逸らして答えた。

「も、もちろんです」

どもった……。

母上は空気を張り詰めたまま、「あの人とは話し合いが必要ね」と言ってニコッと笑った。

ごめん親父……俺はベストを尽くした……。

最後の気掛かり

王都到着の翌日。

本番は二日後だが、俺は朝の走力訓練のついでに、王立学園に来ていた。

大丈夫だとは思うが、試験当日、雰囲気に呑まれるような事がないように、ひと目会場を見ておこうと思ったのだ。

ふむ。片道10㎞ほどか。

準備運動にちょうどいいな。試験当日も歩いて来る事にしよう。

しかし、さすがは王国の最高学府……。

まず思う事は……そう、馬鹿でかい。

馬車が四台は悠々とすれ違えそうな正門から中を覗くと、綺麗に敷かれた石畳が延々と伸びて、学舎と思しき西洋風の建物まで続いている。

豆粒ほどに小さく見えるその白亜の学舎までは、少なく見積もっても3㎞はあるだろう。

そこで石畳は学舎を回り込むように二つに分かれ、一つは右奥に見える森に向かって伸び、もう一つは校舎の左手から真っ直ぐに伸びて奥へと消えている。

うん。舐《な》めプせず、やはり先に見に来ておいてよかった。

この威容を、当日いきなり受験独特の雰囲気の中で見て、平常心を保つのは難しいだろう。

おそらく、あるものは萎縮《いしゅく》して、またあるものは『絶対に合格する！』、などと力を入れて、本来の力を出せないままに学園を去るに違いない。

普段通りの心境で、普通の力を発揮する。それがもっとも力が出せる。

毎年、騎士コース、魔法士コース、官吏コースの三つのコースを合わせても合格者はたった一〇〇人、三学年で三〇〇人しかいない学園が、どうやって一万人以上の受験生を収容するのかと不思議に思っていたが、この威容であれば容易く収まりきるだろう。

……しかし正門から覗いただけでは全容が全く分からないな。

俺は学園の塀に沿って、時計回りに走り出した。

◆

結論から言うと、この学園は全周が40㎞を超えるとてつもない広さだった。

王都の中心部からは離れているとはいえ、うちの子爵領都のクラウビア城郭都市が丸々入るくらいの広さがある。

よく考えてみると、魔法士の訓練には距離が必要だし、ある程度の広さがあった方が便利なのかもしれない。

……いや、それにしたって広すぎる気がするけれど……。

実家では城壁に沿って一周が朝のルーティーンだった。慣れ親しんだ朝の走力訓練のコース代わりに丁度いい。

同じ距離を走る事で、自身の変化を測るのだ。安易に距離を変えたりすべきではない。

斜度一〇度、全長５００ｍと、実に素晴らしい坂道を途中に発見したので、ついでに坂道ダッシュを一〇本行った。

全力で登って、ジョギングで降りる。

俺がなんのために走力訓練を毎日続けているか？

それは、筋力トレーニングのためだ。

騎士には、持久力ももちろん必要だが、やはり強さに直結するのは筋力だ。

短距離ダッシュには騎士に必要な筋力トレーニングの全てが詰まっていると言っても過言ではない。

オリンピックの１００ｍ走決勝を見れば分かるが、どの選手も丸太のような腕をしている。

単純に、速く走るという事にも、腕を始めとした上半身の筋力が重要だという証左だ。

これほど効率よく行える全身運動は他にないだろう。

例えば素振りでは、十分に足の筋力を鍛える事はできない。

『全力』を出せる運動というのは、実はそう多くはないので、全力下での魔力操作の鍛錬にもなる。

前世であれば、１００ｍで十分だろうが、この世界には身体強化魔法があるので、勾配《こうばい》を利用して距離も長く取り、負荷を調整している。

覚醒《かくせい》後、前世はもやしっ子だった俺は、当然筋肉トレーニングに関する専門知識などなく、最初はただ漫然と走っていたのだが、『走る意味』を突き詰めていくと、色々な発見がある。

その度にルーティーンを少しずつ変更し、効率を上げていく。

そうした作業が楽しくって仕方がない。

よし、明日も来よう。

ルーティーンができた事で、入学が少しだけ楽しみになった。

ちなみに、外周を一周回ってみたところ、正門が南だとすると、北に裏門があり、遠くの方に寮っぽい建物が見えたくらいで、あとは塀の高さが調整されていて、中の様子が窺《うかが》えるような所はなかった。

塀によじ登ろうと思えば登れるが、王族も通うことのある学園だ。

どのようなセキュリティが敷かれているか分からなかったのでやめておいた。

◆

ロヴェーヌ子爵別邸に帰り、小さな庭で素振りを終えた俺は、いつも通り固形食を摂取しようとしたところで、母上に声をかけられた。

「アレン？　何ですかそれは？」

「これは、携帯非常固形食です」

「それは見れば分かります。なぜそのようなものを食べようとしているのですか？」

冷めた目で聞かれる。あまりよろしくない雰囲気だ。

だが、朝食にこの固形食をいただくのは、すっかりルーティーン化した俺の儀式なのだ！

せめて受験が終わる明後日まではこのルーティーンを崩したくない！

勇気を振り絞って俺は説明した。

「常在戦場の心構えで試験に臨むために、自分に課した願掛けのようなものです。明後日の試験までは、この食事を続けるつもりです」

母上は、俺の目をたっぷり五秒ほど見つめてから、瞬きもせずに言った。

「体を作るのも騎士の仕事です。特に朝のエネルギー補給と夕食での体づくりは重要だと私は思います。昼食には口出ししませんから、朝はきちんとしたものを食べなさい」

有無を言わせぬ雰囲気だ……。

何と言えば説得できるかを考えていると、

「アレン君、おはよぉ～」

姉上が起きてきた。

休日にこの時間《午前八時》に起きてくるのは実家の頃の感覚からするとかなり早い。

だが昨日の垢抜《あかぬ》けた雰囲気はまるで無く、跳ねまくった寝癖に、ダボダボのパジャマを着ていて実にだらしがない。

窮屈なのが嫌いだとかで、昔からずっとこのスタイルだ。

「ローザはもう少しきちんとなさい。アレンは随分早くに起きて、汗をかいて来ましたよ。先ほど、少し木刀を振っているところを見ましたが、成長が見えました。アレン、毎日続けているのでしょう？」

母上は昔から、努力をして、成果があれば、正当に褒めてくれる。

それがどれほど有難いことかは、覚醒した今だからよく分かる。

「はい。といっても、まだ三か月ほどですけれど」

「へぇ？　アレン君が素振りして、お母様が誉めるなんて……私も見たかったなぁ」

先ほどまでの寝ぼけまなこはすでになく、興味津々といった様子で姉上が言った。

「ま、いっか！　アレン君が王立学園に入学したら、これからはいつでも見られるものね！　うふふ」

姉上は上機嫌だ。

「ねぇねぇ、アレン君！　今日はどこにいこっか？　アレン君のために、王都の美味しいレストランとか、男の子のお洒落《しゃれ》な洋服を売っているお店とか、友達にたくさん聞いておいたんだ～」

そのために早く起きて来たのか……。

そこで呆《あき》れたように母上が首を振った。

「明後日試験のアレンに遊んでいる暇などあるわけがないでしょう。それにローザも明後日からまた学校でしょう？　準備はできているのですか？」

「えぇ～！　せっかくアレン君のために色々調べたのに……まぁ仕方ないかな……これからは毎日一緒だしね！」

……今しかない……。

この流れを逃したら、もうチャンスはない。

俺は密かに身体強化の準備をしながら切り出した。

「あぁ、俺は合格したら学園の寮に入るつもりですよ。騎士を目指すんですから、同じ釜《かま》の飯を学友と食うのも勉強のうちです」

「……あ？」

姉上の機嫌は急降下した。

キレる直前だ。

「冗談だよね？　アレン君？　私がこれまでどれほどこの日を楽しみにしていたか……？　毎月手紙を送っていたんだもの。アレン君なら分かるよね？」

やばい。勉強に集中するため、という理由をつけて、返事を出せないと宣言してから、これ幸いと読んですらいない。

具体的な手紙の内容に話が及ぶ前に、話を進めなくては。

母上が近くにいることを今一度確認した上で、俺は答えた。

「冗談じゃないですよ、姉上。俺は寮から学園に通うつもりです。父上の許可もとってあります」

瞬間、飛んできた右拳《こぶし》を俺は掴《つか》んだ。

かなりのスピードだが、来ると分かっていれば対応できる。考えなしだった昔の『アレン』とは違うのだ。

姉上は回転が途轍《とてつ》もなく速い。

初手を掴んだことで、次の一手を封じたのだ。

「へぇ～止めるんだ……？　ほんと、どんどんカッコ良くなっちゃうね～、アレン君？」

顔は笑っているが、これはキレている。

「魔道具士が、グーで殴るのはどうかと思いますよ、姉上。手が命でしょう……？」

その細い腕からは想像できない力で押し込まれるのを押し返しながら、俺は答えた。

だがその瞬間、これまたとてつもないスピードで力を抜かれた。

鍔迫《つばぜ》り合《あ》いからの『抜き』はもちろん警戒していたが、一〇〇から〇が速すぎる！

前のめりになるのを踏ん張ろうと足に力を入れようとした瞬間には、膝《ひざ》が俺の顎《あご》を捉《とら》えようとしていた。

反射的に身体強化で顎をカバーするが、顔が跳ね上げられた。

何とか身体強化が間に合ったが、もし間に合わなければ顎の骨が折れていてもおかしくはない一撃だ。

まぁ、姉上も、俺がガードするのは見越していたとは思うが、俺二日後に人生のかかった試験があるんだけど……。

跳ね上げられた顔に追い討ちの裏拳をかまされて、鼻血が飛び散った。

「心配してくれてありがとう、アレン君。でもアレン君の顔は柔らかいから大丈夫だよ？」

姉上は、「話し合いをしましょ？」と笑顔で言った。

そこで母上《審判》が割り込んだ。

「あなたたち、遊んでないで朝食を済ませなさい。アレンの言う事ももっともです。寮に入ったとしても、すぐ近くなのだから、いつでも会えるでしょう？　ローザはそれで了見なさい。領主であるベルが認めたのなら、この話はこれで終わりです」

くっくっく。

俺は鼻血の垂れた顔で密かにほくそ笑んだ……。

母上は、子の安全に関わるような内容でなければ、基本的には親父を立てる。俺は、あの親父との夕食の時にはすでにこの形を思い描いていたのだ！

緻密《ちみつ》な戦略の勝利だ！

姉上が目に涙を溜《た》めながら睨《にら》んでくるので、何故か俺が悪いことをしたような気になるが、こうして最後の気掛かりを払拭《ふっしょく》した俺は、明後日の試験に万全の状態で挑めることとなった。

ちなみに、その流れでさりげなく固形食を摂取しようとしたら、母上が「あ？」と言ったので、俺は呆気《あっけ》なく折れた。

入学試験

試験当日の朝、俺はいつも通り朝五時前に起きた。

天気は生憎の雨だ。

試験は朝の八時から一〇時までの間に学園に入ればいい。

あまりに人数が多いので、時間に幅が持たされているのだ。

寝巻きから着替え、雨具《カッパ》を羽織る。

「感心ですね。今朝も走るのですか？」

母上が玄関まで出てきた。

「そうですね。走るのは楽しいですし、大切な日だからこそ、いつも通りにしようかと」

「ふふふ。本当に頼もしくなりました。いってらっしゃい、アレン。朝食の用意はしておくわ」

◆

雨の日の訓練には注意が必要だ。

それは足元が滑りやすいからだ。

何を当たり前なと思うかもしれないが、この世界には身体強化魔法がある。

力の込め方を誤ると簡単に滑るし、ただのランニングでも大怪我につながりやすい。

魔物の革でできたブーツは、強度、撥水性《はっすい》、滑りにくさなどの性能面で、前世のスニーカーの上をいく。

それでもやはり雨の日は滑りやすい。

もちろん、怪我を恐れて魔法の強度を落とせば、それなりに安全に走ることは出来る。

だが、素早く、強く動こうと思うと、接地面の状態をよく見極めて、ギリギリの強さで接地し、足裏から伝わってくる僅《わず》かな感触をもとに瞬間的に魔法強度を微調整する、という、単純ながらも実に奥深い作業を繰り返す必要があるのだ。

こういった頭を使わず、体で覚えるタイプの技能は、覚醒《かくせい》前から俺の得意技だ。

そして覚醒後も、俺は雨の日の訓練が好きだった。

◆

帰宅して素振りを終えた俺は、朝食のテーブルについた。

春休みが終わり、今日から学校が再開する姉上も起きてきている。

一昨日のダラシのない格好ではなく、リボンのついたフレッシュグリーンのワンピースに着替えている。

そして長い髪は、地味めのダークブラウンのスカーフと交互に、綺麗《きれい》に三つ編みに編み込まれている。

昨日、王都の案内をして貰《もら》った際にプレゼントしたものだ。

元々、受験前日は基礎トレーニング以外は休養日、兼予備日の予定としていた。

流石に少し申し訳ない気持ちもあったので、昨日一日、王都観光への同伴をお願いし、そのお礼にスカーフをプレゼントした。

プレゼントを申し出た際は、感極まった姉上がしくしくと泣き出したところによからぬ輩が絡んできて……まぁその話はいい。

選んでいる段階で、俺の髪色に似ているとは薄々感じていたが、見て見ぬ振りをした。

……だが、まさか自分の髪と一緒にスカーフを頭に編み込む、なんて技術が存在するとは……。

正直言って、引いている。

受験日に精神的なダメージを与えてくるのはやめてほしい……。

「待たせました」

そういって母上が、朝食をテーブルに並べてくれる。

流石に別邸にコックを雇うような余裕はうちには無いので、母上が用意してくれているのだ。

そこには、いつものサラダ、パン、チーズ、ハム、スクランブルエッグ、そしてなんと携帯非常固形食のプレーン味が！

思わず、ハンバーグを出された小学生のように顔を輝かせてしまい、母上に「まだまだ子供ですね」と呆れられ、姉上には「アレン君、可っ愛い～」と、言われてしまった。

……はぁ。

まあいっか、姉上の機嫌も直ったし。

俺は、姉上の髪型を見て沈んだ気持ちを、携帯非常固形食を摂取する事で何とか浮上させる事に成功した。

◆

「では予定通り、玄関《ここ》で見送りとします。頑張ってらっしゃい」

普通、貴族が王立学園を受験する際は、親や執事、家庭教師などが受験会場である学園入り口まで同伴する例が多いようだ。

だが俺は、親を伴って受験会場に行くという行為が、何となく気恥ずかしくて、見送りは要らないと昨日の夕飯時に伝えておいたのだ。

「今ならあの人《ベルウッド》が、アレンが一人で王都に向かう事を許可した気持ちが分かります」

お、よかったな親父！

懸案がまた一つ解決して、俺の心はさらに軽くなった。

「では、行ってきます！」

雨は上がっていた。

◆

ゆっくりと王都の街並みを見ながら、朝の訓練で多少使用した魔力を圧縮して丁寧に溜め戻しながら試験会場である王立学園へと向かった。

一〇時一〇分前に試験会場に着くと、ギリギリとあって、流石に受験生でごった返しているというほどの状況ではなかった。

こんなギリギリにきた理由に、深い意味はない。

事前の案内に、早い時間ほど混んでいるので、遅めの時間に来るようにと、推奨されていたからだ。

まぁそうだろう。

途中で何か事故があるといけないので、普通は早めに来ようと思う。

俺だって徒歩圏じゃなければもっと余裕を持って到着するように家を出ただろう。

そこかしこで、親や家庭教師から激励されている受験生を避けて正門をくぐり、その先の石畳に沿って張り出された沢山のテントの一つで受付をする。

そして、専用の魔道具で魔力量を測定する。

「二四八八ですか、優秀ですね！　あなたはこのまま石畳をまっすぐ、案内に従って、実技試験の会場に進んでいいですよ」

受付の担当者は笑顔で言ってくれた。

その先を見ると、テントの先にある、だだっ広い芝生に、物凄《ものすご》い数の受験生が不安そうな顔で待機していた。

……あぁ、あれが噂に聞く魔力量による選抜結果待ちか。

一〇時を過ぎた段階で魔力量を集計し、上位三千名に入れなかったものは、その他の試験を受ける事さえ叶《かな》わずお帰りいただくという、無情極まりないシステムだ。

まぁ流石に一万人全ての実技試験などしていては日が暮れる。

明らかにボーダーを超えている場合は、あの芝生、通称『運命の篩《ふるい》』で待機せず、先に進ませてもらえる。

九千人近い人間の、羨望《せんぼう》の目を受けながら、先に進む。

気まずい……。

一人先に進むという事は、彼らの中でお帰りになる人間が一人増えるという事を意味する。

白亜の学舎の前まで来たら、案内の人が立っていた。

魔法士コースで魔法士を専攻するものは右手に、それ以外を希望するものは左手に進むように、との事だ。

右手の様子が非常に気になるが、トボトボと左手に進む。

後ろの方から地鳴りのような歓声と悲鳴が聞こえた。

……急がないと、残りの約二千名の皆さんでごった返すな……。

◆

騎士コースの実技試験会場は、またそこはバカみたいに広い黒土のグラウンドだった。

今朝の雨で多少ぬかるんでいるが、それよりも問題なのは、踏むとフカフカと柔らかいこの独特の土の感触だな。

全く経験のない感触だ。

一歩、一歩、受付に向かって歩きながら魔力操作のイメージを擦り合わせていく。

受付に着くと、そこには大小様々な木刀が大量に立て掛けられていた。

名前を伝えると、好きな得物を選んで、広いグラウンドに散らばっている試験官の所へ行けと言われた。

「どこに行ってもいいんですか？」

「ええ、どこで受けても同じですよ。模擬戦をするのは受験生同士ですから」

受付の優しげなお兄ちゃんが答えた。

三年生がお手伝いかな？

適当な木刀を選んで、改めて試験会場を見てみる。

……うん、どう見ても試験官ごとに受験者数に偏りがある。

それはそうだろう。いくら受験生同士で戦うとはいえ、人間のやることだ。

採点の甘辛は確実に出てくる。

かなり遠いが、どう見ても優しそうな試験官の所には、一〇〇人以上の受験生が群がっている。

一方で、グラウンドの真ん中付近に設置された受付から、ほんのすぐそこにいる試験官……。

無精髭《ぶしょうひげ》を生やした壮年の男で、見るからに不機嫌そうな顔で眉間《みけん》に皺《しわ》を寄せている。

模擬戦をしている受験生を碌《ろく》に見てもいない。

……確実に地雷だな。

集まっている受験生も一〇人に満たない。

あれは二日酔いだな……。

前世で二日酔いで不機嫌な時の課長が醸し出す雰囲気にそっくりだ。

「あーお前らもういいよ。才能ない。帰っていいよ」

しっしっしと、手で受験生を追い払う。

宣告された受験生が絶望の色を顔に浮かべる。

気の毒だが、考えなしにこの試験官へと突っ込んだ受験生の自業自得と言うより他ないだろう。

受験の神様はどこの世界でも切り捨てるためにいるのだ。

そしてそう。

この実技についても選抜ラインがある。

三千人の受験生から、明らかに水準に達していない、おおよそ二千人を試験官が選別し、学科試験を受ける生徒を千人にまで絞り込むのだ。

そして、実施する実技試験の内容は年によって多少の違いがあるが、いずれにしろ実技試験の合否は、どうやら試験官による裁量が大きい……。

こうした事前の情報をどこまで把握し、具体的なイメージを持って試験に臨んでいるかが、合否を分ける。

俺は一族七〇〇年の涙の歴史に感謝しながら、無精髭を華麗にスルーした。

……ところで呼び止められた。

◆

「あー、お前。お前はここで受けていけ」

俺は聞こえないふりをして先に進む。

勘弁してくれ……。

ついさっき、そこの受付のにーちゃんからはっきりと、どこで受けてもいいって聞いたんだ！

出るとこ出るぞ？

全く歩速を緩めずに、優しそうな試験官さんを目指して一直線に進む。

君に決めた！

そんな俺に、無精髭はさらに声をかけてきた。

「テメェ聞こえてんだろ?!　無視すんじゃねぇ！　…………お前は合格だから一旦《いったん》止まれ！」

へ？　合格？

大好きな響きに、つい足を止めてしまった。

「……全く。お前あれだろ？　ここ三日ほど学園の周りを走ってるガキだろ？　噂になってんぞ？」

?‥?

言われた言葉の意味がよく分からない。

なぜ走っていたのを知っているのかも不思議ではあるが、学園の周りをただ走って、なんの噂になるのか。

困惑する俺を見て、無精髭はため息をついた。

「お前はこの学園のセキュリティを舐《な》めすぎだ。塀に触らなければ大丈夫だと思ったか？　……特にこの入学試験の前は、良からぬことを考えるアホどもが多いからな。普通じゃないペースで走る見知らぬガキが、塀の周りをうろちょろしていたら、すぐ俺みたいな警備担当に連絡が入る」

普通じゃないペース、というほど速く走った覚えはないが、なるほど、確かにこの入学試験の直前に、中の様子を少しでも把握しようと考えながら周りを走ったのは迂闊《うかつ》だったか……。

ど田舎の子爵領には無かったが、恐らくは監視カメラのような魔道具があり、俺の動向は学園側に捕捉《ほそく》されていたのだろう。

「確かに、この三日間ほど、学園の周りをランニングしましたが、何か問題でも？」

俺は、証拠《映像》を押さえられている可能性を考慮して、事実を認めつつ慎重に質問をした。

「あ～、それについては、多くの専門家が映像を分析して、田舎もんが考えなしに学園の周りをランニングしているだけと結論が出ている。だからお咎《とが》めは無しだ」

やはり映像を記録する装置があるのか……。

それにしても、多くの専門家だと？

監視カメラの可能性は考慮していたが、塀を登って中を覗《のぞ》くような事をしなくて本当によかった……。

「そんなわけで、警備担当の俺に連絡が来たもんだからよ。俺も映像だけじゃ無くて、実際にお前が走っている姿もちらっと確認している。お前は水準に達しているから、少なくとも実技試験は合格だ」

なるほど。つまり試験以前にすでに俺の実力は把握していたと。

走っていたのをちらっと見ただけで。

……そんな簡単に実力なんて分かるものなのか？

何となく既視感を感じながら、俺は質問した。

「俺のランニングをちらっと見て、そこまで明確に能力が分かるとは思えないのですが……」

そりゃ一流の使い手が見れば、ある程度魔力操作のレベルなどは推定出来るだろうが……。

俺の問いを聞いて、無精髭はまたしてもため息をついた。

「ま、普通はそうなんだがな……。だがお前、雨降ってる、しかも試験当日の今朝も走りにきやがっただろう。いったい何考えてやがるんだか……。魔力量の選抜で落ちたらどうするつもりだったんだ？　……まぁだからギリギリの時間まで魔力を回復して来たんだろうがな。唯一、お前が今日も走りに来る方に賭《か》けてた、ゴドルフェン翁《おう》の一人勝ちだ」

あぁ～なるほど！　何となく分かった！

一瞬、フェイのやつが戦闘力を測る魔道具を即日で実用化して、納入したのかと思って焦ったよ……。

◆……賭けの対象になってたの？

「お前も知っている通り、雨というのは中々厄介だ。求められる魔力操作の繊細さが段違いだからな」

二日酔いで頭が痛いのだろう、無精髭はこめかみを押さえながら続けた。

「だが、お前は昨日一時間二八分で走ったコース《学園一周》を、今朝は一時間四〇分で走った。あれだけ雨が降りしきる中、その歳《一二歳》でこれだけペースを落とさずに走れるやつは、そうはいない」

ふん。なるほどな……。

雨に浮かれて、いつもは一〇本の坂道ダッシュを、今日は一二本やったことは話さない方がいいだろう。

話がややこしくなりそうだ……。

「そんなわけで、この二日の差分を見るだけで、お前の身体強化魔法、特に魔力操作の水準は証明されるわけだ。まぁ、後半大幅にペースが落ちるところなど、スタミナ面と、魔力量に課題が残るがな」

……やはり南東にある、あのステキな坂道付近には監視カメラは無いと見て間違いなさそうだな。

そこまで言って、無精髭は獰猛《どうもう》な笑みを浮かべた。

「そんなわけで、お前は合格だが、スコア《得点》は付けなきゃならん。一撃でも構わんから、俺に打ってこい」

「……模擬戦は受験生同士で行うと聞きましたが?」

「生憎お前のスコアが測れそうな、手頃な奴が近くにいねぇ。無論防御はするが、反撃はしないから渾身《こんしん》の一撃を打ってこ……」

無精髭が話し終える直前の、刹那《せつな》のタイミングで一気に出力を上げて間合いを詰め、俺は大上段から渾身の一撃を振り下ろした。

だがこの一撃は、意外と技巧派を思わせる足捌《さば》きと、上半身の捻《ひね》りでかわされた。

やはり俺よりも実力は一枚も二枚も上だな。

リスクを取って、短期決戦。これしかない。

捻りをそのまま活かして、無精髭は木刀を横に薙いだ。

そうくる、と思っていたので、俺はその一撃を木刀で余裕で受け止め——

る、フリをして、あえて力を抜いて刀を弾き飛ばさせた。

俺には姉上のような、受けた状態から抜いて、この無精髭に隙を作り出すような技量はない。

木刀を失うのは痛いが、致し方ないと判断した。

あると思っていた反発力が無かったため、無精髭の体がほんの僅《わず》かに左に流れる。

そこに本命の左上段回し蹴《げ》りを放った。

完璧《かんぺき》なタイミング——

「うおっ！」

捉《とら》えたと思った蹴りは、無精髭の前髪にかすっただけで、スウェーでかわされた。

無精髭がすかさずバックステップで距離を取った時には、俺は近くにいた受験生から木刀を強奪して、正眼に構えていた。

「……なんて行儀の悪いガキだ……。てめぇ、最初のあの大味な上段は……誘いやがったな？」

「反撃はしない、と言いながら、立ち方がカウンター狙いに見えましたもので……選択肢を少しでも限定できれば、と思いました」

ふん。

あの性格の悪い課長が二日酔いなんだ。

しかも俺のせいで（俺のせいじゃ無いが）賭けに負けた状況。

素直に受けに徹するわけがない。

「……そもそも、まさか話が終わる前に切り掛かってくるとはな。普通は『分かりました』とか、『いきます』とか一声かけるのが礼儀だと思わねぇのか……？」

？？？

確かに……！

切り掛かる前に声を掛けてもらえるような、優しい姉上が欲しかった……。

「……はぁ。まぁいい。実技試験はしまいだ。最初に言ったように、お前……お前名前なんだっけ？は、合格だから、飯食って学科は正午開始の回を受けろ。実技試験を通過した全ての受験生が学舎に入る一五時までは外には出られんから注意しろ。五分前までに正門から見える学舎にいけ」

「ありがとうございます！　私の名前は、アレン・ロヴェーヌです！」

第一印象は重要だ。

俺は前世の就活の際に、やたらと練習した通り、なるべく爽《さわ》やかな印象になるようハキハキと自己紹介した。

完璧だ。

ふぅ〜。よし！　何とかこの無精髭《逆境》を跳ね返し、実技での選抜落ちは免れた！

俺は親切にも待っててくれた受験生に借りた木刀を返し、丁重にお礼を言って、テクテクと学舎へと引き返した。

◆

途中で気合の入った一団とすれ違い、見知らぬ人からどんな試験だったのかと聞かれたので、一般的な模擬戦を受験者同士でするシンプルな試験だと答えておいた。

ついでに、気の優しそうな可愛らしい女の子がいたから、こっそり『受付の近くの無精髭の試験官は、二日酔いで機嫌が悪いから近づかない方がいいよ』と、教えておいた。

学園入ってから仲良くなれるといいなぁ～。

お昼に携帯非常固形食（サラミ味）を摂取して、学科試験会場である学舎に入る。

さすが最先端の物が揃《そろ》う王都だ。

昨日の王都観光で新発売のサラミ味を見つけた時は感動した。

……だが、プレーン味の方が好きだな……。

指示通り、正午前に試験会場に入る。

物理学、魔法理論、地政学・歴史、軍略・政治、言語学。

五つの試験問題を一斉に配布されたので、得意な順にこなし、見直しをして時計を見ると、まだ一五時前だった。

学科試験には特筆すべきイレギュラーなど何もない。

例年よりやや難易度が高いかな？　と思う試験科目もあったが、条件は皆同じなのだ。

分からない問題は、いくら考えても分からない。

始まる前に全てが終わっているのが学力テストというものだ。
俺は念のため一五時まで見直しをして、学舎を出た。
こうして三か月に及ぶ俺の受験戦争は終わりを告げた。

合格発表とその裏側

午後四時前に、子爵別邸に帰った。

家に帰ると、母上と姉上がどこかソワソワとした様子で玄関で待っていた。

この三日間、受験に関する話など一切してこなかったが、やはりそれなりには気にかけてくれていたのだろう。

「アレン君、お疲れ様！」

姉上は満面の笑顔で迎えてくれた。

まぁ自分で言うのも何だが、この三か月は持てる力の全てを出し尽くしたという自負がある。

その苦労が、姉上の屈託の無い笑顔で報われた気がした。

「ご苦労様でした。顔を見れば分かります。力を出し切ったのでしょう？　ローザが頑張って、今夜のお疲れ様会の準備は万端ですよ？」

母上は、締めるところは締めるが、基本的には優しい。

昔から、少女のように口を綻《ほころ》ばせて笑う。

子供を四人も産み育てたとはとても思えない。

俺は本当に、家族に恵まれた。

「母上、姉上、ただいま帰りました！」

俺は、心からの感謝を込めて言った。

◆

翌日、母上と合格者発表を見に来た。

自信はある。

若干の不安要素があるとはいえ、流石に実技で不合格になるとは思っていない。

……実は合格発表も、俺は一人で見に来るつもりだった。

だが、昨夜母上にそう伝えたところ、

「アレンがどうしても一人で行きたいと言うのであれば、お任せします。ですが、アレンの頑張りを見て、合否はどうであれ、その結果を私はあなたの隣で見届けたいと考えています」

そう伝えられた後、母上は少女のように口元を綻ばせた後、言った。

「ふふふ。実は私《わたくし》は、あなた以上に結果に自信があります。親孝行と思って、よければ一緒に喜ばせてくれませんか？」

母上にそこまで言われると、流石に断れない。

そんな流れで、俺は保護者同伴で合格発表に来ていた。

ちなみに、いかに俺を信じているか、いかに一緒に喜びたいか、しまいには、いかに俺と一緒に住みたいかと、受験とはなんの関係もない話を熱弁した姉上は、『あなたは学校《研究》があるでしょう』と母上に却下され、また恨めしそうに目に涙を浮かべていた。

◆

時を合格発表から遡《さかのぼ》ること半日と少し。

王立学園では夕食もそこそこに、関係者総出で試験の採点をしていた。

「もう一度じゃ、エミー。今度はグラウンドに入るところから頼む」

数年前まで、王国騎士団で副団長を務めていた、ゴドルフェン・フォン・ヴァンキッシュにそう言われて、担当の魔法技師が断る理由はない。

今度はアレンがグラウンドに入るところからの映像が、モニターのような魔道具に映し出される。

「ゴドルフェン翁《おう》も、彼の試験映像を見ていたのですか？　魔法士コースの採点はよろしいので？」

はち切れんばかりの筋肉を携えた、身長2m体重150kgはありそうな巨漢が近づいてきて、ゴドルフェンに話しかける。

銀色の短髪と同じ色をした目が放つ眼差しは優しいが、顎《あご》の先は二つに割れている。

「ダンテか。魔法士《あちら》コースは人数が少ないからのう。大方見えたので後は任せてこちらに来た」

ダンテは、ゴドルフェンの隣に立って一緒にモニターを見始めた。

「うーん……。あまりに自然に歩いていますので……しかし、やはりここから受付まで、そしてデューさんの所まで少し歩く間に合わせた、としか考えられませんよね？」

「そうじゃのぅ。あの土は今回の試験のために反発力と摩擦力をかなり抑えた特殊な土じゃ。納入されたのは昨日の夕方。調合を考えたのはわし。発注先も信用のおける業者じゃ。どこかで経験していたというのは、考えられんのぅ」

そこに、さらに一人の男が近づいてきた。

「……そして、受験生たちは一生懸命模擬戦の技術を披露しているけれど、試験官が見てるのは足元への対応、つまり、考える力と魔力操作のセンス、この二点のみというわけですか。本当に、この試験を考えた人《ゴドルフェン翁》は、性格が悪いですね？」

実技試験の受付をしていた年若いおにいちゃん、ジャスティン・ロックがニヤニヤと笑いながら近寄ってくる。

彼はこの王立学園を、この春に優秀な成績で卒業し、王国騎士団に入団した英才だ。入団と同時に、この伝統ある王立学園の入学試験補助に抜擢《ばってき》されている。

ゆくゆくはこの国の根幹を支える柱達を育成する機関の入学試験だ。万が一にも情報漏洩《ろうえい》などが無いよう、その人格面も厳しく審査されている。

「ふん。田舎で身につけた小手先の技術など、この王立学園ではクソの役にもたたん。今年もまた、前半の受験生は、豊富な魔力を見せびらかすように、無意味な大技を出す阿呆《あほう》が後を絶たんのう。まったく……何のために魔力量の計測を最初に受けさせていると思っておるのじゃ。この実技試験で確認したいのはあくまで伸び代じゃ。そして、才あるものを拾い上げるのに、複雑な仕組みは不要」

さらに近づいてくる影が一つ。

「……皆さん、彼が面白いのは分かりますが、合格発表は明日の朝一〇時ですよ？　ほどほどにお願いしますね」

この騎士コース実技試験の採点フロアで、取りまとめを担当している女性、ムジカ・ユグリアが近づいてきて釘《くぎ》を刺す。

「分かっておる。……うーむ、じゃが、ちとこの小僧には簡単すぎたようじゃのぅ」

ゴドルフェンは、真っ白な顎鬚《あごひげ》を撫《な》でた。

「あの雨の中で、ほとんどペースを落とさずに走るやつですからね……。魔力操作のセンスはやはりかなりのものがあります」

ダンテが苦笑しながら同意したところで、フロアのドアが開いた。

この試験の期間中、警備担当の責任者として王国騎士団から派遣されてきたデュー・オーヴェル《無精髭》が、巡回から帰ってきたのだ。

試験当日は、内部から受験生を警護する目的を兼ねて、実技試験の試験官をしていた。

四年ほど前に、試験会場で大暴れをして、六〇名以上怪我をさせた大バカ者がいたからだ。

「翁がそう言うと思ったから、俺がやつの器を測っておいたんだろう」

コキコキと首を鳴らしながら、デューはゴドルフェンたちの元へ来た。

「デューさん、受験生の追い出しは完了したんですか？」

ムジカが驚いたように確認すると、デューは頷《うなず》いた。

「あぁ、学園内に、関係者以外は猫の子一匹いねぇよ」

「相変わらず仕事が早いですね……」

ムジカが呆《あき》れたように首を振った。

当事者が帰ってきた事で、フロアにいた採点担当者たちがわらわらと集まってきた。

みな新しく見つけた楽しげなおもちゃ《アレン》のことが気になっていたのだ。

「全く、せっかく彼は私の方に来そうだったのに、デューさんが横取りするから……遠くてほとんど生で見られなかったじゃないですか……」

アレンが目をつけていた、受験生に人気の優しげな試験官、パッチも愚痴を言いながら近づいてきた。

「……はぁ。手短にお願いしますよ……何度も言いますが、一〇時には合否を正門で発表する必要

がありますからね」

　ムジカは大きなため息をついて、そしてちゃっかりデューとゴドルフェンの間を確保した。聞く気満々である。

「聞こえておったか。相変わらずの地獄耳じゃのう。では、対峙《たいじ》した感想を聞こうかの？」

　ゴドルフェンが促す。

「あん？　みりゃ分かんだろ？　性格はひん曲がってやがるが、魔力操作のセンスはずば抜けてやがる。あの曲がった根性をある程度叩《たた》いて伸ばせば、相当な物になんだろ。現場試験官《おれ》の評価は『S』だ」

　最終的な評価スコア『S』は評価順位一位を意味する。

　各現場試験官が一名だけ『S』を推薦し、さらに合議によって一名に絞られる。

　以下『A』評価の推薦は試験官一人につき四名まで、最終試験結果『A』はその中から合議により19名に絞られる、といった具合に、試験官が推薦できる人数が決められていて、合議で最終的な受験生のスコアを決定していく。

　厳しい試験官だと不合格になりやすいとはいえ、推薦できる人数は『何人審査しても一定』である。

　そのため高評価を得るには受験者が少ない試験官を掴《つか》む方が有利であったりする。

「あの初っ端の仕掛けは、賛否が分かれますからねぇ。私は映像で見た時は笑わせてもらいましたが……。騎士としてはいかがなものか？　という意見も分かりますし、ゴドルフェン翁をはじめ、むしろ賞賛という意見も多い。まぁ、一致しているのは問題無しとの見解です」

パッチが嬉《うれ》しそうに笑いながら言った。

「当然じゃ。相手が格上だろうと、劣勢だろうと、勝つ為に戦う！　その気概がないもんが、上のレベルで通じることはない。戦争を経験しとらん世代は腑《ふ》抜《ぬ》けとる！」

「時と場合によると思いますけどね」

歳若《いおにいちゃん》ジャスティンは肩をすくめた。

「……あとはそうだな、初撃の上段、あれは見ての通り誘いだ。グラウンドに入った瞬間からそれとなくは見ていたが、特に魔力操作の調整をしている様子もない。腑《ふ》抜けた一撃が来たら叩き返してやるかと、確かにあのガキを舐《な》めていた。だから、立ち方の重心を見抜かれたって不思議はねぇ。……だがな」

目をつむり、試験の時感じた気配を思い出しながら、デューは続けた。

「あのガキ、おそらくハナから俺が受けに徹するはずがないと考えていたと思うぞ。反撃しない、と宣言しても、安堵《あんど》する気配はまるで感じられなかった」

デューは忌々しそうに言った。

「ふぉっふぉっふぉっ。面白い。実にわし好みじゃ。こやつはわしが貰《もら》うぞ」

「それはダメです」

ムジカが即座に却下した。

「ゴドルフェン翁は、Aクラスの担任になることがすでに決定しています。彼がどこのクラスに配属されるかは、今集計している、学力試験の成績次第です」

「ふん。何の分野でも、一流にバカはおらん。これだけ実技でスコアを出して、学力は選抜ラインギリギリ、などという事がある訳なかろう」

ゴドルフェンは自信満々に言い切った。

「バカはいなくても、お勉強ができない奴はいくらでもいるような？」

ジャスティンが茶化した。

「……賭《か》けるかの？」

ゴドルフェンが睨《にら》みつける。

「面白そうですね？」

「上等だ。昨日の負け分取り返してやんよぉ？」

賭け事《ごと》に熱くなるタイプのデューが、横から参戦したのを皮切りに、続々と皆が賭けに参戦していった。

ちなみに、この学園の名誉のために補足しておくと、生徒の将来がかかった試験成績で賭けをしているのは、警備兼試験官として王国騎士団から派遣されている海千山千の面々と、数年前に騎士団を引退し、この春より教師として着任することになっているゴドルフェンのみで、ムジカやエミーのようなこの学園の職員という訳ではない。

周りで興味深げに聞いていた試験官たちも、次々にベットし、アレンの配属クラスをネタに、瞬く間に賭けが成立した。

仕事が出来る魔法技師エミーが、誰が何に賭けたかを即座に記録した。

賭けの一番人気はAクラスだが、片田舎《聞いたこともない》の子爵家出身と言うことで、学科に不安があると踏んだのか、BやCにもある程度票が入った。

一クラス二〇人で、一〇〇名合格なので、クラスはEまである。

だが、アレンの魔力量と実技試験の結果から、学科が選抜ラインギリギリの五〇〇位であったとしても、すでにC以上は確定している。

それぞれのベット《賭け金》が確定したので、デューは話を続けた。

「……まぁここまで言えばここにいる奴らなら、映像見れば大体分かんだろ。いきなり大味に切り掛かってきたが、これは最初から俺の出方を見るための誘い。俺が、そんだけ動けるならこんくれーなら怪我しねぇだろう、と繰り出した横薙《よこな》ぎは得物離してスカされた。体が流れたところに反対側から顔面へカウンター気味の回し蹴《け》りだ。初撃とこの三手目の回し蹴りを見ても、奴はゴドルフェン翁特製のクソ動きづれぇ土で、全力に近いレベルで身体強化魔法を使っているのは、朝のランニングと合わせて考えてもまず間違いねぇ。普通に受付まで歩いてる間に、調整終わってたんだろ」

「二つ質問をいいですか?」

ゴリマッチョの優しいけつあご、ダンテが手を挙げた。

「確かに鋭い回し蹴りだと思うのですが、王国騎士団第三軍団の団長、『一瀉千里《いっしゃせんり》』デュー・オーヴェルの前髪に触れられるほどのレベルには見えなかったのですが?」

「ん? あぁ、この映像の位置からじゃ分かりにくいか? まぁ舐めてたのもあるがな……。あのガキはわざと正眼よりも右側に木刀を置いて、弾き飛ばされる木刀の方向を調整してやがった。飛んで行く得物が、ぼけっと突っ立ている受験生に当たらないか、俺が一瞬確認するように、視線を誘導するのが狙いだろうな。そこへ死角から蹴りがきたから、反応が遅れた」

「ふ〜む。なるほど。それで二つ目の疑問も解けました。いくら格上から隙を生むためとはいえ、いきなり武器を手放すのはどうなんだろうと思っていましたが……。それに見合うだけのリターンを計算していた訳ですね。しかも即座に近くの受験生から武器を調達している」

「それがあのガキの性格の悪いところだ。今思えば不自然なほど、周りの受験生に意識を向けている様子を見せなかった。だが状況によっては、戦術に組み込むつもりで手札に数えてやがったのさ。根性腐ってると思わねーか？」

ダンテは肩を竦《すく》めた。

「……根性のほうは分かりませんが、確かにゴドルフェン翁が言うように、バカではないようですね……」

「……では皆さん、そろそろ採点に……」

そうムジカが切り出したところへ、

「……ところで、ゴドルフェン翁はこの後のデューさんの試験映像を見ましたか？」

ジャスティンがニヤニヤと付け加えた。

「ん？　まだ見とらんが……何ぞ面白い奴が他にも出てきたのかの？」

何名かは見たのだろう。気まずそうに視線を泳がせた。

「デューさんの所、この後一人も受験生が来なかったんですよ！　一人も！　私のところからはよく見えなかったけど、受験生に一本取られて、よっぽど恐い顔で突っ立ってたんでしょ！　あっはっはっは」

空気を読めないパッチが盛大に笑うと、デューが額に青筋を立てた。

「一二歳のガキに、本気で怒るわけがねーだろ！」

すかさずジャスティンが補足する。

「そうですね、確かに彼が帰った後は、どちらかと言うと機嫌が良く見えましたよ。いつもの獰猛《どうもう》な笑みで、次の骨のある受験生を待ち望んでいるような、そんな顔で立っていました。でも誰も来ないものだから、どんどん寂しげな顔に変わっていって……」

ジャスティンが煽《あお》ると、できる魔法技師のエミーが、即座に映像を切り替えた。

そこには受付のすぐ近くで、寂しげに一人で突っ立っている、デューの後ろ姿が映し出されていた。

「あっはっはっ！　エミーちゃん、このアングル最高！」

再びパッチが笑う。

何名かは釣られて吹き出した。

「映してんじゃねぇ！　全く、どいつもこいつも人の顔色窺《うかが》って試験官選びやがって！　最初の方に、真っ直ぐ俺のところに来た奴らはまともだったが、他は碌《ろく》なのいなかったぞ？　レベル落ちてんじゃねーのか?!」

「ふぉっふぉっふぉっ。まぁ皆笑ってやるな。あんな楽しいおもちゃ《アレン》で遊んだ後じゃ。多少昂《たかぶ》って、気配が漏れても仕方あるまい。……まぁ受験生には、この王立学園への入学を目指すからには、もう少し気概をもって欲しいがの！」

ゴドルフェンが空気を締め、皆が笑顔を消したところでムジカが解散を促した。

「さぁ、今度こそ皆さん採点に戻ってください！　例年より大幅に遅れています！　時間がありません！」

だが、皆が仕事に戻ろうと動き出した時、魔法技師のエミーが小さな声で呟《つぶや》いた。

「あ……デューの所に受験生が来なかった理由。さっき、たまたま見たかも……」

皆が足を止めた。

再びカチャカチャと魔道具を操作するエミー。

『受付の近くの無精髭《ぶしょうひげ》の試験官は、二日酔いで機嫌が悪いから、近づかない方がいいよ！』

そこには、いい笑顔で、可愛らしい女の子にこっそりアドバイスを送るアレンがいた。

「その女の子は『運命の篩《ふるい》』で知り合ったらしい、友達二人に、その事を教えてあげてた。多分その後は、鼠算式に受験生に広まった」

エミーは補足した。

「あんのガキぃぃ！　何適当な事広めてやがんだ！　警備担当の俺が試験前日に酒なんざ飲んでる余裕がある訳ねぇだろうが！　徹夜続きを押して、てめぇらガキどもの試験官までやったのにぃぃい！」

デューは前言を翻して、一二歳のガキに切れた。

出来る魔法技師のエミーが、再びデューの寂しげな、寂しげな後ろ姿を映し出す。

パッチは一瞬我慢した。

だが先ほど皆を引き締めた、肝心のゴドルフェンが噴き出したので、全員が揃《そろ》って爆笑したのであった。

「ぶわぁはっはっは」

「ひーくるしー」

「『一瀉千里』の、でゅーの、あの後ろ姿っ」

『ありがとうございます！　私の名前は、アレン・ロヴェーヌです！』

　エミーの指が冴《さ》える。

「……取ってつけた様に、爽《さわ》やかぶってんじゃねぇぞぉぉぉ！」

　デューは、先程の賭けのベットを、Ａクラスから学科テストでの選抜落ち《不合格》、大穴勝負へ変更する事を宣言した。

◆

　深夜――

　遅々として進まない実技の採点作業を、皆で取り返していたところ、学科担当の、とある男がフロアに入室してきた。

「学科試験の結果出ましたよ～」

　その瞬間、皆の目が一斉に男に向く。

　尋常ではない気配だ。

「ふむ。アレン・ロヴェーヌの結果はどうじゃったかのう？」

　現役時代は不撓不屈《ふとうふくつ》の戦士として畏《おそ》れられていたが、現場を退いてからはすっかり落ち着き、今では『仏のゴドルフェン』と呼ばれているこの好好爺《こうこうや》が、にこにこと笑いながら聞いた。

　だが、その体からは、往時を彷彿《ほうふつ》とさせる裂帛《れっぱく》の気合が立ち昇っていた。

　この数時間で、ジャスティンとエミーが何度も煽った結果、ベット《賭け金》が際限なく吊《つ》り上がり、ここにいる人間の収入が桁違《けたちが》いである事も災いし、今では到底笑えない金額がアレンのスコアに賭けられていた……。

「あ、アレン・ロヴェーヌですか?! えっとその子は……あぁ――」

その報告に、誰もが愕然《がくぜん》とした。

◆

午前一〇時半。

悲喜こもごもの受験生の間を縫って、俺は母上と合格者の一覧が張り出された掲示板の前に立った。

自信はある。

大丈夫だと自分に言い聞かせてはいるが、前世であれだけ努力しても、志望校へは手が届かなかった俺だ。

嫌な予感は拭《ぬぐ》えない。

俺は、Eクラス合格者の欄から、祈るような気持ちで自分の名前を探し始めた。

と、そこへ母上があっさりと言った。

「アレン。ありましたよ? あそこです」

母上が指差す方を慌てて確認すると、次のように書かれていた。

アレン・ロヴェーヌ
魔力量(C)
騎士コース実技試験(S)

学科試験（A）
配属クラス（A！）
騎士コース総合順位（四／五〇）

確か魔力量のCは、合格者の中で、四〇～六〇位の間を意味する筈《はず》だ。これは分かる。

俺もそんなもんだろうと思っていた。

学科試験のAについては、学科試験が全体で二～二〇位の間であった事を意味する。

これはやや出来過ぎな気もするが、自分の努力が身を結んだ結果であり、誇らしい気持ちだ。

だが実技試験（S）とは？

Sが付いている者は、各項目に一人しかいない。

つまり受験者の中でトップ評価を意味する。

……えぇ～？

俺は、あの無精髭を生やしていた二日酔いの警備員のおじさんに試験してもらったのだ。

俺は何かの間違いだろうかと疑問に思ったが、さらに気になる項目があったので、そちらに気を取られた。

配属クラス（A！）

……そんなクラスあったっけ？

思わず隣の母上を見た。

母上は難しい顔で掲示板を睨《にら》んでいた。

3章　オリエンテーション

新学級でのかまし方（1）

「あの、母上……。クラスのところのあれは一体なんでしょう……？」

母上は、難しい顔で掲示板を見ていたが、ふっと笑みを浮かべたかと思うと、ゆっくりとこちらを向いた。

「アレン。Ａクラスでの合格おめでとう。貴方は自分自身の強い意思で、この学園へ入学する権利を掴《つか》み取りました。私《わたくし》は、貴方を誇りに思います」

……嬉《うれ》しい。

本当に王立学園進学《この道》でいいのか迷いがあった。

状況に流されているだけではないかと、不安だった。

だが、子供の努力をいつも的確に褒めてくれる母上の、最上の賞賛を聞いて、俺のやってきたことが間違いではないと思えた。

そうだ。

この道は、俺が自分で、自分の『やりたいこと』をして『自由気まま』に生きるために、最も適した道だと、自らの手で勝ち取った道だ。

学歴も出世もクソくらえだ。

必要なら俺は、この勝ち取った権利《王立学園》をいつでも捨てる。

だが今は、この三か月間、ゾルドと手を携えて、共に歩んだ努力の価値を信じよう。

騎士として強くあるために、『アレン』が一二年間積み上げてきた努力の価値を信じよう。

涙が頬を伝う。

一度流れ出したら止まらなかった。

母上は、『あらあら』と言って、口を綻《ほころ》ばせて笑い、俺の体を優しく抱きしめてくれた。

あったかい……。

母上の心は大きい。

この大きさのありがたさを、価値を、俺は知っている。

一呼吸置いて、母上は、俺の顔を両手で挟み、唇の端を吊り上《あ》げたかと思うと、一言、とても小さな声で言った。

「アレン。あなたを信じていますよ」

その目は全く笑っていなかった。

涙は引っ込んだ。

よく見ると、俺の頬を挟んだ母上の両の手は真っ白で、冷え切っていた。

怒っている時のサインだ。

つい先ほどまでポカポカと温かな気がしていた俺の体感温度は急降下した。

「あ、あの、母上……それは一体どういう意味……?」

急激に喉《のど》が渇き、美しい涙が流れていたはずの目もドライアイかの如くカピカピに乾燥している。

「さてと。私は今日にでも子爵領に向けて出立します。アレンの朗報を一日千秋の思いで待っているベルやゾルドに伝えないと」

「そうですね。いえ、そうではなくて、母上はあの『!』の意味をご存じなのですか?」

「騎士たるもの、潰《つぶ》されそうになったら、逆にすべてを叩《たた》き潰すくらいの気概がなくては、舐《な》められますよ?」

母上は少女のように口元を綻ばせて笑った。

「そうですね。いえ、そうではなくてですね」

話が微塵《みじん》も通じない……。

少女の様な口元とのギャップが酷い。

「ほら、合格者のオリエンテーションは一一時からでしょう。最初の挨拶から遅刻しますよ」

母上は、俺の背中を押すと、正門に向けて踵《きびす》を返した。

訳が分からなかったが、俺は母上に慌ててこれだけは言った。

「母上、美味しいごはんをありがとうございました! 行ってきます!」

育ちのいいらしい母上は、あまり家事が得意ではない。

だが俺のために、出来合いの物では済まさずに、毎日食材の買い出しに行き、悪戦苦闘しながらも栄養が考えられた温かい食事を朝と夕方に出してくれた。

母上は照れ笑いのような顔で振り返って、応えてくれた。
◆

案内に沿って、学舎に入る。

石造りの建物というほかは、日本人基準で特筆すべき点はそれほどない。

足元に敷かれているのが、磨き抜かれた大理石であることと、昨日は閉じていたが、エントランスの左手には、豪奢《ごうしゃ》なテーブルセットやソファーが無数に並べられたラウンジがあることぐらいか。

三〇〇人しかいない学校にこんなデカいラウンジ必要か？

ちらりと横目で見ると、上級生と思しき人たちが、ラウンジから好奇な目でこちらを見ていた。

コーヒーに似た、香しい匂いがエントランスに漂っていた。

二階にあるAクラスの教室の前に着く。

◆

……緊張するな……。

前世では青春をすべて勉強に捧《ささ》げた。

中学も高校も、一年生の四月から受験勉強をしていたのだ。

前世の親には、口癖のように『周りにいる同級生は、すべて蹴落《けお》とすべきライバル』だと言われてきた。

当然学生らしい思い出も、親友と呼べるような親しい人物もいなかった。

『アレン』も、一一歳までは地元の幼年学校に通ったが、領主の息子であり、魔法的な素養がずば抜けて高かったこともあり、どこか距離を置かれていた。

この王立学園では、出来れば、今しかできない学生らしいことをしてみたいと思っている。

部活動をしてみたり、彼女を作ったり、友達と魔法の研究をしたり、探索者登録をして魔物退治をして金を稼いだり、悪友と寮を抜け出して、夜の街をぶらついたりしてみたい。

成績などどうでもいい。俺は今を楽しみたいのだ。

……そのためにはやはり初めが肝心だ。最初に一発かますべきか、無難に入るべきか……。

……まぁここはまだリスクを取るような場面ではないな。

今の俺には前世のような人見知り属性はないのだ。無難に、自然に入って、まずは普通に友達をつくる。

俺ならできる。

多少のイレギュラーが発生したら、後は『風任せ』でいこう。俺は意を決して教室のドアを開けた。

「待っていたよアレン。君に会いたくて仕方がなかったんだ」

目の前で、危険人物《フェイ》がニコニコと笑っていた。

◆

いきなりの逆風に、俺はドアを閉めた。

迂闊《うかつ》だった……。

その可能性は十分考えられた筈なのに、何も対策を練っていない……。

母上の様子がおかしかったので、クラスメイトの名前すら確認せずここまで来てしまった。

対策を考える間も無く、ドアは自動で開いた。

「……これはこれは、フェイ様ではあーりませんか！」

「それはもういいよ」

ちっ。

とりあえず俺はフェイを無視して、サッと教室を見渡した。

教室には、シンプルだががっしりとした作りの机と椅子が、スクール形式に並べられていた。

すでに、いくつかの学生たちのグループが出来て、楽しげに談笑している。

これは出遅れたか？

まぁ仕方ない。大した遅れではないだろう。

席は特に決まっていないようなので、俺はなるべく人畜無害な雰囲気を醸し出しながら、空いている窓際の席に向かって歩きだした。

「相変わらずアレンはつれないね？　それにしても、騎士コースの実技試験の結果には、さすがに僕も驚いたよ！」

当然かのようにフェイがあとをついてくるが、無視する。

と、そこに、水色の髪を短く切り揃えた、目鼻立ちのクッキリとした、スラリと筋肉質そうな男が、友人らしき二人を伴って近づいて来た。

髪の色はあれだが、野球部にいそうなタイプだ。

「今アレンと聞こえたけど……君がアレン・ロヴェーヌかい？」

「そうだけど……君は？」

用件を聞く前に、とりあえず名前を聞き出す。

ふふふ。

俺はこの王国の子爵以上のすべての貴族名と、特産品などの領地の簡単な情報を記憶している。

領地の話題などから話を広げて、この大事な初戦を制する！

「あぁ悪い、俺はアルドーレ・エングレーバー。魔法士コースで魔法士専攻だ。気軽にアルって呼んでくれ」

ほう。

エングレーバーと言えば、俺と同じ子爵家。

しかも見た目野球部のくせに、憧《あこが》れの魔法士。

……こいつとは仲良くしたいな。

「エングレーバーといえば、エンデュミオン侯爵地方にある、魔法士の杖《つえ》の素材となるアンジュの木が特産として有名な子爵家だな。これからよろしくな、アル」

アルはやや驚いた顔をしたが、『流石だなっ』と笑顔で肩を叩いてきた。

アンジュの木はマイナーな素材だからな。

しかしこれは中々好感触じゃないか？　初手を成功させたことで自分の肩から力が抜けたのを感じる。

「あっれ～？　僕の時と何か違くない？」

後ろでフェイが何か呟《つぶや》いているが、無視する。

「友人《ダチ》を紹介するよ、アレン。えーっと、こいつはココニアル・カナルディア」

そう言って、隣の背の低い男を紹介して来た。

「ココ、コココココっ」

……人見知りか……。

なまじ気持ちが分かる分、邪険にする気にはならないな……。

まるで前世の自分を見ている様だ。

カナルディアは、確か元は名門伯爵家だったが、今は訳あって男爵家のはずだ。

薄い醤油《しょうゆ》顔にポッチャリした体型で、間違っても女の子にモテそうも無いところも好感がもてる。

そして——

「ココと呼んでいいか？　君のご先祖様が出した、カナルディア魔物大全は、俺も全巻目を通した。製作者の熱意が伝わる実に素晴らしい著書だ。そこから察するに、もしかしてココは官吏コースか？　これからよろしく」

カナルディア魔物大全は、この王国に生息する魔物の生態と生息域を詳細に記した過去の名著だ。

俺は時間を見つけては読み込んでいる。

ココは顔を上げて目を見開いた。

そして何かを言いたげな顔をしていたが、

「う、うん。ココって呼んで。官吏コース。よろしく」

と、ようやくそれだけを言った。

うん。こいつとも仲良くできそうだ。

開幕二連勝！

「きゃはは！　アレンは何で受験科目にも無い魔物大全なんかに詳しいの？　君は僕を驚かすのが好きだね？」

「お前に言ってねーよ」

しまった……あまりにうざくて、つい反応してしまった。

怪訝《けげん》な顔でフェイとのやり取りを見ていたアルだが、気を取り直して、もう一人の紹介を始めた。

「で、こっちはライオ・ザイツィンガーだ。って、流石に知ってるか」

青みがかった光沢のある黒髪に、スラリと高い上背。とんでもない美形だ。

まさに、貴公子と呼ぶにふさわしいこいつは……。

……やばいな。全く知らん。

新学級でのかまし方（2）

ザイツィンガーはもちろん知っている。

三家しかない公爵家の筆頭。

当主は前王の弟。

特産もへったくれもない、誰もが知る超大貴族家。

だが、先ほどの紹介はこいつ個人を指した台詞に思える。

有名人なのか？

「ライオだ。これからよろしく頼む」

実にシンプルな自己紹介。

自信に満ちて、落ち着きのある声。

意志の強そうな目。

だが、もう少し情報が欲しいな……。

「膝《ひざ》を突いて頭を下げちゃダメだよ？　ぷっ」

……俺は、耳元で囁《ささや》いてくるフェイを後ろ足で蹴飛《けと》ばした。

そこへ、アルが追加情報を投入した。

やはりコイツとは仲良く出来そうだ。

「いや、世の中は広いな。王国共通学科試験の成績上位者で、魔法の素養が高いものは、事前に王都へ召喚されて、交流する機会を持たされるから、このクラスにいる奴らは顔見知りが多い。少なくとも名前くらいは知っている」

……あぁ、あの合否判定が出る模試みたいなやつか。

アルの説明に俺は得心がいった。

公爵家と釣り合いが取れるとは思えない二人が、入学初日にしてライオの友人なのはそういうわけか。

「だから……こう言っちゃなんだけど、今まで見た事も聞いた事もないアレンが、ライオのパーフェクトスコア《オールS》を阻止したのを今朝見て、びっくりしたし、一体どんなやつなのかって噂してたのさ」

……あの無精髭《ぶしょうひげ》のチョンボ《採点ミス》が無ければパーフェクトだと？

しかもそれを当然だと周囲が捉《とら》えている。

「アル。先程から言っているが、俺はスコアなどどうでもいい」

ライオが心底興味なさそうに、アルに釘《くぎ》を刺す。

俺は確信した。

こいつはいわゆる、クラスの中心人物的な立ち位置に入るやつだな。

三か月後には女の子たちの間で「氷の貴公子」とか、「王立学園トップ・スリー」とか、「癒《いや》シックス」とか呼ばれて、チヤホヤされているに違いない。

こいつのそばにいると、凡庸な顔の俺はラブレターの郵便受けと化す。

心の距離を取りながら、俺は聞いた。

「ライオ……と呼んでいいのか？　初めに言っておくが、俺は超がつく、ど田舎の貧乏子爵家の三男で、品位も何もないぞ？」

「無論だ。この学園に入ったのは、才能ある学友と互いに切磋琢磨《せっさたくま》して己を高めるためだ。身分を笠《かさ》に威張るためではない」

……う〜ん、悪いやつでは無いのだろうが……。

俺はこいつと三年間仲良しこよしをする気にはならんな……。

権力は魅力的だが、相応の義務を伴う。

ライオは将来の為に、今を犠牲にして必死に努力をするタイプだろう。

下手をしたら、国のため、なんてスケールで生きている可能性すらある。

ゆくゆくはアウトローを目指す俺の人生観と折り合えるやつではない。

インハイ一直線だ。

だがここで、一発かまして、敵に回すと後々面倒な事になる危険もある。

とすると無難に、たまに話はするクラスメイト……ここがゴールだな……。

そんな事を考えていると、ライオが真っ直ぐな、力強い目で俺を見つめながら聞いてきた。

「お前は、アレンは、何のためにこの学園に来たんだ？」

挑戦的な目だ。

だがこの質問は嫌いじゃない。

ただ漫然と、親に言われてとか、将来の出世に有利だから、とかではなく、自分自身の意思で、進路を選び取ったものだからこそ、出る質問だ。

だが、俺とライオでは、その答えが、生きる目的が決定的に異なっている。

今朝の母上の台詞が脳裏をよぎる。

『騎士たるもの、潰《つぶ》されそうになったら、逆にすべてを叩《たた》き潰すくらいの気概がなくては、舐《な》められますよ？』

……違う。そっちじゃない。

『貴方は自分自身の強い意思で、この学園へ入学する権利を掴《つか》み取りました。私は、貴方を誇りに思います』

——俺は無難にかわすのを止めた。

「それは、俺がやりたい事を、自由気ままにやる為だ」

ライオは一瞬キョトンとしたが、続けて聞いてきた。

「お前のやりたい事とは何だ？　強くなって、この国と民を守ることか？」

俺は思わず苦笑する。

「そんな高尚な趣味はない。思いつくままに、気の向くままに、自分が面白いと思う事を、好きだと思う事を、やりたい時にやりたいだけやって、面白おかしく生きる。そのために必要だと思ったから、この学園に来た。それだけだ」

「……それでは、自分のためだけに、この学園に来たというのか？　生まれ育った国に愛着はないのか？　お前も貴族だろう？　力を持って生まれたものの義務を果たしたいという気持ちが、弱き者たちを守りたいという気持ちはないのか？」

やはり、思考方向が根本的に異なるな。

俺はオブラートに包むのを止めて、ストレートに答えた。

「俺がこの学園に来たのは、あくまで俺自身のためだ。この国への愛着？　悪いが無いね。最初に言ったはずだ。俺は品位も何もない貧乏貴族の三男坊だとな。お前とは手の届く範囲が違う。俺が守りたいのは、俺が守りたいものだけさ。価値観の相違というやつだな」

ライオは愕然《がくぜん》としている。

信じられない答えを聞いたと、その顔には書いてあった。

「なるほど。よく分かった、アレン・ロヴェーヌ。正直に話してくれて、どうもありがとう。確かに、価値観が交わる事は無さそうだ。この先、一生な」

気がつけば、俺たちのやり取りを、クラス中が固唾《かたず》を呑んで見守っていた。

◆

「ふぉっふぉっふぉっ。どうやら自己紹介はあらかた終わった様じゃの」

声がした教室の入り口を見ると、一人の好好爺《こうこうや》が立っていた。

何者だ、この爺《じい》さん。まるで気配を感じなかったぞ？

「まだだよ。アレンはまだ新しく出来た友達に、友達の僕を紹介してないよ？」

……どんな強心臓してるんだフェイ《こいつ》？

この流れで自分《みずから》をこの中に投下しろと？

そもそもここにいる奴らは大体顔見知りなんじゃないのか？

クラス中が引いている。

「ふむ。では時間も時間じゃ、手短にの」

「ほらアレン。急げって。早く友達以上恋人未満の僕を、みんなに紹介して？」

何をどさくさに紛れて、五秒で階段を一段登ってるんだ?

とにかく、この変人と仲間と思われるのはまずい……。

「こいつは友達以下で知り合い以下の誰かだ。俺は知らん」

俺はキッパリと宣言した。

「そんな！　酷いよアレン。ほんの五日前に朝まで僕の事を六時間以上虜にしておいて、赤の他人だなんて！」

な、何を言い出すんだこいつは?!

男どもの羨望《せんぼう》の眼差しと引き換えに、冷え切っていく女の子たちの視線が痛い……。

なぜ俺が身に覚えのない罪で、こんな公開裁判に掛けられているんだ?

あ、一人分かりやすく嫉妬《しっと》にかられた目で睨《にら》んでる男もいるな……フェイのことが好きなのか?

とにかく何か言わないと、陪審員《クラスメイト》の心象が取り返しのつかない事になる……。

「適当な事を意味深に言うな！　あれはお前が勝手についてきただけだろう！」

そこでフェイは衝撃を受けた様な顔をした。

目にはうっすら涙が浮かんでいる。

とんでもない迫真の演技だ。

……演技だよな?　じゃなければ怖すぎるぞ?

「……アレンって、ほんと釣った魚に餌をやらないタイプだよね。あの時も、最初は是非是非お近づきを、なんて言ってたのに、終わった途端おしっこ漏れるから帰るなんて言って……。でも僕はそれでもいいよ。君のそばにいられるなら」

事実の歪曲《わいきょく》が酷い‼

だが、その様な事実はないと言った場合、どんな不思議魔道具が出てきて、現場をつぎはぎ再生されるか分かったもんじゃない……！

こいつならやりかねない……。もしそうなったら致命傷を負う。

え？　ちょっと待って、今うまい言い訳考えるから。

何で俺ってうまい言い訳なんて考えさせられてるんだっけ？

そんな灰色の瞳《ひとみ》で俺を見ないで女の子たち！

男どもも、一部の強者を除いてドン引きしている……。

「ふぉっふぉっふぉっ。なるほどのう……。『思いつくままに、気の向くままに、自分が面白いと思う事を、好きだと思う事を、やりたい時にやりたいだけやって、面白おかしく生きる』、だったかの？　さ、皆自己紹介は終わりじゃ。席につきなさい」

じじい⁉

どこから聞いてたんだ⁈

何いい感じに締めてんだ！

俺は口をパクパクとしながら、ヨロヨロと窓際の席に座り、そのまま突っ伏した。

二度と顔を上げる事はないだろう。

◆

こうしてアレンは、本人の意思に反し、新学級でクラスメイト全員に特大の一発をかまし、全員の度肝を抜く事に成功した。

「では、最初のオリエンテーションを始めるとするかのぅ」

担任と思しきじじいの声が聞こえるが、どうでもいい……。

今はただ、空に浮かぶ雲の様に、何も考えず風に任せて流されていたい。

「ほらアレン。起きて？　最初から居眠りなんかしてたら目をつけられるよ？」

……誰のせいでこうなったと思ってるんだこの。

ちゃっかり隣の席を確保しやがって。

言い返す気力もない……。

「まずは自己紹介といこうかの。ワシは、ゴドルフェン・フォン・ヴァンキッシュ。今年の王立学園一年Aクラスの担任をするものじゃ。ついでに、本学園の理事も昨日拝命した。何人かは知っとる顔もおるの」

その言葉を聞いて、クラス中がどよめいた。

「まさか！　あの『仏のゴドルフェン』が担任?!」

「数年前まで王国騎士団副団長だった、あのゴドルフェン翁《おう》か！」

なんか有名なじじいらしい……。

どうでもいいけど……。

「先の戦争の英雄か！」

「軍閥の重鎮がなぜ学園に？」

「国王の懐刀と言われていると聞いたぞ？」

「確か二重属性《ダブル》持ちの魔法士にして剣も凄腕《すごうで》の魔法騎士だという話だぞ？」

肩書きの多いじじいだな……。

どうでもいいけど……。

……いや、何やら気になるワードが聞こえたな。

二重属性《ダブル》持ちの魔法騎士……。

何てロマン溢《あふ》れる肩書きだ、羨《うらや》ましい……。

俺は少しだけ顔を上げた。

「若い頃は魔法の才に恵まれず、王立学園にはEクラスで入学するも、血の滲《にじ》むような努力で騎士としても魔法士としても大成した、あの『百折不撓《ひゃくせつふとう》』ゴドルフェン・フォン・ヴァンキッシュ翁が担任……」

ふむふむ、若い頃は魔法の才に恵まれず、か。

誰だか知らないが、詳しい説明をありがとう。

俺は、体を起こした。

◆

「さて、何でこんなおいぼれが、今更栄《は》えある王立学園の教師として派遣されてきたかというとじゃな……。実は国王陛下からの要請での」

ゴドルフェンは好好爺然とした雰囲気で、話を切り出した。

「その前にちょっといいか？」

ものすごく重要な話が始まりそうだったが、俺は立ち上がって、構わず話の腰を折った。

じじいの長話など聞いていられない。

いきなり出鼻《でばな》を挫《くじ》かれたゴドルフェンは、腹を立てた様子もなく、先を促した。

「ふむ。聞こうか。アレン・ロヴェーヌ」

俺は直立不動の体勢からじじいの目を見て、身体強化を全開にした。

そして、腰を、分度器で測ったほどきっかり四五度折りまげた。

「私をゴドルフェン先生の、弟子にしてください！」

この世界にも頼み事をする時に頭を下げる文化はある。

だが、日本企業が新入社員に課す研修で、アホらしいほど徹底的に訓練されるお辞儀を知っている俺からすれば、どいつもコイツも誠意不足と言わざるをえない。

お辞儀は奥深い。

頭を素早く下げ、必要な時間静止し、そしてゆったりと上げる緩急のコントロール。

表明したい心を、角度で表す深さのコントロール。

そして、鉄の棍棒《こんぼう》が刺さっているかのように伸びた背中に、指先が反りかえるほど伸ばした指など、気を遣う点は枚挙にいとまがない。

先程まで、期せずしてアウトロー路線を爆進していた俺の変わり身の早さに、クラスメイトは、危険物を見るような怯《おび》えた目をしている。

だがこのチャンスは逃さない。一分一秒が惜しい。

白髭《ひげ》に覆われ、目を細めているゴドルフェンの心情は読めないが、俺は目を見つめたまま次の言葉を待った。

「ふぅ。……話が前後してしまうが、しかたないかの。まどろっこしいのはわしも嫌いじゃ」

目の前の老人は、深々とため息をついた後、全く思ってもみない事を言い出した。

「アレン・ロヴェーヌ。お主には入学試験で不正を働いた嫌疑が掛けられておる」

……不正だと？

一体何を言っているんだこのじじいは……？

「見たものも多いであろう。掲示板に記されたアレン・ロヴェーヌの配属クラスの横に、とある記号が付いていたのを……」

俺は、俺は精一杯、あの二日酔いの警備員に採点してもらうのを避けようと努力したんだ。

「あれは仮入学、つまり合否判定は保留という意味じゃ」

あの無精髭《ぶしょうひげ》は確かに、俺が試験を受ける前に、合格だと宣言した。

だが、それをその場で、『それは不正です』と突っぱねろとでも言うのか？

実技試験は、実は心の試験だとでも言うつもりか？

その後に、俺は曲がりなりにも無精髭の試験を受けたんだぞ？

「お主には二つの道がある。一つは、自分の価値を証明して、この王立学園に残る道。もう一つは、それを成せず、惨めな卑怯《ひきょう》者として学園を去る道じゃ」

怒りで体が震える。

今分かった……。

母上はこの事を言っていたのか。

俺は、誰かに理不尽にも潰《つぶ》されようとしている。

それを見返してやれと。

自分の道を邪魔するやつは叩《たた》き潰せと、そう言っていたのだ。

仮にあの無精髭のチョンボ《採点ミス》があったとして、その責任を受験生である俺に転嫁するなど、許せる事ではない。

だが武器も何もない今の警戒された状況で、このじじいを相手に、価値を証明する《一泡ふかせる》、というのは無理ゲーに近い。

俺は、視線をじじいに固定したまま、心の中で教室に配置された手札を数え、一歩前に出た。

と、それに呼応するように、ライオが席を立ち、じじいとの間に立つ。

こいつもグルか？

「よい。ライオ」

ライオはしばらくその場で俺をゴミクズを見るような目で見ていたが、仕方なさそうに一歩横にずれた。

「アレン・ロヴェーヌよ。それがお主の考える、己の価値を示す方法か？」

「ふん。俺は不正など働いていない。ハナから俺を悪者に仕立て上げるつもりのお前らに、何を言っても無駄だがな」

俺はゴドルフェンを見据えたまま、ゆっくりと黒板に近づき、黒板消しを左手で持った。

「ふむ。で、あればこそ、その証明は別の形で示すべきではないかの？」

「ふん。どの口が言うんだ？　二日酔いの試験官の採点ミスを、受験生の俺に責任転嫁して偉そうに説教とは、呆《あき》れ果てて開いた口が塞《ふさ》がらないとはこの事だ。俺がこの学園にしがみついて、尻尾《しっぽ》を振るとでも思ったのか？　お前から見たら、俺など取るに足りない塵芥《じんかい》だろう。だが、俺の道を邪魔するやつは、誰であろうと、叩き潰す！」

俺が偉そうなじじいにこう高らかに宣言すると、教室は水を打ったように静まり返った。

「ん？　……お主の不正疑惑は学科試験じゃぞ？」

…………え？

「お主の実技試験の結果は、このわしを含めた全試験官が合議した結果、二〇年ぶりに満場一致で決定された物じゃ。誰もその点に、いささかも疑問を抱いておらん」

俺は、新品ピカピカの黒板消しの掃除をするふりをし、元あった場所に戻し、自席へと帰った。

そして目を瞑《つぶ》り、腕を組んだ。

「説明を頼む」

皆にどのように見られているかと思うと、とても目を開ける勇気がない。

そこでフェイが、教室中に響き渡るような、ひそひそ声で、心配そうに言ってきた。

「アレン？　叩き潰さなくていいの？　……顔が真っ赤だよ？　ぷっ」

◆

「お主の不正嫌疑は、昨日の学科試験と王国共通学科試験の結果との不整合じゃ。詳しくは教えられんが、学力の伸びが不自然、などというレベルでは済まされないという事を示す判定がある」

そこでゴドルフェンは一枚の紙を広げた。

そこには、五科目中、四科目で判定に引っかかっている事が示されていた。

特に、難易度が多少いつもより高く感じ、覚醒《かくせい》前まで俺が大嫌いだった魔法理論など、不正の確率九九・九％だ。

「もちろん、この結果を受けて、お主が学園の門を潜ってから出るまで、その一挙手一投足を徹底的に分析班が調べ上げげた。じゃが怪しいところはなし。魔道具を使用している痕跡《こんせき》もまるでない。じゃがのう……ありえんのじゃよ。一科目なら奇跡と言えん事もないが、四科目ともなると、流石にの」

ゴドルフェンは気配を引き締めて目を細め、俺を見据えた。

「……さて、申し開きを聞こうかの？」

ふむ。なぜこれほど成績が伸びたのか、理由を説明しろということか……。

……できるかそんなもん！

異世界から転生した事を思い出したら、勉強が好きになりました、なんて言える訳がない……。

「この三か月間、死ぬ気で勉強した、としか言いようがないな」

俺は説明できる範囲で正直に言った。

「ふん。月並みじゃの。この判定結果に対して、さすがにその答えで、はいそうですかとはいかん」

ゴドルフェンは、深くため息をついた後、ギリと俺を睨《にら》みつけた。

空気がひりついた。

「わしはのぅ。試験の本来の目的は、試験を通じて、これまでの己の振る舞いを自問自答し、その結果から自己を省察し、さらなる研鑽《けんさん》に繋《つな》げる事にあると思うておる。その自己研鑽の場で不正をするようなクズが、一番嫌いじゃ。わしの独断で、この場で即、合格取り消しもある。そのつもりで答えよ。……嘘が通じるとは思わんことじゃの！」

「ひぃっ」

クラスメイトから悲鳴が上がる。

仏のゴドルフェンだと？

ちょっと凄《すご》んだだけで、母上が怒っている時と同等の圧力を感じるぞ。

……確かに、嘘が通じる相手ではないな。

俺は、慎重に口を開いた。

「……凄腕の家庭教師がいるんだ……。名前は、ゾルド・バインフォース。ゾルドのお陰で、俺は今、この場所にいる」

俺は全てをゾルドに押し付けることにした。

「ゾルド・バインフォースじゃと？　ふん。聞いたこともないの。まさか家庭教師一つで、これほど急激に成績が伸びたとでも言うつもりかの？」

俺の目をじっと覗《のぞ》き込みながら、ゴドルフェンは手元の紙をパンパンと叩いた。

そりゃそうだろう。国王陛下の懐刀がゾルドの事など知るわけがない。

「別に名のある家庭教師というわけではないだろう。だが、腕は間違いなく一流だ。何せ、折り紙付きの勉強嫌いだった俺が、寝食を惜しんで勉強するようになったんだからな。……その日の事ははっきり覚えている。ゾルドは俺に言った。自分には俺が掴《つか》み取る栄光の未来が見えていると。もしも俺が合格できなかったら、死んで詫《わ》びるとな。その日を境に俺は変わった。実際俺は、ここ三か月の間、睡眠は一日三時間、朝食及び昼食はほぼ携帯非常固形食しか食していない。その他の時間は全て自己研鑽に充てている」

嘘ではない。簡潔に要点を纏《まと》めただけだ。

ピク。ゴドルフェンの眉毛《まゆげ》がわずかに上がった。

「……最近発売された、サラミ味についてはどう思う？」

「邪道だ」

俺は即答した。

「あれは、わしがプロデュースしたものじゃ」

……

…………

まだ合格取り消しではないらしい……危なかった。

もっと慎重にいかないと。

「ゾルドが育ててくれたのは、小手先の受験テクニックではなく、心だ。常在戦場――。年老いたその家庭教師は、口癖のように、『ここは戦場《は》ですぞ?』と、言っていた。年寄りで近いだろうに、ほんの五分の休憩時間を惜しんで、オムツを穿いてトイレにも行かず、俺にとことん向き合ってくれた……。その背中で、甘い心は今すぐ捨てろと、俺を叱咤《しった》しつづけてくれたんだ!」

まだギリギリ嘘はついてない。

背中に何を思うかは俺の勝手だ!

「俄《にわか》には信じられん話じゃ。それほどの覚悟を持った男が、片田舎の子爵領で、一家庭教師に甘んじておると言われてもの」

ゴドルフェンは疑わしげな目で俺を見ながら、白髭を撫《な》でた。

「ゾルドが、どのような経緯でうちの子爵領に流れてきたのかは分からない。だが少なくとも俺と姉上……昨年王都の特級魔道具研究学院に、貴族学校から進学した姉上は、ゾルドがいなければ全く違う人生を歩んでいただろう。この短い期間に、二人で実績を示した。それが、ゾルド・バインフォースという男の力量を明瞭《めいりょう》に物語っている」

断じて盛ってなどいない! ギリセーフだ!

バタフライ・エフェクトという言葉もあるんだ！

ゾルドがいなければ俺たちがどうなっていたかなど、誰にも分からない！

「昨年、特級学院がドラグーンから才女を取ったという噂は聞いておる。そうか。その才女を育てたのも、そのゾルド・バインフォースという男か……」

「きゃははは！　いやぁ面白いね？　愛らしい顔で、寝食はおろか、入浴する時間すら惜しんで研究に没頭すると噂の『憤怒のローザ』の背景に、そんな秘密があった、だなんてね」

フェイが、ネコ科の肉食獣を思わせる目を爛々《らんらん》と輝かせながら、舌なめずりをした。

それはただズボラなだけだから！

話を危険な方向にまぜっ返すのは止めろ！　今なんとなく、いい感じに収まりそうになってただろ！

だがそこで、意外な人物がもう一人反応を示した。

「『憤怒のローザ』だと？　まさか、アレンは『レッドカーペット《血の海》事件』の被害者の弟か?!」

アルが、驚愕《きょうがく》の顔でこちらを見ていた。

◆

教室をよく見ると、驚いた顔でヒソヒソと話をしているクラスメイトが他にもいる。

あ、頭がクラクラする……。

あの姉上は一体何をやらかしたんだ……。

「何じゃ、その『憤怒のローザ』やら、『レッドカーペット事件』やらというのは……？」

ぎろり、とゴドルフェンが俺を睨んでくるが、俺は知らない……。

どうせ碌《ろく》な話じゃないから聞きたくもない。

「そんなわけで、俺は、ゾルド・バインフォースの名にかけて、不正などしていないと、ここに改めて誓う！」

「教えてくれるかの？」

俺を無視したゴドルフェンは、好好爺《こうこうや》の雰囲気に戻り、優しくアルに聞いた。

「エンデュミオン侯爵地方にとっては、あまり誇らしい話ではないのですが……。四年前に、この王立学園の試験で、エンデュミオン侯爵家の後継ぎが、とある令嬢に運命の篩《ふるい》で強引に絡み、逆にエンデュミオン侯爵地方の受験生六〇人以上が病院送りにされた事件があった、と、聞いています。それ以来、エンデュミオンでは、王立学園の試験で、他地方の人間とみだりに話すのを、厳格に禁止されています……」

聞きたくないってば。

「あぁ、そのバカ子息と気の毒な令嬢の話は知っておる。何でも強引に妾になるように迫ったばかりか、当初穏当に断っておったその令嬢の腕を掴み、強引に契約の指印まで取ろうとして令嬢の逆鱗に触れた阿呆と、取り巻きごと全員血の海に沈めた豪傑の話じゃろう」

聞きたくないってば！

「事後のセキュリティ班の解析で、その令嬢は被害者ということが明白になったのじゃが、止めに入った職員も二名ほど血祭りに上げてしもうての。エンデュミオンの奴が、家の名を守るために暗躍して、そのバカ子息を勘当して喧嘩《けんか》両成敗《りょうせいばい》、などという甚だ不当な結果に落ち着いたと聞いておる。肝心の令嬢が、その場で『試験は辞退します』と告げたきり一度も話し合いに出てこず、一切の釈明をしなかったから、そのような不当な判決が認められたらしいの」

……姉上め……母上に説明するのが嫌で、情報操作《やった》したな……。

覚醒した後、よく考えたら変だなとは思っていたんだ……。

一万人も受験生がいるのに、選抜ラインの数字がその年だけ一・五倍だなんて……。

どう考えても大数の法則を無視している。

「その事件の影響で、次の年からこの王立学園の試験には、騎士団から精鋭が警備担当に投入される事になっての。当時まだ副騎士団長だった、わしのところにも随分と報告と相談が来ておった。この話は、伝統ある王立学園の試験会場で起こった事件として、余りにも刺激が強いと、箝口令《かんこうれい》が敷かれたと聞いたが……人の口に戸は立てられない、と言ったところかの」

「きゃははは！　きゃははは！　あー、面白い。その話は初めて聞いたよ」

フェイは目に涙を浮かべて笑っている。

何が面白いの？

まだ他にもあるの？

もうお腹いっぱいなんだけど。

「その被害者が、未だエンデュミオンに苛烈《かれつ》な憤りを抱え、『憤怒のローザ』と呼ばれていると、噂で聞いていたもので……まさかアレンがその弟だったとは……」

断言する。

姉上はどこの誰を殴ったかなど一切覚えていないだろう。

殴ってスッキリ、綺麗《きれい》さっぱりだ。

帰り道には忘れていた可能性すらある。

「……ふー……おおかた見えたかの。『常在戦場』ゾルド・バインフォースの教え、というものが」

やばい、じじいに、何か見えてはいけないものが見え始めた……。

このままでは、取り返しのつかない事になる。

「いえいえ、そんな物騒な教えではなく、ただ一生懸命頑張ろうね、という事の譬《たと》え話というか……」

「被害者にもかかわらず、一切の釈明をせず、この王立学園進学の道をその場で捨てた潔さ。しかも小僧……今の今まで知らんかったな？　弱冠一二歳の少女が、家族にすら言い訳せず、全てを己の内に呑《の》み込んだか……。その上で、自力で、貴族学校から、特級魔道具研究学院まで這《は》い上がってきたその反骨精神も、見事としか言いようがない……。胸糞《むなくそ》の悪い話じゃと思っておったが、なんと胸のすく思いじゃ」

「いえいえいえ、どう考えても六〇人以上を病院送りにした姉上が加害者といいますか、そもそもよく考えるとドラグレイドにいた姉上の頑張りと、ゾルドは何の関係もな――」

「お主が先程言った通り、心を育てるのが一番難しい……。それは長く騎士団で若いものを見てきたわしが、一番身に染みておる。じゃが、お主の姉のように、一度育った心は、何物にも代え難い財産となる。同じ教鞭《きようべん》を執る身として、わしがそのゾルド・バインフォースに教えを請いたいぐらいじゃ。……欲しいのぉ。この学園に」

「ゾルド・バインフォースはドラグーンの人間だよ？　そう簡単に外に出せると思わないでね？」

先程までゾルドのゾの字も知らなかったフェイが、急に貴族ヅラして領有権を主張した。

ゴドルフェンが、ギロリとフェイを睨む。

フェイは涼しい顔で受け流した。

頭の回転の速いAクラスのクラスメイトたちは、この後起こるであろうことを予見して、いち早く実家に知らせるべく、一斉に『ゾルド・バインフォース』の名を手元にメモした。

◆

こうして、王の懐刀、ゴドルフェン・フォン・ヴァンキッシュをして、教えを乞《こ》いたい、とまで言わしめた伝説の家庭教師、ゾルド・バインフォースを巡って、国を挙げた熾烈《しれつ》な獲得合戦が繰り広げられる事となる。

それはまた、別のお話。

課された条件

「よかろう。アレン・ロヴェーヌ。持ち帰って審議とする。不正無し、と判断された場合、『Eクラス』での入学を認めよう」

ゴドルフェンは、宣言した。

……ふう。

尊い犠牲はあったが、何とかなったな。

この学園に執着しないと決めているとはいえ、入学して一時間でクビでは、流石に家族に合わす顔がない……。

ありがとうゾルド。お前の事は忘れない……。

俺は歯を食いしばって目を瞑《つぶ》り、友の冥福《めいふく》を祈った。

「……抗議一つせんとはのぅ。お主にもゾルド・バインフォースの教えが、しっかりと根付いとると見える」

……まぁ母上が急いで帰るって言ってたし、そうひどい事にはならないだろう。

……いやに急いで帰るなと思ったが、母上はこの展開《俺の言い訳》まで読んでいたのか？

ありえそうで怖い……。

……え？　なに？

よく聞いてなかったんだけど……。

「いきなりEクラスじゃと言われて、言いたい事はあるじゃろう。じゃが、それほどこの不正判定を覆す事の意味は重い。このユグリア王国の、伝統ある学力判定システムそのものに疑問を投げかける、という事じゃからの。しかもお主の場合は四科目……これで不正の形跡がまるでない、などというのは……はっきり言って、前代未聞じゃ。聴取の結果、不正の明確な証拠無し、と判定された過去の例でも、全てEクラスに配属されておる。入学後に様子を見て、学力に疑いがなければ、クラスを上げればいいしの。もっとも、残念ながら浮上してくる例は全くと言っていいほどないようじゃが……」

Eクラスだと?!

……まぁ別に俺の場合はクラスに拘りはないからな。むしろ自由気ままにアウトロー路線の学生生活を送ろうと思ったら、都合がいいんじゃないか？

俺は、ルール上は不正など働いていないが、その学力判定システムとやらは、ある意味正しい。転生など考慮しようがないだろうからな。

ゴドルフェンの言う通り、入学してAクラスの方が楽しそうだと思ったら、Eクラスから下剋《げこく》上《じょう》していくのも異世界転生っぽくて楽しそうだ。

「ふん。なるほどな」

俺はとりあえず、仕方なさそうな顔をして頷《うなず》いた。

「……本来ならばこれで話は終わりじゃ。じゃが、今はちと事情があってのぉ」

ゴドルフェンは鋭い目でクラスを見渡し、空気を締めてから続けた。

「早くて数年、遅くとも一〇年以内に戦争になる可能性が、極めて高い」

衝撃的な言葉に、クラス全員が息を呑んだ。

◆

「先程、小僧が話の腰を折ってくれたがの。陛下から下命されたのはこれに関する事じゃ。ずばり言う。この王国中から選び抜かれた、選良中の選良である王立学園の学生、とりわけその中のトップ二〇名の諸君は、国に戦力として期待されておる。わしが陛下から下命された任務は、ずばり王立学園生の、底上げ」

そこで、ゴドルフェンはアレンの方をちらりと見た。

「諸君らの全員が軍属になるとは思っておらん。どのように生きるのかも自由じゃ。……じゃがのう、たとえどのような仕事につこうとも、この王立学園卒業生の能力や権限を考えると、それは国を支える大事な力となる。戦争は総合力の勝負じゃ」

そこで、ライオが手を挙げた。

「質問をよろしいか？　翁」

「なんじゃ、ライオ」

「具体的には、どこの国と戦争となるとお考えか、お聞かせいただけますか？」

「ふむ。この話はまだ、情報部が必要な情報をかき集めておる段階でのぅ。学生に話すような時期ではないのだが……どうせすぐにいい加減な噂が飛ぶ。その前にわしの口から伝えておくが、他言は無用じゃ。推測の域を出んが、まず動くのは北のロザムール帝国」

「やはり」

ライオは、歯をギリと噛《か》み締《し》めた。

ロザムール帝国は、ユグリア王国と昔からこの大陸の覇権を争う大国だ。

数十年前にも一度侵略された事があり、その際は一時は国境を大きく塗り替えられる事を覚悟するほど攻め込まれた。

だがゴドルフェンをはじめとする精鋭部隊が、奇襲により敵の総司令官を討ち取ったのをきっかけに王国騎士団が押し戻し、何とか現状維持で講和に至った。

「さらに、これに呼応して西の大国ジュステリアも動く可能性がある」

「何だって！」

想定外の名前にクラスへ動揺が走った。

「ジュステリアは彼の国建国以来の友好国ではありませんか。なぜ今になってロザムールと手を組み我が国に戦争を仕掛けるのでしょうか⁈」

「まだ動くと決まったわけではないがの。だが、帝国と頻繁に軍需物資の行き来が確認されるなど、怪しい兆候が随所に見られる。我々としては、最悪の事態を想定して備えをする必要があるのう」

ざわつくクラスを手で抑えたゴドルフェンは、アレンの方を見た。

「そんなわけで、仮に、お主の主張通り、『常在戦場』の心構えで死力を尽くして頑張った結果、不正を疑われただけの才能を、遊ばせておく余裕はこの国にはないのぅ。さりとてこの伝統ある学園で、わしの一存で特例措置を取ることもできん……。そこで、お主には一週間以内に、このクラスの全員から、Aクラスのクラスメイトに相応しい、と、推薦を勝ち取ってもらう。このクラス全員の推薦と、試験官全員の推薦をもって、わしが直接陛下へ進言し、勅令として許可をもらおう。よいな」

◆

『よいな』だと？

良い訳ないだろ、何考えてんだこのじじいは……。

戦争なんかに参加する気はもちろんないし、そもそも俺には必死こいて頭を下げて回ってまでAクラスに留まるメリットなんて何も無いんだ。

……もしかしてAクラスって何か特別なメリットでもあるのか？

「念のために確認するが……。Aクラスである事で、何か特別なメリットがあったりするのか？例えばAクラスのみ使用可能な施設があったり、特別に閲覧できる資料があったり、といった類のものだ」

ゴドルフェンは怪訝《けげん》そうな顔で答えた。

「そのような特別な権利はないの。学園生はクラスによらず、皆平等じゃ。ただし……あまり言いたくはないが、卒業後の進路では王立学園のAクラス卒となると、破格の待遇が待っておるじゃろうな。王国騎士団をはじめとして、あらゆる就職先も、研究学院への進学もほぼフリーパスじゃし、出世も約束されたも同然と言えるじゃろう。お主くらいじゃよ。雨が降りしきる試験当日の朝に、供も連れずに40㎞ある学園の周囲をランニングした後に、これまた呑気《のんき》に一人で歩いて試験会場に来るような輩はの……。常在戦場――。言葉にするのは簡単じゃが……」

ゴドルフェンがそう言ってあきれた様に首を振ると、フェイが噴き出した。

「ぷっ！　あの雨の中、試験当日に40㎞も走った後、一人で歩いてきたの？　この王立学園入試に？　それでAクラスに合格したの？」

クラス中から異世界からきた転生者を見るような目が俺へと注がれ、俺は赤面した。

恥ずかしいからプライベートをさらすのは止めて！

「ところで……」

そこでゴドルフェンは片眉《まゆ》を大きく吊《つ》り上《あ》げて、殺気を滲《にじ》ませた。

再びクラスに悲鳴が走る。

「まさか、ゾルド・バインフォースの弟子ともあろうもんが、Eでも別にいいか……などと考えてはおらんじゃろうな？」

……どんだけゾルドの事を信頼してるんだこのじじいは？

共に死線でも潜ったのか……？

「失礼な事をいうな！　俺はEでも『別に』いいなんて考えていない！」

Eがいいんだよ！

就職だの進学だの出世だの、お話にならないメリットばかり並べやがって！

「貴様の配属クラスには、三千万リア……貴様をここまで育ててくれたご家族や、ゾルド氏の思い。そして貴様を推薦するわしの誇りがかかっとる！　もしもわざと力を抜いたりしてみぃ。たとえこの学園に残れることになっても、わしが八つ裂きにしてくれるわ！」

「ひぃっ」

……三千万リア？

ル？

三千万リアルといえば、うちの子爵領の年間税収に匹敵する額だが……。

そこから支出があって、うちの子爵家の実質的な収入は三百万リアルくらいだ。

ちなみに、一リアルは一ドルぐらいの感覚だ。

◆

そもそも、今の状況を冷静に分析したら、クラスメイト全員から一週間で推薦を勝ち取るなど不可能だ。

まず、俺には学力テストで不正を行った嫌疑がかけられている。

しかも五科目中四科目で、その内、魔法理論に至っては九九・九％不正とされている。

加えてライオとのやり取りだ。

国家危急のこの時に、国への愛着など無いと宣言するようなクラスメイトなど必要か？

俺なら嫌だ。

少なくともライオを説得するのは不可能だろう。

そこへフェイのあの爆弾投下だ。

実に腹立たしいが、今俺への女の子達の評価は地の底だ。

あのゴミを見るような灰色の瞳《ひとみ》全員から推薦？

一週間で？

まったくもって不可能だ。

さらにそのあと、この偉そうなじじいに弟子入りを申し込んだかと思うと叩《たた》き潰《つぶ》すと宣言したり、支離滅裂な言動もひどい。

洒落《しゃれ》にならないほど危ない姉上がいることも露見している……。

くっくっく。

ミッションインポッシブル。

誰がどう考えても不可能だ。

あれほど無難に入ろうとしていたのに、何でこうなっちゃったのか、自分でも不思議で仕方がないほど、絶望的な状況だ。

俺はただ、その時の風に任せてベストを尽くしただけなのに。

なぜ不可能か。

その一番の理由は、俺にやる気がないからだ。

もし俺が、Aクラスでの合格を何が何でも勝ち取るべき理由があったなら、どの様な手を使ってでも実現させただろう。

だが、ない。

全くない。

俺は適当に頑張っているフリをして、Eクラスを目指すことにした。

「質問してもいいかな？」

フェイが手を挙げた。

「なんじゃ？」

「アレンを推薦って、具体的にどうすればいいの？」

「何も難しいことはない。わしに、アレン・ロヴェーヌをクラスメイトとして認めると宣言すればよい。……偶然にも、このクラスには貴族と準貴族しかおらん。自分自身の人物眼を信じても良いし、個人的な思いや、家としての判断、その他あらゆる事を勘案してよい。その結論に、わしは一切の是非を問わん事を、ここに付け足しておこう」

「……なるほどね」

フェイは席を立ち、右手を胸に当てた。

「フェイルーン・フォン・ドラグーンは、この名にかけて、アレン・ロヴェーヌを、このユグリア王立騎士魔法士学園の一年Aクラスに相応しい人物として推薦する」

「しかと聞き届けた」

ふん。

フェイが俺を推薦するのは予見できたことだ。

だが、いくらフェイでも、ここから逆転の目は無い。

この危険人物《フェイ》から離れられる。

その一点だけでも、俺がEクラスに移籍する動機としては十分だ。

しかし、やっぱりAクラスには貴族しかいないのか……。前世でも、学力には家の経済力が直結すると言われていたからな……。

世知辛いが、これが現実だ。

と、そこで、先程の自己紹介でフェイが迫真の演技をかましていた時に、嫉妬《しっと》に駆られていた堅物そうな男が立ち上がった。

「フェイ様！　一体何を考えておられるのですか！　いくらドラグーン地方の寄り子とはいえ、貧乏子爵の三男坊ごときを、不正疑惑の真偽も問いたださぬまま、家名を出して推挙するなど……！先程からの、目に余るフェイ様への傍若無人な態度をみても、山師の類に決まっています！　ドラグーンの家名に傷がついたらどうするおつもりですか！　この件は、侯爵にご報告いたしますよ！」

あーなるほど、分家だか陪臣の家だか、名門伯爵あたりの寄り子だかは分からんが、いわゆる付き人とかお目付役の人ね。

フェイと同じAクラスに入るために、さぞかし努力したのだろう。

くっくっく。

それは、さぞぽっと出の俺のことが気に入らないだろうなぁ。

手札が一枚増えた事に俺は満足した。

「僕がわざわざ家名を出したのは、僕個人ではなく、ドラグーン家として、アレンを推薦すべきだと判断したからだよ？　貴族の政治には、リスクを取ってでも、即断すべき時もある。パーリには見えないものが、僕には見えている。報告は好きにしていいから、口をつぐんでくれる？」

何それ怖い……。

俺には何も見えないんだけど？

だが主家にそう言われては二の句の告げようがないだろう。

可哀想なパーリ君は、今から人を殺します、という目で俺を睨《にら》んだ。

「……俺が必ず貴様の化けの皮を剥《は》いで、フェイ様の目を覚ます……首を洗って待っているのだな」

「……アレンの戦闘力はレベル・ファイブだよ……？　やめておいた方がいいと思うけどな？」

クラス中で、即座にメモを取る音が走る。

いやそれは、俺はただの道端のゴミだと言いたかっただけで、深い意味はないんだ……。

◆

「さて、今日のオリエンテーションはこれで終わりじゃ。寮に入る者は今日から入寮可能じゃから、一七時までに入寮手続きをするようにの。明日は朝の九時までに登校するように」

俺はフェイが家まで着いてきて、姉上を紹介しろ、などと言い出す前に、一目散に教室を後にした。

寮にさえ入ってしまえば、何とでも逃げ切れる。

どうせすぐにこのクラスからはおさらばして、Ｅクラスに行くのだ。

とても教室に残って親睦《しんぼく》を温める気にならない。

疲れた……。

挨拶《あいさつ》して最初のオリエンテーションを受けただけで、果てしなく疲れた……。

家に帰ったら、母上はすでに子爵領へ向けて出立した後だった。

姉上もまだ下校していない。

姉上の通う特級魔道具研究学院は、前世でいう大学の博士課程の様なイメージだ。

それぞれの学生が独自の研究テーマを持っており、授業を受けるというよりも、それぞれの裁量で自由に研究をし、一定の成果を出して学位を取得する。

研究所としての側面も強く、一学生の研究にも破格の予算が付いているらしい。

俺は、姉上がいないのをこれ幸いと、少ない荷物をさっさと纏《まと》めて寮に向かった。

後が怖いが、レッドカーペット《血の海》事件を聞いた後に、とても合格を祝って笑う気になれない……。

◆

学園の一般寮は、古めかしい煉瓦《れんが》造りの建物だった。

豪奢《ごうしゃ》な大理石が敷き詰められた学舎とのギャップが酷いが、俺は住に拘りのあるタイプではない。

寝られればそれでいい。

むしろ、セキュリティを破って夜遊びをする気満々の俺としては、この古めかしい作りは好ましいとさえ言える。

俺は入り口を入った左側に設けられた管理人室に向かって声をかけた。

「すみませーん！　入寮の手続きに来ました！」

「ちょっと待ってな！」

暫くして中から出てきた寮母さんと思しき人物は、年齢不詳の老婆だった。

手には杖《つえ》を突いているが、背筋は伸びており、若々しい生命力を感じさせる。

「新入生かい？　あたしゃこの寮の寮母を務めるソーラだよ。ここにクラスと名前を書きな」

俺は「一－Ａ！　アレン・ロヴェーヌ」と記載した。

「……お前が実技試験で首席を取りながら、学力試験で不正の嫌疑を掛けられている前代未聞の坊やかい。……で、やったのかい？」

「やってません」

俺は真っ直ぐに見られる目を見つめ返しながら答えた。

ソーラは俺の目をじっと見ていたが、暫くして『ふん、まぁいいだろう』と中へ案内してくれた。

「この王立学園一般寮に、寮則は一つしか無い。あれを見な」

ソーラが指差した方向を見ると、太ぶととした字で『質実剛健』と書かれた額が飾られていた。

俺は密かにほくそ笑んだ。

かざりけがなく、まじめで、強く、しっかりしていることを指す、俺の好きな言葉だ。

アウトロー路線に生きる俺にとって、かざりけ《見栄》などは最も忌避《きひ》するものだ。

そして、まじめで、強く、しっかりと、などは捉《とら》え方次第でいかようにも解釈可能といえる。

実際俺は、この異世界での人生を、自分のやりたい事、楽しいと思う事に対して誰よりもまじめに、強い意志を持って取り組む自信がある。

「寮費は朝食付きで月に千リアル。まぁこの王都で王立学園の看板を下げてたら、稼ぐのに苦労する額じゃ無い。仕送りが心もとないなら自分で家庭教師でも探索者でも何でもして稼ぎな。朝食の時間は朝の六時から八時半まで。いらない時は事前に私へ伝えな。トイレは自室にあるが、風呂《ふろ》は共同で、入り口右奥にある大浴場だ。時間は夜の六時から朝の一〇時まで。お前さん貴族出身だろ？　自分でお着替えは出来るのかい？」

ソーラは小馬鹿にした様に俺を見てきた。

お！　部屋にトイレがついているのか！

この王都で破格も破格の千リアルの家賃と聞いていたので、どんなボロアパートをあてがわれるのかと不安だったが、これは悪く無いんじゃや無いか？

しかも風呂は大浴場だと？

足を伸ばせる広々とした風呂が、勝手に沸いているという条件は、俺にとっては天国だ。

「ああ。俺は田舎の貧乏子爵家の三男坊です。自分の事は自分でしますから、その辺りの気遣いは不要です」

「……貴族出身のくせに、この寮の説明を聞いて嬉《うれ》しそうな顔をするとは、妙な坊やだね……。王立学園に受かった途端、勘違いした輩を嗜《たしな》めるのも私の役目なんだがね。お前に言うのは酷かもしれないが、一応言っておくよ。Dクラス以上の学生はここと同じ家賃で貴族寮に入れる。つまりここは、この学園で落ちこぼれてるEクラスの学生、しかも貴族寮の正規料金、五千リアルが払えない貧乏人だけが集う、通称『負け犬の寮《犬小屋》』さ。嫌ならさっさとDクラスに上がれる様に努力するんだね」

貴族寮だと？

いかにも、成績でマウントを取ることしか考えていないアホどもが溜《た》まってそうな響きだな。

設備や食事はここよりいいのだろうが、全くもって魅力を感じない。

美味いものが食いたければ、夜の街に繰り出して、自分の足で探せばいいのだ。

「いや、俺はここが気に入りました。『質実剛健』。実に素晴らしい寮則じゃないですか？　全力は尽くしますが、俺は三年間この寮で世話になります。ソーラさん。これからよろしくお願いします」

ソーラは呆気《あっけ》に取られていたが、

「ひゃっひゃっひゃっ。そのセリフ、クラスを上がった後も聞けたらいいね」

実に楽しそうに笑いながら帰っていった。

オリエンテーションの裏側

「では、皆の見解を聞こうかのぅ」

「白です」

「白でしょうね」

「白と判断します」

「白でしょう」

「この私がきちんと分析した。聴取などしなくても、白に決まっている」

皆が白と判断した。

最後に残されたデューは、ため息をついて答えた。

「黒だ」

……

「潔くないですね……。賭《か》け事《ごと》に向いてないのに、あんなに熱くなるからですよ」

「散々煽《あお》ったてめぇが言うな、ジャスティン！　あのクソガキが失格になれば三億リアルを俺が一人で総取りだぞ！　ひっひっひ」

デューは、徹夜続きで心身共に限界なところで、一時は自分の懐に転がり込んできそうになった大金に、完全に自分を呑《の》まれていた。

全く現実が見えていない。

賭け事をしてはいけないタイプの人間の、典型的な例である。

「では、全会一致で、明確な不正の証拠なし、として学園《Eクラス》に残す事は確定です」

責任者のムジカが宣言した。

「おい！　俺は黒だっつったろ?!　どこが全会一致だ、ふざけんじゃねぇ！　何が『常在戦場』ゾルド・バインフォースだ！　そんなすげぇ家庭教師がこの世に存在するわけねーだろうが！　あの性格の悪いクソガキがテキトーぶっこいてるに決まってる！」

デューの主張はただの負け惜しみであったが、ある意味本質《せいかい》をついていた。

だが、ゾルドが二人の優秀な生徒を育て上げたという事実。そして、アレンをいくら調べても、怪しいところが皆無という事実は重かった。

特に、不正の確率九九・九％の、魔法理論の試験映像は詳細に確認された。

入試のレベルを大きく超えている、アレンの他に、誰も正答者のいなかった魔力変換数理学の応用問題を解く場面など、よってたかって穴が開くほどに映像が見られた。

アレンは、少し考えた後、余白を使って筆算をしながら、普通に問題を解いた。

そして見直しの途中で小さな計算ミスに気がついて、修正した。

余白で淀《よど》みなく筆算をし、見直しで計算ミスを修正するカンニングなど、あるわけがない。

試験全体を通してその調子で、知らなければどうしようもない様な問題で、分からないところがあったら、清々しいほどあっさりとスキップした。

残された可能性は、替え玉、入れ替わりだが、筆跡は過去の学力試験と完全に一致している。

入門から出門まで、いっそ逆に怪しいほどのボッチで、だだっ広い石畳の真ん中を一人テクテクと歩くアレン。

唯一、他の受験生と交流があったのは実技後に、魔力量による選抜結果待ち集団とすれ違った時のみで、その前後の様子はエミーを始め多くの専門家に徹底的に分析された。

魔力残滓《ざんし》、歩き方、声紋、あらゆる点が実技試験を受けた人物と、学科試験を受けた人物は同一であることを示していた。

同一人物なのだから、当然である。

淀みなく五教科を二時間四五分で終わらせて、眠そうに再度見直しをするアレンを見て、試験官たちは何となく悟った。

あぁ、これは不正《カンニング》をしている奴の顔ではない……と。

そして先程、担任であるゴドルフェンが代表して聴取を行ったのだが――

「すでに信頼のおけるものを人物判定に向かわせています。確かな人材、と判定した場合は、その場でスカウトをするよう申しつけています。場合によっては、私の名前《ユグリア》を使っても構わない、そう指示しました」

ムジカの答えを聞いてゴドルフェンは頷《うなず》いた。

「国中にゾルド・バインフォースの名が広まるまで、さして時間はかかるまい。人を育てられる人材は、今は何としても確保したいところじゃ……」

皆が難しい顔で頷いた。

「絶対に他国へ流出するような事態だけは避けよ。ドラグーンともその点では連携せい。あとは、ガチンコ勝負じゃ」

「……ところで翁《おう》よ、何だあのAクラス入学の条件とやらは……？」

「不服かの？　わしなりに最も国益に適《かな》う措置を取ったつもりじゃが……？」

ゴドルフェンはデューを睨《にら》んだ。

「不服に決まってんだろ！　何、堂々と自分のペット《Aクラス合格》を救済してんだ！」

「ふぅむ。……皆の意見を聞こうかの」

「それについては、すでに協議済みです。デューさん以外はすでに納得していますので、全会一致です」

ムジカが堂々と、デューの反対票を握りつぶして答えた。

決を取ったところで、一番人気《Aクラス合格》が過半数を占めている以上、勝てる道理はないので皆諦《あきら》めていた。

と言うよりも、先ほどゴドルフェンが言ったように、現下の情勢を考えると、アレンのことはAクラスで切磋琢磨《せっさたくま》させるべきだと皆が分かっていた。

ごねているのはデューだけである。

「むしろ、あのAクラス残留の条件は、少々厳し過ぎるのでは？　いくら前例の無いケースとはいえ、田舎から出てきたばかりの少年には、かなり厳しいでしょう」

尚も騒いでいるデューを無視して、優しいケツアゴのダンテが聞いた。

「あれだけ自己紹介でやらかした後だからね。あっはっは。いやー最高だった」

パッチは笑ってダンテの意見に同意した。

「まったく。笑い事ではありません！　あれが本当のことなら、流石に少々困りものですよ！　朝まで六時間以上も虜にしておいて、みんなの前で赤の他人扱いした挙句、ボロ雑巾《ぞうきん》のように捨てるだなんて！」

プンプンと怒りながらムジカが言う。

「ムジカはこっそりあの場面を繰り返し見てた。恍惚《こうこつ》とした表情で。ドMだから、自分が辱められて捨てられる事を想像して興奮したんだと思う。長らく彼氏がいないから欲求不満が酷い」

すかさずエミーが追加情報を投下した。

「てててて、適当な事言わないで、エミーちゃん‼」

「⁇　適当じゃない」

エミーの指が冴《さ》え――

そうになったが、ムジカは途轍《とてつ》もないスピードでエミーの指を押さえ込んだ。

「やや、やめてー！　そうです、私は彼氏が三年もおらず、欲求不満が募りに募った哀れな三十路超《みそじこ》え女です！　認めるから映さないで！」

「ムジカは男を見る目がないから、心配しなくてもそのうちダメ男に引っかかって、ボロ雑巾のように捨てられる」

ムジカはその場でうずくまった。

「エミーちゃんは……ドSだね……」

「？　私は虐められて喜ぶ人を虐める趣味はない。虐めるのは嫌がる人だけ」

「「……」」

◆

ゴドルフェンは、盛大に逸れた話を、強引に戻してダンテにいった。

「おほん。小僧が、あの歳にしては苛烈《かれつ》なまでに、甘さを削ぎ落としておることは認めよう。勝ち目が無いのは分かっておっただろうに、わしに向かって切った啖呵《たんか》は見事じゃった」

「自分のやりたい事をやって、好きなように生きる。最初、ライオ・ザイツィンガーにそう宣言した時は、正直言って自分勝手な傾向があるのかと思いました。才能を持って生まれた子に有りがちな傲慢《ごうまん》さかなと。ですが、翁に啖呵を切ったあの時、彼ははっきりと宣言しましたね。俺の『道』を邪魔する奴は、誰であろうと叩《たた》き潰《つぶ》すと。才能ある少年が、万能感に任せて増長しているだけではないと、そこで私も考えを改めました」

「そうじゃの。小僧なりの信念をわしも感じた。じゃが、政局ではどうじゃろうのう？　王立学園入試でトップクラスの成績を取ったのじゃ。本人の意思とは無関係に、勢力争いから無縁ではいられんじゃろう。この程度の票集めをクリア出来ずしてなんとする」

「なーるほど。あえて政局を作り、そちらの能力も測る意図ですね。確かに能力を測るには絶妙な難易度だ。翁は相変わらず性格がいい」

ジャスティンがニヤニヤと補足し、楽しそうに付け加えた。

「僕としては、その前の、翁に弟子入りを志願したところの方が気になったかなぁ。これから翁は担任だ。聞きたいことが有れば何でも聞ける立場に、『仏のゴドルフェン』が付くのに、彼はそれで満足しなかった。一体何の教えを乞《こ》うつもりだったのか、気にならない？」

「あ」

眉間《みけん》に皺《しわ》を寄せて話を聞いていたデューが、口を開いた。

「あのクソガキが翁に頭を下げたやつ。ありゃ〜ただ素早く頭を下げただけじゃねえぞ。何度も反復練習をして、『型』にまで昇華させた動きだった」

「……一体何のためにそんな事を……」

「知るかそんなもん。どう考えても何の意味もないが、間違いねぇ。反復鍛錬された『型』独特の洗練された流麗さを感じた。一〇〇回やったら一〇〇回とも全く同じ動きをしやがんだろ」

エミーがその場面を映し出す。

なるほどその動きは洗練されている。

ダンテは感心した。

「……確かに美しい動きですね。何というか、いやが応にも誠意を感じます」

デューは鼻くそをほじりながら続けた。

「大方、そのインチキ家庭教師が『心の鍛錬の一環』とか何とか、適当な事を言って、目上に願い出る際の『型』としておさめさせたんだろうよ。いいのかなぁ～？　ムジカ《ユグリア》の名前なんて出して、高圧的なスカウトなんてかましちゃって。こだわり強そうだよぉ？」

うずくまっていたムジカはハッと顔を上げた。

「気がついていたなら早く言ってください！　デューさんから仕事の速さを取ったら、ただのだらしのないおっさんですよ！　魔鳥を飛ばしてきます！」

この世界に、まだ通信の魔道具はない。

「……ふ～む。『常在戦場』ゾルド・バインフォースの教えは、もっと荒々しいものを想像しておったが……。これは存外奥が深そうじゃ。底が知れんのう……」

4章　小さな伝説

朝のルーティーンとソーラの朝食

登校初日。

アレンはいつも通り、朝の五時前に起きた。

充てがわれた三階の、一〇畳ほどの広さの部屋には、前の住人が残していったものと思われる、ギシギシと軋《きし》むベッドと、古めかしいデスクと、椅子がおかれている。

ワンルームから玄関へ続く廊下部分には、トイレと簡単なキッチン、クローゼットがある。

日当たりはいまいちだがバルコニーも付いている。

貴族が住む部屋としては、シンプルこの上ないが、日本人的価値観を持つアレンにしてみれば、十分満足である。

洗濯は、大浴場横にある洗浄魔道具《洗濯機》が無料で使えるし、クリーニング業者が入っているので、洗濯が面倒な人や、魔物の革製品などの特殊な素材の装備を洗いたい場合は、外注可能だ。

こちらも、大浴場横の専用スペースに出しておけば、朝夕に回収され、一日で返却される。

料金は普通の洋服であれば、三〇リットルほどの袋に詰め放題で一〇リアル。

特殊素材は物によるが、いずれにしろこの王都の物価を考えれば破格の価格設定である。

アレンは人気《ひとけ》のない寮から外に出ると、まだひんやりと冷たい朝の空気を心地よく感じながら、寮の前庭で軽くストレッチを行った。

そして学園の内部を突っ切って、正門までの8㎞ほどの道程を、ゆったりとしたペースで二五分ほどかけて走る。

一般寮にほど近い裏門から出て、外周を走ってもいいのだが、アレンはコースは極力変えたくなかった。

自分の成長の進度が測れなくなるからだ。

南側にある正門から外に出ると、いつも通り学園の外周を、時計回りに走り出した。

途中で坂道ダッシュをきっかり一〇本行い、正門から中に入ると、また学園内部をゆったりとしたペースで寮まで戻る。

木刀を部屋から出してきて、中庭で振る。

思い浮かべるのは、王都への道中で世話になった槍《やり》使いディオとの稽古《けいこ》だ。

身体強化の準備をしながら、槍の間合いを意識する。

必要最小限の魔力で、コントロール可能な最大限の加速を生み、振り、戻し、魔力の余韻を消す。

きっかり三〇分、剣を振ったアレンは、今度は入念にストレッチを行った。

体をほぐす運動前のストレッチと、体の柔軟性を高める運動後のストレッチは似て非なるものだ。

可動域を広げることを意識し、息を吐きながら伸ばし、静止する。それを淡々と繰り返す。

新生活初日。

朝のルーティーンを滞りなくスタートできた事に、アレンは満足した。

◆

素早く汗を拭《ふ》き、制服へと着替える。

特殊な糸で編まれた王立学園の制服は、頼んでもいない、どころか採寸すらしていないのに、ぴったりサイズのものが、昨夜部屋に届いた。

動きやすく、耐久性に優れたブレザータイプで、サイズアウトした際は、申請するとまた新しい物が無料で貰《もら》えるらしい。

ちなみに私服で登校するのも自由だ。

着替え後、食堂に到着したのは朝の八時を回ったころだった。

別に携帯非常固形食を食べてもよかったのだが、母上に、朝食はきちんと摂るよう諭され、実際食べてみると、効果が感じられた。

ということで、せっかく無料《ただ》で付いている寮の食堂を利用してみるつもりだ。

「遅いじゃないか坊や！　お前さん授業は九時からだろ？　初日から遅刻するつもりかい?!」

食堂に着くと、寮母のソーラが慌ただしく話しかけてきた。

「遅くはないでしょう。想定通りです。ゆっくり飯を食って、八時半に寮を出ても走っていけば余裕で間に合います」

朝飯に二〇分もかけるほど暇なつもりはないが、初日なので余裕を取っている。

ソーラが出してきたトレイを見ると、湯気のたった大ぶりなハンバーガーが二つ。それにミルク。

中々のボリュームだが、食えない量じゃない。

完食まで五分とすると、明日からは朝風呂《あさぶろ》に入れるな……。

そんな事を考えながら、ハンバーガーに齧《かじ》り付いた俺は仰天した。

とてつもない油っこさだった……。

角煮の油部分をオイル漬けにしたような味とでも言おうか……。

とても朝から食えたものではない。

夜でも食えないけど。

食堂に俺以外に人がいない理由がはっきり分かった。

やはり朝は携帯非常固形食に限るな……。

だが一度出されたものを残すのは前世で食品・飲料メーカーに勤めていた俺のポリシーに反する……。

俺は涙目になりながら何とか出されたハンバーガーを食べ進めた。

と、正面に座って様子を見ていたソーラが話しかけてきた。

「ひゃっひゃっひゃっ。根性あるじゃないか。……先程の素振りを見るに、坊やは身体強化特化だろう？」

どうやら見られていたらしい。

俺は涙目のままこくこくと頷《うなず》いた。

口を開くとえずきそうだ。

「今日のハンバーガーは、魔法士向けの体外魔力循環と性質変化を補助するためのメニューさ。明日からも食べる根性があるなら、身体強化に効果のあるメニューを用意してやろう。もっとも、効果は微々たるものだがね」

想定外の話が出てきて、俺は口からハンバーガーを吹き出した。

正面に座っていたソーラの顔は、油でギトギトになった。

「そんなメニューがあるなんて初耳だぞ?!」

「……その前に、何か言う事は無いのかい？　とんでもない坊やだよ、まったく。……まぁ、そりゃそうさね。一般に流通している食材や技術じゃない。あたしゃこう見えても、一応この王立学園に籍を置く、魔物食材の食味と効果の研究が専門の研究者でねえ。ここの寮に入ってきている学生たちは丁度いい実験動物《モルモット》なんだが……。近頃の若いもんは舌が肥えてて、ちっとも寮で飯を食わない。このままじゃ実験に差し障る」

ソーラは前掛け《エプロン》で顔を拭《ぬぐ》うと、血走った研究者の目で俺をじっと見てきた。

聞きたい事は沢山あるが、俺は突っ込まずにいられない事をまず聞いた。

「食味研究ですか？　味付けを忘れているとしか思えないほど、塩気を感じないのですが？」

「旨味じゃなくて、食味さね。わたしゃコックじゃないからね。その素材がもつ本来の味と効果を確かめるのが仕事さ。そのためには、塩分は邪魔になる。朝食として必要な最低限の塩は、パンに含まれている。美味いものが食いたければ、外で食うか、学舎のラウンジにでも行きな。破格の値段で豪勢なご飯が出てくるよ」

……ダメだ、このばあさん。

人生の楽しみである食事を、実験の場としか捉《とら》えていない。

姉上と同類の研究者《マッド・サイエンティスト》とみて、まず間違いないだろう。

だが、憧《あこが》れの魔法士になるために、藁《わら》にもすがる思いの俺にとって、魔物食材という専門性の高い分野からのアプローチ、しかも専門家が未公開の技術を使って、タダで毎日協力してくれる、というのは、非常に魅力的だ。

とりあえず俺は、もう少し詳しく話を聞く事にした。

「俺には、体外魔法の性質変化を行う才能がからっきしありません。ですが俺は、何としても、体外魔法を習得したいと考えています。後天的に、性質変化を習得するような食材に心当たりはありますか？」

ソーラは意外な事を聞いたという顔で答えた。

「……残念ながら、ないね。後天的に性質変化を習得する研究は、長い王国の研究史の中でも、あらゆる分野の研究者が取り組んできたテーマさ。それを成せば世界が一変する事は、誰が見ても明らかだからね。だがそれは、数々の優秀な研究者たちが頓挫《とんざ》してきた苦難の歴史でもある。私も全ての分野の研究を網羅しているわけではないが、成功例を聞いたことはないね」

ソーラは俺の目を覗《のぞ》きこみながら続けた。

「そもそも、何で体外魔法にこだわるんだい？　坊やは実技試験で首席を取ったんだろう。この学園の試験官たちが、あんたにそれだけの評価をつけたという事は、坊やには間違いなく身体強化魔法の才能がある。例外はいるにはいるが、騎士としては、身体強化を極めていく方が王道だろうさ。むしろ、なまじ身体強化と体外魔法の両方に才能があったばっかりに、どっちつかずの器用貧乏になった魔法騎士は、いくらでもいる」

ソーラの顔を見れば分かる。

『悪い事は言わないから、やめておきな』と言いたいのだろう。

「それでも俺は、体外魔法を使う夢を捨てる気はありません。それが、自分のやりたい事だからです。騎士として大成する事などには、なんの興味もない」

ソーラは、『ふ～む』と言って腕を組んだ。

「……徒労に終わる可能性が高いよ？　それだけならまだしも、むしろ坊やの才能を潰《つぶ》してしまう可能性も高い」

「覚悟の上です」

「……ひゃっひゃっひゃっ！　面白いじゃないか。明日からあたしが協力してやろう。徹底的にね。ひゃっひゃっひゃっ！　ひゃっひゃっひゃっひゃっ！」

とりあえず、とんでもない悪魔と契約を結んでしまった気がするから、その笑い方をやめてほしい……。

ちょっと質問するだけのつもりが、いきなりご成約とはな。まぁ仕方がない。

「ほら、さっさと今朝の分を詰め込んで学舎へ向かいな。ホントに遅刻するよ」

これから毎朝このレベルのゲテモノを食べる事を考えると、就寝と起床の時間を調整してでも、朝の食事時間を三〇分は確保する必要があるだろう。

せっかくスタートを切ったルーティーンを、一日目で修正することになるとはな……。

◆

アレンはそんな事を考えながら、学舎に向けて走り出した。

その背中は、非常に楽しげだった。

幻の布石

身体強化を使いながら走り、九時ちょっと前に教室に到着した。胸焼けが止まらず、走りながら何度もえずいた……。

俺が教室の扉を引くと、ざわざわと騒がしかった教室が静まり返る。

ふっふっふ。問題児様の到着だ。

心折れそう……。

席は昨日何となく座った窓際の席で決まってしまったようだ。

風に流される雲が見える、この席自体は素晴らしい。

問題は……。

「おはよう、アレン。いい朝だね。ところでアレンは子爵邸から通うの？　せっかくアレンと暮らせると思って、昨日寮《きぞくりょう》の受付に見張りまで立てて、近くの部屋を確保しようとしたのに……。昨日は入寮の手続きをしていなかったよね？」

当然のごとくフェイが隣に座っている事だ。

「おはよう、ストーカー。先程まではいい朝だと思っていたが、ちょうど今最低の気分になったところだ」

今世にはストーカーという概念は存在しなかったが、たった今産声を上げた。

「ストーカー？　相変わらずアレンは不思議な言葉を使うね。それは一体どういう意味なの？」

「人の迷惑も顧みずに、本人の合意なくどこまでも他人に付き纏《まと》う害虫だ」

「きゃははは！　それはまさしく僕だね。アレンのＮｏ・１ストーカーの座は誰にも渡さないよ？」

フェイは、たまたま隣に座っていた気の毒な金髪の女の子を挑発する様に宣言した。

誰かこいつの心の折り方を教えてくれ……。

「よぉ、アレン。授業初日からギリギリとは余裕だな。……それと、アレンの姉貴にはエンデュミオン地方が迷惑をかけてすまなかった。お詫《わ》びするよ」

アルが律儀に頭を下げてきた。

こいつのせいじゃないだろうに……。

「アルが謝るような事じゃないだろう。姉上ももう気にしていないと思うから、忘れてくれ。少なくとも俺は気にしていないから、そうかしこまられると、やりづらい」

本当は気にしているが、とりあえずそう答えた。

姉上へ強引に迫ったアホは自業自得だと思うが、訳も分からず病院送りにされた取り巻きの皆さんに、むしろこちらが謝罪したいくらいだ……。

アルは一瞬逡巡《しゅんじゅん》したが、『分かった』と笑顔で答えてくれた。

このクラスを去る俺だが、やはりこいつとは仲良くしたいな。

◆

ゴドルフェンは九時ちょうどに教室へとやってきた。

弟子入りを諦《あきら》めたわけではないが、一週間は大人しくしておいた方がいいだろう。

今打診すると、確実にＡクラス残留を条件に出される。

「皆、揃《そろ》っとるようじゃな。それでは早速じゃが、朝は身体強化魔法の実技じゃ。闘技場へゆくぞい」

「実技はコースごとに分かれるんじゃないのか？」

「鍛えあげられた体と、磨き上げられた身体強化魔法が役に立たん仕事はないからの。王立学園の卒業生に、安全な場所から体外魔法を行使するしか能のない魔法士や、碌《ろく》に魔力操作もできん魔法技師、最初から机にかじりついて現場で使えないような頭でっかちな官吏は求められていない、とも言える。あらゆる事に精通したゼネラリストの育成。それが創立以来のこの王立学園の教育方針じゃ。つまり、水準以上の身体強化魔法、および武術の嗜《たしな》みは、王立学園卒業生の一般教養と言えるのぅ。二年以降は専門分野ごとの授業も取り入れられるがの」

なるほどなぁ。

裏を返すと俺が魔法士と同様の訓練をして講義を受けられる、という意味でもある。

授業が楽しみになってきた。

◆

闘技場は、学舎から出て東側の森へと続く石畳が、途中で分かれた先にあった。

陸上競技場ほどの広さの体育館のようなものが四つ……。

どれだけの予算を持っているんだ？　この学園。

維持費もバカにならんだろうに……などと考えてしまうのは、日本での経験の影響だろうな。

「さて、わしは諸君らの実技試験の様子はあらかた頭に入っとるがの。まずはクラスメイトに自己紹介《あいさつ》が必要じゃろう。適当なものとペアを組んで、一組ずつ模擬戦じゃ。残りのものは周りで見学するように」

出たな、『適当なものとペアを組め』……。

それは俺のような嫌われ者には鬼門のシステム。

フェイと組むのは論外だし、最後の二人にポツンと残って、もう一人の可哀想な残り物と苦笑いしながらペアを組む未来が見え――

「アレン・ロヴェーヌ！　貴様に引導を渡すチャンスがこれほど早くくるとはな。戦闘力レベル・ファイブ？　だか何だか知らんが、まさか実技試験評価Sを取ったほどのものが、逃げやしないだろうな？」

あぁパーリ君がいたか……。

俺は君の事は嫌いじゃないよ。

◆

「先に宣言しておくぞ。この模擬戦で俺が勝ったなら、俺は貴様の事を何があっても推薦しない。たとえフェイ様に命じられてもな」

「……その言葉、二言はないな？」

俺は念押しした。

一週間が勿体《もったい》無いと思っていた俺としては、願ったり叶《かな》ったりだ。

「ふん、余裕ぶっていられるのも今のうちだけだ！　ゴドルフェン翁《おう》！　このパーリ・アベニールの名にかけて、アレン・ロヴェーヌに関する推薦の是非は、この模擬戦の結果に委ねる！　問題ないな？」

「……しかと聞き届けた」

「アレン。気楽に行っていいよ？　パーリは何があっても推薦する事になるから。たとえアレンが認めなくても……ね」

フェイが近づいてきて、心配そうに声を掛けてくるが、猫を思わせるその瞳孔《どうこう》は開いている。

この後、俺に勝っちゃって、怒られちゃうパーリ君が可哀想で仕方がない。

ただ少し気になるな。

「あいつ、いやに自信がありそうだな？　そんなに強いのか？」

俺は曲がりなりにも実技試験でトップ評価を取った男だ。

だが、あいつの言動からは、自分の勝利は揺るがない、との自信を感じる。

いつもは大胆不敵な、フェイの保険をかけるような言動も気になる。

「……何回かやれば、きっとパーリはアレンに勝てなくなると思う……」

フェイが言《い》い淀《よど》んでいるうちに、その答えは、すぐに分かった。

パーリ君は、訓練用の木刀が立て掛けられているラックを通り過ぎ、槍《やり》の形を模した棍棒《こんぼう》が立てかけられている前で、得物を選んでいた。

◆

俺の年齢で、槍を相手に訓練をした事がある奴は、そうはいないだろう。

王立学園を始めとする一二歳での進学受験の実技試験では、必ず木刀が使われるからだ。

そういう意味で、槍が専門のパーリ君は非常にレアだと言える。

先ほどの名乗りを聞いて、その後パーリ君が槍を選んでいる姿を見て思い出した。

アベニール伯爵家は、ドラグーン家の寄り子の中でも武門の家として有名だ。

そして、その当主は代々アベニール流槍術《そうじゅつ》の師範として武名を轟《とどろ》かせている。

そして、俺は知っている。

槍を相手にした事が無いものが、簡単に対応できるほど、槍というものは甘く無い。

パーリ君の絶対の自信の理由が分かったな。

先程まではどうやって負けようかとばかり考えていたが、気持ちを改めた。

田舎のC級冒険者ディオに、突き技なしでコテンパンにやられた俺だ。全力でいっても、まず勝つのは難しいだろう。

今の俺がどこまで槍に対応できるか、パーリ君にはその試金石になってもらう。

◆

適当な木刀を選んでパーリ君に向き合う。

「よろしく頼む」

俺は教えを請う身として、きっちり三〇度頭を下げて、上げた。

じじいが眉毛《まゆげ》をピクッとさせたな？

このお辞儀の美しさが分かるとは、伊達《だて》に歳をくっていない。

パーリ君は、左手が前に来るように半身に構えている。

背筋は伸びているが、膝《ひざ》は柔らかい。

槍を持ったその瞬間から、雑念を消し、気が充実しているのが分かる。

……恐らく初手から突きが来る。

俺は身体強化の準備をして正眼に構えた。

パーリ君は、ジリジリと摺《す》り足《あし》で間合いを詰めてくる。

これは、道場やこの闘技場の様な、足場の整備された平らな場所で、十分に間合いが離れていて且つ、一対一で戦う果たし合いのような場面でしか使えない手法だろう。

ディオとの稽古《けいこ》では、これほど考える時間は貰《もら》えなかったが、その点をパーリ君に求めるのは酷だろう。

何年も魔物を相手に実戦を積み上げてきたディオとは、思想が根本的に異なるのは想像に難くない。

だがまどろっこしいな。

俺にとって、これは負けられない戦いではなく、自分を試すための訓練だ。

俺は正眼を解いて、右手に持った木刀を脱力して下方に垂らしながら、無造作に間合いを詰めた。

俺が目算で、あと半歩――

と、思ったところで、大砲の様な突きがきた。

瞬時に体を捻《ひね》ってかわす。

読んでいたのにかなり際どかった……。

想像以上のスピードと間合いの長さだ。

添えられた左手を筒に、繰り出した右手を捻り込むことで、速度と間合いを伸ばしてきた。

これが槍の突き技か。

俺は、自分でも気がつかないうちに、口元に笑みをたたえていた。

◆

「くそぅ！　なぜ当たらない！」

かれこれ一〇分は経過したが、一向にパーリ君の槍は俺に当たる気配がない。

その理由は簡単だ。

パーリ君の槍術は、美しすぎる。

基本に忠実な構え。

繰り出す突き技は直線的で、引きは速いが繋《つな》がりがない。

常に剣を殺すための間合いを保とうとする足捌《さば》きは、逆に次の狙いをありありと俺に伝えていた。

もちろん、なぎ技や打ち下ろしなどを時折織り交ぜて来ているが、ディオの変幻自在な間合いの出入りを知っている俺としては、余りにも工夫がない。

これでは槍の長所が活かせない。

最初は、罠《わな》を警戒していた。

あえて単調な攻撃を繰り返して、こちらの思考を一方に偏らせておいて、思考の外から想定外の一手を打つ布石かと思っていたのだ。

だが、次の一手がいつまでも来ない。

待てど暮らせど来ない！

俺は、焦りがありありと募っていくパーリ君の顔を見て、焦りを募らせていた……。

じじいが見てる前で、ここからどうやって負ければいいんだ……。

本当の意味での布石

将来に備えて行う手配りの事を、『布石』という。

時は前日の夕方に遡《さかのぼ》る。

王立学園貴族寮にある、王都の一流レストランもかくや、と思われるほど豪華絢爛《けんらん》な食堂の個室で、王立学園一年Aクラスの親睦《しんぼく》会が開かれていた。

主催者は、フェイルーン・フォン・ドラグーン。

この由緒あるユグリア王国に、九つしかない侯爵家の一つ、ドラグーン家を将来背負って立つと目され、当主にしか認められていない『フォン』を名乗ることを許されている、超才媛《さいえん》だ。

ここにいる人間は、別に慌てて懇親する必要など無い程度には、お互いの事を見知っている。

だが、彗星《すいせい》の如く突如現れたその男の正体を握っていると思われる彼女《フェイ》が、このタイミングで開催する誘いを欠席するほど愚鈍な人間は、王立学園のAクラスにはいなかった。

参加者は、一年Aクラスの内、その男とパーリを除く一八名。

パーリは、貴族寮の受付に、その男が現れないかを、フェイの命令に従い見張っている。

今夜の議題を話す上で邪魔だ、と判断したフェイによって、体よく厄介払いされた可哀想な男である。

ちなみに、この中にも実家から学園に通う予定の学生もいるにはいるが、王立学園のDクラス以上の在学生であれば、この食堂はやはり破格の値段で利用可能だ。

お決まりの社交辞令を交わし、お互いAクラスでの合格を讃《たた》えあった後、本日のメインテーマに話が及ぶ。

そう、アレン・ロヴェーヌに関してだ。

「フェイから聞いていた通り、なかなか面白い子だったわね」

後ろで束ねた深紫《こきむらさき》の髪を、左肩から前に垂らしている女子学生、ケイトが、フレームの細い眼鏡を押し上げながらいう。

委員長風、と形容するのが一番しっくりくる容姿だろう。

「なかなか面白い、なんてものではありませんわ。たった一日、挨拶《あいさつ》とオリエンテーションだけで、同世代の男性にあれほどの存在感を見せられるだなんて」

黄色の強い金髪を、真っ赤なヘアバンドで押さえたジュエがクックッと笑う。

「全くだ。フェイが『面白い子を見つけたよ』、なんて軽く言うから、可哀想に、またフェイの実験道具《おもちゃ》になる奴がいるんだな、なんて聞き流してたら……」

ピンクの髪を、ツインに分けて束ねているステラが、面白くなさそうに相槌《あいづち》を打つ。

事前に知らされた情報の不足を糾弾しているらしい。

この三人だけは、事前にアレンの事をフェイから聞かされていた。

だが、フェイ自身も、まさかアレンがAクラスに、しかも実技試験でS評価を獲得して同じクラスになるとは全く予想しておらず、大したことは何も話していなかった。

そこで、生まれながらの社交性の鬼、アルが、男子学生を代表して話に加わるべく、口火を切った。

「フェイは、どの程度アレンの実力を把握しているん――」

だが、この切り込みは、ステラによってかき消された。

「そんなことより、実際のところ、ど、ど、どこまでいったんだ？　ろろろ、六時間も虜にって、あいつはそんなに凄《すご》いのか⁇」

「「きゃー‼」」

女子学生から悲鳴が上がる。

話はいきなりどストレートなシモに流れた。

根性なしの男子は、アルを含めて全員が下を向いた。この場の主導権は完全に女子が握ったと言えるだろう。

別にそうなるようにステラが計算したわけでは無い。

ただ単に、皆が気になるお年頃であり、裏でするシモの事情聴取は、女子の方が積極的かつ露骨であるという、古今東西の一般常識に則っただけだ。

「確か、ドラグーンから王都への直通列車でお知り合いになったって話でしたわよね？　自室には付き人がいたでしょう⁇　一体どこでそんな事に⁈」

「「きゃー‼　ふけつー‼」」

ジュエのツッコミに、再び悲鳴が上がる。

その後も女子たちは、入れ替わり立ち替わり妄想を爆発させては、悲鳴を上げ続けた。

男子はその間、俯《うつむ》いたままである。

一通り盛り上がった後に、フェイが白状した。

「盛り上がってるところ悪いんだけど、実はまだ仕留める糸口も見えていないんだよね。見ていた

ら分かると思うけど、全然相手にしてくれなくてさ」

「……まぁ、そうでしょうね。フェイにいいようにからかわれて、真っ青になったり真っ赤になったりしていた彼は、どう見てもDでしょう」

一見、委員長風だが、先程までキャーキャーと一番大きな声で盛り上がっていたケイトが、途端に落ち着きのある声で答えた。

どうやら叫びたかっただけらしい。

ケイトの分析に、女子全員がもっともらしく頷《うなず》いたが、この世界でもこの年齢では未経験が当然といえる。

背伸びしたい年頃なのだ。

ちなみに、アレンは、前世も含めた都合四八年、筋金入りの童貞《D》だった。

◆

「皆をわざわざ集めたのは、アレンの推薦について、どう考えているのか把握しておきたくてさ。僕も家《ドラグーン》の名前を出したからには、負けられないしね」

フェイはニコニコと笑いながら、皆を見回した。

「どう、も何も、自己紹介《顔合わせ》であれだけクラス全員の度肝を抜いたんですよ？」

歳の割には豊満な胸部の下を左腕で抱え込みながら、ジュエはくつくつと笑いながら右肘《みぎひじ》を折り曲げて唇を触った。

「しかも、あの『仏のゴドルフェン』が、国の危機を引き合いに出して、推薦を集めて直に陛下に推挙して許可を取ってくる、なんて言っている。その上、ドラグーン家が露骨に後ろ盾として立とうとしている状況なんだ。逆にあたしらには、あいつを無理して排除する理由なんて何もない。負ける要素なんてないだろう」

一見、脳筋風のツインテール、ステラが冷静に指摘した。

性格はさっぱりしているが、ステラも頭はキレる。

ゼネラリスト育成を標榜《ひょうぼう》するこの王立学園、しかもAクラスへ入学する人間にバカはいない。

「普通に考えたらそうなんだけどね。アレンはちょっと僕にも読めないところがあってね。不確定要素はできるだけ潰《つぶ》しておきたいんだ？」

フェイは、ここまで一言も発せずに黙っていたライオを見据えた。

ライオはため息をつきながら答えた。

「見損なうな、フェイルーン。あいつの生き方とやらは理解不能だが、個人の感情と、推薦の件を混同するほど俺は間抜けじゃない。ゴドルフェン翁を始めとして、全試験官が満場一致で実技試験トップ評価を下すほどのやつだ。元より才能ある学友と切磋琢磨《せっさたくま》して、己を高めるためこの学園にいるこの俺が、奴を排除する理由など無い。ただし、ザイツィンガー《家名》を出して推薦するかどうかは、一度手合わせをして、この目で確かめてから決めるつもりだ」

「そうだな……アルとココへの自己紹介で、ある程度、知性の深さも見えているしな。俺は今日一日のやり取りを見ただけで、不正をやって何とか潜り込んだ奴では無いと確信しちゃってるよ」

後に、アレンとともに、『Aクラスの凡顔三兄弟』の一翼を担う事になる、ダンも賛同した。

「ちょっと頑固そうだけど、いい奴そうだしな」

後に、アレンとダンとともに、『Aクラスの凡顔三兄弟』の一翼を担う事になる、ドルも賛同した。

ココはコクコクと頷いた。

「みんないいかな？　じゃあ、明日の朝一でゴドルフェン先生へ推薦に行ってくれるかな。家名を出すかどうかは任せるからさ」

「明日の朝一だって……？　ここまで根回しも終わっているんだ。そこまで急ぐ理由が何かあるのか？」

困惑するクラスメイトを代表して、アルが聞いた。

フェイは困った様な顔で答えた。

「うーん。これは僕の勘なんだけどね。アレンはAクラスでの合格なんて、どうでもいいと思っていると思うんだよね。……もしかしたらEクラスの方がいい、なんて思っている可能性すらある」

その言葉に、クラスメイト達は絶句した。

どれほどの良家に生まれようと、王立学園受験は決して甘くない。

才能に恵まれた一握りの人間が、血の滲《にじ》むような不断の努力をして、やっと掴《つか》み取れるかどうかの快挙だ。

さらにその中でもAクラス合格など、ザイツィンガーや、ドラグーンほどの家でも数世代に一人出るかどうか、それ以下の家では歴史上皆無、というのが当然と言えるほどの栄光だ。

そして、その栄光に相応しいだけの、途轍《とてつ》もない見返りが約束されている。

「ははは。俺は今朝の合格発表では、家族みんなと抱き合って、涙を流しながら喜んだんだけどな」

アルが沈鬱《ちんうつ》な表情で呟《つぶや》いた。

「アレンはちょっと、違う次元で生きている感じがするんだよね。初めて会った時も、ドラグーンの名前を名乗ったら露骨に嫌な顔をしていたし。アレンは不正なんてしていない、僕もそう思っているのだけど、それで大人しく引き下がったのも『らしく』ない。……きっとアレンにはどうしてもやりたい事があって……。それが何なのかは分からないけど、それを成すために必要なら、きっと戸惑いなくAクラス合格を蹴《け》るよ」

「失礼致します」

と、そこで、どう見ても一流レストランのウェイター風の、食堂の職員さんが入室してきて、一枚のメモをフェイに渡し、恭しく礼をして出ていった。

「ぷっ」

フェイは手元のメモを見て楽しそうに笑った。

「オリエンテーションが終わった途端に慌てて帰るから、うちの人間を使って、アレンの事を見張らせていたんだけどね……。アレンは家から真っ直ぐ一般寮に向かったみたいだよ。すでにAクラスには未練はないみたいだ」

この王立学園には、たとえ付き人の類であっても職員もしくは在校生で無いものは入れない。

なので、外の人間が情報を伝えたい際は、手紙を門の守衛に託《ことづ》けることになる。

ちなみに、この貴族寮にはあらゆる類の家事代行サービスがただ同然の値段で完備されており、良家の子女でも生活に困る事はない。

「あんにゃろう、あたし達の事なんて眼中に無いってか」

ツインテールのステラが悔しげに言った。

全員が苦々しい顔をしている。

将来の確かな栄光を掴み取った、その夜とは思えないほど、沈鬱な雰囲気だ。

「パーリは僕が何とでもする。残りの一年Aクラス全員が全力で捕まえに行くよ。分かっていると思うけど、今日の話し合いのこと、推薦した事は黙っておいてね。出来れば、自分は嫌われてる、と思わせておくくらいが丁度いい。アレンが油断しているうちに、一日で決める」

ネコ科の肉食獣を思わせる獰猛《どうもう》な目を光らせて、フェイは締め括った。

こうしてアレンと、可哀想なパーリ君を除き、一年Aクラスは、一日で団結した。

ちなみにアレンは、その時裏門の近くに美味しい蕎麦屋《そばや》を見つけて上機嫌でいた。アレンが美味そうにざる蕎麦《そば》を啜《すす》っている間に、勝負はすでに決しようとしていた。

「……彼のDは、私が貰《もら》い受《う》けます」

ジュエが宣言した。

「「きゃー‼　宣戦布告ぅ〜‼」」

「ちょっと待った！」

「「きゃー‼」」

……夜はふけていく。

受験戦争の結末

時は戻り、闘技場。

◆

俺は更なる不測の事態に見舞われていた。

受けに徹しながら、もうこうなったら足を滑らせるしかないかな？　なんて考えて、タイミングを計っていたら、突如パーリ君が片膝《かたひざ》を突いた。

その肩は大きく上下しており、ゼェゼェと呼吸が苦しそうだ。

……えぇ～？

それは、いくら何でもわざとらし過ぎるぞ、パーリ君……。

まだ一〇分ちょっとしか経っていない。

俺はちょっと恥ずかしいのを我慢しながら、油断したふりをして、隙だらけの格好で近づいていった。

「そこまでじゃ。……魔力切れじゃな。誰か肩を貸してやりなさい」

魔力切れだと⁈

……どんな魔力の使い方をしたら一〇分で魔力が切れるんだ？

仮に魔力量が選抜ラインギリギリだとしても、いくら何でも早すぎる。

模擬戦は、どんなに激しく動いても、どこかの動きと動きの間に呼吸が入る。

こちらに余裕があれば、その呼吸《休む時間》を潰す様に動くのがセオリーだが、俺は今回一度も攻めていない。

一〇分間短距離ダッシュ《無酸素運動》をした訳じゃないんだぞ？

まぁそんな事はこの世界の人間にも不可能なはずだが……。

俺が今の状況に理解が追いつかず、必死に思考を巡らせていたら、ライオが一歩前に出て静かに言った。

「……アレン・ロヴェーヌ。俺とも手合わせしないか？」

すでに手には木刀があり、口元には不敵な笑みを浮かべている。

ライオか……。

考えようによってはチャンスだな。

何が起こったのかはよく分からないが、パーリ君のチョンボのせいで、計算外に上がった俺の株を下げるいい機会だろう。

それにこいつとは、一度全力で手合わせをしたいと思っていた。

Eクラスに移籍した後では中々チャンスは来ないだろう。

よく分からなくなりつつある俺の現在の座標を試す好機でもある。

俺は黙って頭を三〇度下げて、上げた。

◆

ライオは俺が構えるのを悠然と待ってから、まずは小手調べ、とばかりに、お手本の様な綺麗《きれい》な横薙《よこな》ぎを放ってきた。

かなりのスピードだが、反応できないほどではない。

俺は次の展開を考えながら、その一撃を木刀で受けた。

その瞬間、俺は想定外の力に３ｍ近く吹っ飛ばされた。

瞬時に身体強化でカバーしながら受け身を取り、間合いを稼ぐために後ろに一回転がりながら立ち上がった。

……これが王立学園の入学試験で、パーフェクト・スコアを狙うやつの身体強化の出力か……。

しかも、まだ全力ではないだろう。

今の一撃ではっきり分かった。

こいつは完全な格上だ。

この模擬戦中に、その差を覆すのは難しいだろう。

だが……。

ライオは追撃する様子も見せず、不敵な笑みを浮かべている。

……泣かせたくなってきた！

◆

力を使った手筋では無理、と判断した俺は、手数で押すことにした。

鍔《つば》迫《ぜ》り合《あ》いに持ち込まれたら即詰む。

スピード重視。

当たれば倒せるギリギリの力で振り抜き、かわされたなら、即座に次の一撃に繋《つな》ぐ。

受けられたら瞬時に引く。

受けに当たる前に変化がつけられるなら、変化する。

たまにライオに弾き飛ばされる事もあるが、その瞬間に呼吸を整えながら瞬時に魔力を圧縮して、可能な限り溜《た》め戻す。

そして即座に斬りかかる。

だが当たらない。

かれこれ三〇分近く同じ展開を繰り返しているが、ライオはパーリ君とは違い、魔力切れを起こす様子もない。

あのムカつくニヤけ面は消したが、見事なまでに隙が生まれない。

俺は勝負に出ることにした。

これまで俺は突き技を使っていない。

上段の構えから、思考から外している突き技に変化した俺は真っ直ぐライオの額を、これまでとは違い、引きを意識せず全力で突いた。

だがライオは首を振ってこの突きをかわす。

お前はかわすと思っていたよ！

俺は視線をライオの額に固定したままで、突きで流れて詰めた間合いを活かして、股間《こかん》を全力で蹴り上げる。

これまで体術も使っていなかったのは、この手筋のための布石だ、パーリ君！

驚くべきことに、ライオは間一髪のタイミングで股《また》を閉めて、この金的すらも受けた。

「ぐおぉぉ」

だが体勢が十分ではなく、体がふわりと後方に飛ばされる。

詰み筋までの最後の一手を繰り出そうとした俺だが、その時、逆に驚愕《きょうがく》させられる事になる。

後方に飛ばされたライオの左手から繰り出された赤々とした火球が、俺に向かって飛んで来た。

◆

前のめりになっていた俺は、かわせるタイミングでは無いと判断し、瞬時に木刀を離して全力の身体強化で両腕をカバーし、火球を弾いた。

だが、腕を振り抜いたその瞬間、ライオの木刀が俺の首へと添えられた。

俺はその場で仰向けに倒れ伏し、大の字になった。

「俺の負けだ」

俺は宣言した。

ライオにわざと負けるつもりなど、毛頭なかった。

チャレンジャーのつもりで、死力を尽くして戦った。

だが負けた。

ライオが始めから、体外魔法を使用していたら、おそらくもっと早く決着がついていただろう。

手を抜かれていたという事だ。

悔しいが、それが今の俺の現実だ。

受け入れて、前に進むしかない。

田舎子爵領では、同世代に負けるなど考えられなかったので、涙が頬を流れている。

いわゆる悔し涙というやつだ。

一方で、俺はどこか清々しい気持ちだった。

ライオ・ザイツィンガー。

いつか絶対泣かしてやるからな！

俺はEクラスから出直して、一から鍛え直す事を改めて決意した。

◆

「普段どの様な鍛錬をしている？」

ライオは、手を差し出しながら聞いてきた。

その目は、勝者が敗者を見下ろす目では無かった。

悪いやつでは無いのだ。

気が合わない、というだけで。

「特別な事は何もしていない。毎朝ランニングして素振り、夜眠る前に魔力圧縮の基礎鍛錬だな。最近は勉強で忙しかったしな」

俺はライオの手を取って立ち上がった。

「……まだ余裕がありそうだな……。お前は、自分のスタミナが常軌を逸している、という事を分かっているのか？」

ライオは他意はなく、純粋に疑問に思っている様な顔で聞いてきた。

……常軌を逸しているだと？

「ふん、毎朝真面目にランニングしているからな」

何の事かさっぱり分からなかったが、負けたばかりで分かりません、と答えるのが悔しかったので、適当に答えた。

ライオは、また不敵な笑みを浮かべたかと思うと、ゴドルフェンに向き直り右手を胸に当てて言った。

「ライオ・ザイツィンガーは、この名にかけて、アレン・ロヴェーヌが一年Aクラスにふさわしい人物として認める」

「……しかと聞き届けた」

「え？」

なんでそうなるんだ……。

「明日からは俺も一緒に走る」

「え、やだよ」

なんで気が合わないやつと毎朝ランニングなんてしなきゃいけないんだ。

どう考えても地獄だろう。

しかも推薦までしやがって……。

昨日は一生分かり合えない、なんて言ってたくせに、お前がそんなちょろい奴だったなんて。

ライオは尚も不敵な笑みを浮かべている。

しかしまずいな……。

ここでパーリ君と、ライオという二枚の手札を失うのは想定外だ……。

残りの期間はより慎重に動かないと、Aクラスに残留……なんてことになりかねない。

と、そこでゴドルフェンがこんな事を言い出した。

「ただ今のライオの推薦を以て、一年Aクラス全員がアレン・ロヴェーヌを推薦した。昨夜、試験官全員の推薦、及び陛下の承認を得ておる。よって、ここにアレン・ロヴェーヌの正式なAクラスでの入学を認めよう」

は？

俺は混乱した。

何を言っているんだ、このじじいは？

ボケたのか？

「ふぉっふぉっふぉっ！　まさか一日かからずしてクラスメイト全員を認めさせ、しかも全員が家名をもって推薦するとはの……。一体どんな魔法を使ったんじゃ？」

くっくっく。

そんな魔法があるならこっちが教えて貰《もら》いたい。

あっても使えないけど。

冗談じゃ、無いのか？

今朝教室に入った時は、確かに全クラスメイトが白い目で俺のことを――

「ぷっ」

…………あいつの仕業か。

俺はゆっくりと振り返った。

するとそこには、ニコニコと笑うフェイと、今朝までは確かに冷たい目で俺を見ていたはずのクラスメイトたちが、ニヤニヤと笑いながら立っていた。

「すげーじゃねぇかアレン！　魔力量Ｃ判定のやつの継戦時間じゃねぇぞ！　魔力量が五万超えて

るライオとあれだけ打ち合うなんて、どういうカラクリなんだ？」

　アルがいい笑顔で近づいてきて肩を組んでくる。

「アレン。まさか僕から逃げられるとでも思っていたの？　どこまでも追いかけるから早めに諦《あきら》めたほうがいいよ？」

　ストーカーもいい笑顔で言った。

　そこに濃い金髪を赤いヘアバンドで留めた、品のあるお嬢様が近づいてきた。

　今朝、たまたま運悪くフェイの横にいて、絡まれて怯《おび》えていた子だ。

「初めまして、アレンさん。魔法士コースを専攻している、ジュエリー・レベランスと申します。ジュエと呼んでください。フェイさんに付き纏《まと》われて迷惑なら、いつでも相談してくださいねっ」

　レベランス……フェイと同じ侯爵家がなぜいきなりこんなフレンドリーに？

　優しげな可愛い女の子のウインクに、思わず胸が高鳴りそうになるが……。

　姉上を知っているばっかりに、素直に信じる気にはなれない自分が恨めしい。

「……俺は女の子に軽蔑《けいべつ》されていたはずじゃ……？」

　俺が疑問に思って聞くと、その隣に立っていた紫色の髪をした委員長風の女の子が代わりに答えた。

「アレンと呼んでいいかしら？　私は官吏コースのケイトよ。アレンがＤだという事は、クラスの皆が知ってるわよ。フェイに揶揄《からか》われてたんでしょう？」

　そんなバカな！

　そんな魔道具があるなんて聞いたこともない！

どんな原理で判定しているんだ?!

「とりあえず、その朝のランニングとやらにあたしも交ざるからな。あたしは騎士コースのステラだ。よろしくな」

桃色ツインテールの勝ち気そうな女の子が宣言した。

展開の速さについていけない……。

「アレン。僕も一緒に走りたい。足手まといにならないようにするから、お願い」

「あ、あぁ、ココは別に構わないぞ」

俺はかろうじて答えた。

「で、明日は朝何時から走るんだ?」

「集合場所も決めようぜ！」

どう見てもモブ顔のA君とB君が馴《な》れ馴れしく話しかけてくる。

「おい！　当然俺も走るぞ！　忘れるな！」

乗り遅れてキョロキョロしていたパーリ君が、慌てて立ち上がる。

これはあれか、俺はどうやらこのクラスに迎え入れられたのか……？

「ふぉっふぉっふぉっ。『器』だけで、全員をねじ伏せたか。それもまた、政治の王道の一つじゃのう」

じじいがまた知ったかぶって、政治とか言い出した。

俺は改めてニヤニヤと笑っているクラスメイトを見渡した。

そのどの顔にも、『ざまぁ』と書いてあった。

俺はどうやら転生ものお約束の、ざまぁを喰らったらしい。

フェイが代表して右手を胸に俺の名を呼ぶ。

「アレン・ロヴェーヌ」

全員が呼応した。

「『王立学園一年Aクラスへようこそ‼』」

パーリ君以外は、きっちり揃っていた。

◆

この長い、ユグリア王立騎士魔法士学園の歴史の中でも、その実績において他を隔絶している第一一二七期卒業生、通称ユニコーン世代。
その中心人物として歴史に名を残した、
『常勝無敗』ライオ・ザイツィンガー
『空即是色』フェイルーン・フォン・ドラグーン
『大瀑布《ばくふ》』アルドーレ・エングレーバー
『百般の友』ココニアル・カナルディア
その他多くの偉人を生んだ彼らをして、「トゥルー・ジーニアス《真の天才》」とまで言わしめた世代のエース。
これはそんな彼の、一番初めの小さな伝説。
アレン・ロヴェーヌは、たった一日で傑出《とっしゅつ》したクラスメイト達に己の価値を認めさせ、前代未聞の四科目不正判定を覆し、Aクラス合格を取り返した。

5章　青春の始まり

スタミナの話

このユグリア王立騎士魔法士学園の学生は、必ず部活動に加入する、という校則がある。

ゼネラリスト《万能な人材》育成を標榜《ひょうぼう》する学園の、教育方針の一環だ。

もっとも、そんな大昔に制定された校則など、今は有名無実化しており、まともに活動している部活動は数えるほどしかない。

例えば武術の類であれば、この王都には優れた道場がいくらでもあるし、他の嗜《たしな》みも同様で、優れた教育環境を整えるのが難しくないからだ。

社会が完成されてくると、部活動も下火になるのである。

学園入学から一か月。

「ただ漫然と走るな！　走る意味を考えろ！　やる気のないやつは帰れ！　甘えを削ぎ落とせ！　足が遅いやつも帰れ！　昨日の自分を超えろ！　超えられないやつも帰れ！」

俺は鬼監督と化していた。

朝のランニングには、何と一‐Aのクラスメイト全員が参加している。

それほど、俺の魔力量でライオとあれほど長時間撃ち合えた事実は、他のクラスメイトに衝撃を与えたようだ。

ライオは五万を超える魔力量のうち、あの三〇分の模擬戦で体感で七割近く消費していたらしい。

俺の回転の速さに崩し技を出す隙がなく、押し切られそうになったら止むを得ず身体強化の出力を上げて力技を出す。

だが、当然そんな大技がいきなり決まるわけはなく、ふわりと受けられて一瞬間合いを切るのが精一杯。

だが、俺は即座に反撃に転じて同じ展開へと持ち込んでくる。

当初は、そのような膠着状態《こうちゃくじょうたい》になるとは、思ってもみなかったらしい。

俺はパーリ君と一〇分以上戦った直後であり、自分には、この王立学園の魔力量試験のスコアでも数十年に一人出るか出ないかの、絶対の魔力量がある。

俺が残存魔力で短期決戦を仕掛けてきていたとしても、凌ぎきれば勝ち。

そう判断して、隙を生まないように守りに徹していたそうだ。

だが魔力量C判定のはずの、俺のスタミナが尽きない。

俺に、ジリジリと魔力を削られる展開に、実は内心冷や汗をかいていたらしい。

『最後の蹴《け》り技を受けて、手の空いた状態で間合いを切れたのは偶然だった。次やれば結果は変わってもおかしくない』

ライオは真面目腐った顔で正直にそう告げてきた。

どうやら、目先の勝ち負け《順位》に興味はなく、自分の実力を高めるためにここ《王立学園》に来たというのは本当らしい。

俺がクラスメイト達の推薦で、不本意にもAクラスでの合格を勝ち取った翌日、問題が起きた。

クラスメイト達に遅刻者が続出したのだ。

ソーラの朝食を食べるために、起床時間を三〇分早め、朝の五時に正門に集合した。

そこからいつも通り、学園の周りを時計回りに走り出したのだが、最後までついてこられたのはライオだけで、残りのクラスメイト達は三分の一を過ぎたあたりから次々に見えなくなった。

ライオですら、俺が坂道ダッシュをしている間は近くの切り株に腰を下ろし、恨めしげに俺を睨《にら》んでいた。

まぁついてこられない奴らを待っていても仕方がない。

俺には俺のルーティーンがある。

そう思って、さっさとクラスメイト達を見捨てて一般寮に帰り、ソーラのクソ苦い朝食を食べて九時一〇分前に登校したら、ライオとモブ顔A君、名前はダンというらしい、以外は誰も来ていなかった。

ダンは、顔はどう見てもモブ顔だが、魔力量ではライオに次ぐ二位で、今年はライオという超天才がいたが、常ならば総合評価一位を取っても不思議ではない、というほどの俊才らしい。

◆

「アレン・ロヴェーヌよ。お主はこの王立学園の一年Aクラスを二日目にして潰《つぶ》す気かの？」

ようやくクラスメイト達が揃《そろ》った午前一〇時前に、ゴドルフェンは俺を詰問した。

俺のせいにされても困る……。

「俺がついてきてくれと、頼んだ訳じゃない。こいつら自身が自分で走ると決めて、勝手に遅刻したんだ。まぁ明日には自分の分をわきまえて、尻尾《しっぽ》を巻いて逃げるだろう。何も問題はない」

俺は、ニヤニヤとした顔でクラスメイト達を見渡して煽《あお》った。

前日に、ニヤニヤとした顔でざまぁされた恨みを忘れていなかったからだ。

この時俺はまだ、この王立学園でAクラスに入学するやつらの、プライドの高さを舐《な》めていた。

こいつらは、それぞれの領地で『お家始まって以来の天才』とかもてはやされて、且つ、かつての『アレン』とは違い、コツコツと勉強をしてきた努力の人でもあった。

「ふぅむ。お主には、家名をもってまでお主を推挙した友人達に、手を差し伸べようという気持ちはないのかの？」

こっそり裏で結託して、『ざまぁ』してきた奴らだ。

全くもって知ったこっちゃない。

「ふん。慰めの言葉でもかければいいのか？　これはフェイしゃま！　あれれ？　返事がない？　きっと徹夜の魔道具研究でお疲れなんでちゅよね？　明日は馬車を正門に呼んでおきまちゅね？　これで完璧《かんぺき》だ」

俺は、恨めし気な目でこちらを睨んでくるフェイを無視して宣言した。

◆

翌朝、五時に正門に行ったら誰もいなかった。

ライオまで初日で折れるとは少々意外だな、なんて思いながら、まっいっかと、いつも通り時計回りに学園の外周を走り出した。

すると、このプライドの高いクラスメイト達は、さらなる早起きをして、各々が自分の速度に合わせて出発時間を調整していた。

ライオから、坂道ダッシュの事を聞いたのだろう。

午前六時に素敵な坂道に到着したら、一九名全員が待っていた。

それだけ、俺のことを評価してくれているのは、正直嬉《うれ》しい。

「何時から走っていたんだ？」

俺は、昨日もっとも教室への到着が遅かった、ココに聞いてみた。

「僕は三時半。今日は、特に何も決めてなかったから、バラバラ」

ふむ。

相談なしで、全員が自発的にこの時間に間に合うように走ったのか。

昨日あれだけ煽られたくせに、どいつもこいつも折れるどころか、強い光を目に宿している。

基礎鍛錬は、孤独な作業だと頭から決めつけていた。

先程、正門に誰もいなかったのを確認した時、まぁいいかと思ったのも確かだ。

だが……

やはり、この学園に来てよかった。

俺はヘソを曲げるのを止めた。

◆

「その時間に起きて、毎日続けられるのか？　無理して俺と同じ距離にする必要はないんだぞ？　持続できなくては意味がない」

「……僕の、体力と身体強化魔法の実力は、このクラスで最低だと思う。僕は、ゴドルフェン先生が言っていたような、『最初から机にかじりついて、現場で使えない官吏』にはなりたくない。僕にも、やりたい事があるから。……意見を、聞いてもいいかな?」

そこには、人見知りでビクビクとしていたココはいなかった。

強い意志で、何かをなさんとする人間の目だ。

俺は嬉しくなった。

「……これから述べることは全て俺の個人的な考えだ」

クラスメイト達が耳を傾ける。

「毎日、同じ距離を、決まったコースで走る事が大切だ。それによって、自身の成長の進度を測る。進捗《しんちょく》が見える、という事は、モチベーションの面で大切だ。個人によって、もちろん、基礎体力や魔力操作の水準が異なるから、『最適な距離』というのは千差万別だろう。だが、俺はこの『最適な距離』には、あまりこだわる必要はないと考えている。最適なんて考えても簡単には分からないし、日々変わるからだ。それよりも、同じコースを、余計な事を考えずに走れる、という事の方が遙《はる》かに重要だ。それは、このランニングを剣術でいう『型』と同レベルに落とし込む、という事だからだ。身体強化の練度を上げていく上で、雑念を取り払い作業を単純化する事は大切だと、俺は思う。慣れれば、足が接地する瞬間だけ身体強化して、次の一歩を踏むまで体が宙に浮いている間は身体強化魔法を切れるようになる。魔力残滓《ざんし》を消すイメージだ」

これは、昨日から俺なりに考えた、なぜ俺のスタミナが人より秀でているかの理由の一つだ。

パーリ君にしても、ライオにしても、一度戦闘状態に移行し、スイッチを入れたあと、強弱の調整が粗いのも気になるが、オンオフが全くできていないように思えた。

それでは疲れて当たり前だ。

「……なるほどな。随分と魔力操作のセンスが問われそうな話だ。だがそれだと、例えば屋内の闘技場を走るのでも問題はないのか？」

アルが疑問をぶつけてきた。

「もちろんそれでもいいだろう。だがこの王立学園の外周は、適度に起伏があり、路面のバラエティにも富んでいる。闘技場でしか身体強化を使わないのであれば、特化した技術を伸ばすのも有効だが……。応用力をつけたいのなら、外を走る事をお勧めする。時間は有限だからな」

「なるほど」

アルは頷《うなず》いた。

「達人に近づくほど、繊細な魔力操作を行っているのは周知の事実だな。人より優れた魔力量にかまけて、そのあたりを蔑《ないがし》ろにしてきたあたしらの弱点だと思う。だが、流石にそれだけでアレンのスタミナには説明がつかないと思うのだが？」

桃色ツインテールのステラが指摘してきた。

俺は、もう一つの心当たりについて言及した。

「皆は、身体強化を使った運動の間に、魔力を圧縮しているか？」

「……いくら何でもそれはないだろう……。魔法の使用中に魔力圧縮をするなんて、原理的に不可能だ。一つしか口のないホースで、水を出しながら吸うと言っているようなものだろう」

ステラは、何言ってんだこいつ？　という顔で答えた。

皆の顔を見渡すと、皆似たような顔をしている。

俺は苦笑して答えた。

「さすがに俺もそれは無理だ。ここでいう間というのは、運動と、運動の隙間、という意味だ」

「……考えたこともないな。そもそも同い年のアレンが、ランニングしながら身体強化魔法をオンオフしているという話ですら、衝撃的なんだ。……まさか、走りながら足が浮いている時間に魔力圧縮をしている、とでも言うつもりじゃないだろうな?」

ステラが睨みながら聞いてくる。

「当然している。俺は、身体強化をオフにする時間があれば、可能な限り魔力を圧縮して溜《た》め戻す癖を付けている。実際、昨日のライオとの模擬戦でも、運動の隙間に魔力を溜め戻しながら戦っていた。流石に、全力疾走の様な無酸素運動中などは無理だが、身体強化の出力が五〇%程度までのうちは、運動の隙間で身体強化を切って、魔力を圧縮できる。ランニングや素振りなどの、ルーティーン化された作業なら七〇%以上までいけるな。これらの動作で俺の魔力が枯渇する事はないだろう。その前に、体力的な限界がくる」

金髪へアバンドのジュエが、くつくつと笑いながら言った。

「相変わらず常識外れな事を、平然とした顔で言いますね。魔力圧縮を行うと、魔力の自然回復を待つよりは、回復速度が早まる事は知られています。ですが、非常に集中力のいる作業でしょう。普通は歩きながらするのですら難しいのに、戦闘中に運動の隙間で魔力を圧縮しろ、だなんて」

何が相変わらずなんだ?

だがやっぱりそうなのか……。

母上が普通にやっていたから、俺も姉上も当然のように練習して習得したが……。

まぁ確かに兄上達はいくら説明しても出来なかったな。

「コツは、最大魔力量を底上げするために、丁寧に折り畳んでいく魔力圧縮とは、別ものとして捉《とら》える事だ。確かにセンスがある程度問われるが、ここにいる皆なら、鍛錬して『型』にまで落とし込んだら、可能だと思う。……もっとも、苦労して身に付けても、それほど長く魔力を維持して戦う必要がある場面は、そうそうないかもしれないがな」

そう、普通はそれほど長く戦闘が継続する事はない。

よほど実力が拮抗《きっこう》した一対一の場面や、戦地で尽きる事なく敵が襲いかかってくるような場面でなければ、一時間以上も戦闘状態が継続される事はない。

そういう意味では、瞬間出力を向上させる鍛錬に主眼を置く、従来のアプローチも間違いとは言えない。

むしろ正道と言えるだろう。

「……これから走る坂道には、どんな狙いがあるの？」

ココが聞いてきた。

「よくぞ聞いてくれた！　ここまでの話は、準備運動の様なもので、ここからが本当の鍛錬の話だ！　アル！　白目を剥《む》いている場合じゃないぞ？　と言っても、特別な事は何もないから心配するな！　この坂道で行う短距離ダッシュは、『全力』を出せる全身運動で、筋力トレーニングと、最大出力下での身体強化魔法の練度を高める事を狙いにしている。俺は全力疾走こそ、この世でもっとも効率のいい筋力トレーニングだと考えているからな。そしてこの坂道を見てくれ！　斜度一〇度、距離５００ｍの直線と素晴らしい条件だ。この坂を全力で駆け上り、魔力を溜め戻しながらゆっくり降りる。それだけで騎士に必要な基礎的な筋力は、全て鍛えられると言っても過言ではないぞ？　ランニングはルーティーン化して、こちらはタイムを縮める工夫をしながら走るだけで、筋力、身体強化の最大出力、出力を上げる瞬発力、その維持能力などが満遍なく鍛えられる。つまり、威力と回転と持続力、その全てが賄える訓練、という事だ。しかも本数を弄るだけで、肉体的な負荷を調整できる」

「……この大小の石がゴロゴロと転がっている坂道を、『全力』な……。ライオ、できるか？」

ダンがライオに尋ねた。

「出来る訳がないだろう。少なくとも数か月単位で訓練をしないと間違いなく怪我をする。俺がアレンと屋外で戦った場合、さらに勝率は低くなるだろう。驚異的な魔力操作のセンスだ」

……そうなの？

みんな揃ってそんなじとっとした目で俺を見られても困るけど……。

カチッ。

音のした方を見ると、俺の手首にフェイが何かの魔道具らしきものを装着していた。

「……これは何だ？」

フェイはニコニコとした顔で説明した。

「これは僕が、昨日六時間かけて改良した魔道具だよ。といっても、残存魔力量を測る魔道具を改良して、記録が取れる様にしただけだけどね。これでアレンの秘密を丸裸に――」

俺は手近な石を拾って、装着された魔道具を迷わず粉々に粉砕した。

『なぜ？』みたいな顔で呆然《ぼうぜん》としているフェイを無視して、俺は話を締め括った。

「ごちゃごちゃと理屈を言ったが、最も大切なのは、何のために走るのかを、それぞれが自分で考えて、自ら結論を導き出すことだ。人から言われた事を鵜呑《うの》みにしていたのでは、本当の実力はつかない。自ら実践し、検証して、少しずつルーティーンを改善していく。このプロセスが最も大切だ」

俺はそう言って、坂道に向けて一礼し、走り出した。

これ以上ここで話に時間をかけては、俺のルーティーンに差し障る……。

俺にはまだ、ソーラの朝食を食べるという難題が、朝のルーティーンに残っているのだ。

「俺を、ゴドルフェン先生の弟子にしてください！」

クラスメイト達の遅刻問題を解決した俺は、その日の夕方に職員室へ突撃した。

クラスが確定してしまった以上、遠慮する事は何もない。

周りの先生方が生温かい目で見てくるが、気にしない。

とりあえず当たって砕けろだ。

俺は、頭をきっかり四五度下げて、ゴドルフェンに再度弟子入りを申し込んだ。

「……ふむ。楽に話していいぞい。わしは堅苦しいのが嫌いでの。……しかし弟子と言われてものう……。わしはお主の担任じゃし、わしに答えられる事は何でも答えるつもりじゃ。そういう意味では、一－Aクラスの学生達は、皆わしの弟子とも言えるの。……そもそも、わしに何を聞きたいのかのう？」

俺は笑われるのを覚悟して答えた。

「……俺には体外魔法の才能、とりわけ性質変化の才能がまったくない。だが、何としてでも体外魔法を使いたいと考えている。理由は、かっこいいからだ。そこに、合理的な理屈は一切ない。ゴドルフェン先生は、若い頃は体外魔法の才能がなくて苦労したと聞いた。どうか、俺が体外魔法を使えるように鍛えてくれないか？　……明確な答え《方策》がなくてもいい。せめて方向性だけでも示してくれないか？」

俺は腰を四五度折り曲げたままで、顔だけ上げてゴドルフェン先生の目をきっかりと見て、正直に自分の希望を言った。

ゴドルフェンは笑わず、真剣な顔で俺の目をじっと見ながら、暫く白髭《ひげ》を撫《な》でていた。

「なるほどのぅ……。それはデメリットは十分に把握した上での、お願い、と、捉えていいのかの？」

「身体強化を伸ばしていく事が、本来は俺にとって最適な解だ、という事は分かっている」

「ふ～む」

ゴドルフェンは、腕を組んで目を瞑《つぶ》っている。

俺は回答を待った。

「……話は分かった。だがわしは、若い頃から性質変化の才能だけはあった。お主の期待に応える方法にも、心当たりはない。わしに弟子入りしたとして、お主の求めるものを与える事はできんじゃろう。じゃが——」

そこでゴドルフェンは白髭を撫でた。

「方向性、という意味では、心当たりがない事もない」

「本当か！」

俺は食いついた。

自分なりに調査を続けてきたものの、調べても調べても出てくるのは、俺が求めているものが、いかに高い壁に阻まれているかを示す、ネガティブな情報ばかりだったのだ。

俺が食いついたのも仕方がないだろう。

全ては、この食えないじじいの手のひらの上で、踊らされていたと気がついたのは、暫く経った後だった。

「ただし。条件がある」

ゴドルフェンは俺の目を見ながら続けた。

「あの午前中の惨状を何とかせい……」

◆

今朝は朝九時に全員が教室に到着していた。

だが魔力を使い果たしたクラスメイト達は、とても実技の鍛錬など出来る状態ではなく、ほとんどのものが仕方がなく魔力を圧縮して溜め戻す訓練を行っていた。

「そんな事を俺に言われても困る。何度も言うが、俺があいつらに提案したわけじゃないんだ。俺にあいつらを止める権利はない」

「ふぉっふぉっふぉっ。止めさせるつもりはさらさらないのう。普通は嫌厭《けんえん》しがちな基礎鍛錬を、魔力枯渇を引き起こすほどの強度で、学生たち自身が自主的に行っておるのじゃ。多少授業を犠牲にしたとしても、必ずや彼らの財産になる。……さりとて、いつまでも魔力圧縮だけをしとる訳にもいかん。そこで、お主には、クラスメイト達が午前中からまともに授業を受けられるように、彼らを導いてもらおう。期間は二か月。それが出来たなら、お主にはわしが思う方向性を与えよう」

二か月か……。

俺は瞬時に頭の中で算盤を弾いた。

「二つ確認する。一つ目は、俺が助言するのは、やる気のあるやつだけだという事だ。今朝は全員揃《そろ》っていたが、全員が続けられるとは限らない。またその必要もない。身体強化よりも優先すべき事があるやつもいるだろうからな」

「……よかろう。ただし、やる気のあるものに手を抜かせる事で、この課題をクリアする事は許さん。……いっそ朝の鍛錬を部活動にしてはどうじゃ？　きちんと活動している部活動もほとんどないし、どうせ有名無実の部活動に名前だけ所属させるものがほとんどじゃろ。掛け持ちも可能じゃし、お主が監督ということにすれば、同級生にも指示が出しやすかろう」

ゴドルフェンは衝撃的な事を言ってきた。

「きちんと活動している部活動がほとんどないだと⁈　魔法研究部はどうなんだ⁈　きちんと活動しているんだろうな？」

俺の剣幕に驚いたのか、近くに座っていた、金髪のやり手そうな女教師が助け舟を出してきた。

「魔法研究部はありません。確か記録によると、三〇〇年ほど前に廃部になったはずです。今、魔法を学びたいものは、王都で著名なシンプレックス魔法塾に通うものがほとんどでしょう。名のある魔法士を家庭教師につける子も多いですね。……私の事はムジカ先生と呼んでください。アレン・ロヴェーヌ君」

……塾だと？

どいつもこいつも青春をいったい何だと思っているんだ！

「……分かった。やる気のあるその部活動の部員のみ対象、ということならいいだろう。どうやって部を立ち上げればいいんだ？」

この質問にもムジカ先生が答えた。

「部活動の名称を決めてくれれば、こちらで手続きはやっておきますよ。活動内容は、大体把握していますからね。顧問はゴドルフェン翁《おう》にお願いしても？」

「ふぉっふぉっふぉっ。よかろう。ただし、活動内容に口を出すつもりはないがの」

いわゆる名ばかり顧問か。

……まぁいいだろう。

必要があれば相談すればいいし、自由にやらせてくれるというのはありがたい。

俺は続けて気になっている事を確認した。

「もう一つ。その方向性とやらは、俺の師になって示してくれる、と解釈していいのか？」

『方向性に心当たりがない事もない』など、表現が余りにも曖昧《あいまい》だ。

のらりくらりとごまかされたとしても、とりあえず有名らしいゴドルフェンへの弟子入りが確約されるのであれば、自分の時間を割いたとしても収支はプラスと判断できる。

「ふむ。先程も言ったがのう。わしにはお主が求めるものを提供する事は出来んじゃろう。なので代わりに、適切な人材を紹介しよう」

「代わりの人材だと？　………………どういった人なんだ？」

俺は疑いの目をゴドルフェンに向けた。

「ふむ。由緒ある王国騎士団の第三軍団軍団長を務める、現役バリバリの男じゃの。当然めちゃくちゃに忙しく、わしの紹介がなければまず弟子入りは無理じゃろうな。予め言っておくが、あくまで紹介するだけじゃ。そして、もし首尾よく弟子入りできたとしても、手取り足取り教えてもらえるとは思わん事じゃ。あくまで、たまに助言をくれる程度だと考えておくがよい」

おおっ！

すでに具体的な人物が、ゴドルフェンの脳裏にはあるらしい。

つまり、俺の求めるものを把握した上で、『適切な人材』と考えている事は、口から出まかせの話ではない、ということだ。

素晴らしい！

よく見ると、隣のムジカ先生も驚愕《きょうがく》している。

偉そうな肩書きの人だし、そんなにすごい人なのか?!

俺は、やむなく心を鬼にして、全員部活動を辞めさせる勢いで徹底的にクラスメイト達を鍛え上げることを決意した。

「……話がまとまったようで何よりです。ところで、部活動の名前は何にしますか？」

やり手風のムジカ先生が聞いてきた。

俺は少し考えて答えた。

「『坂道部《さかどうぶ》』にします」

「……さかどう？　……別にどんな名前でも構わないのですが……。余り活動内容とかけ離れた名称だと色々と不便がありませんか？」

思いつきが口から滑り出ただけで、深い意味など何も無かったが、そう説明するのも何となく恥ずかしかったので、俺は風に任せて力説した。

「かけ離れてなどいない！　坂道を全力で駆け上り、転ばないように駆け降りる事は、ある意味で人生に通じる『道《みち》』だ！　坂道とは、即ち逆境であり、またある時は己の分を超えて勢いづかせる諸刃の剣だ。逆境と正面から向き合い、そして冷静に自己を見つめ直す……。それがこの部活動の肝だ！」

「？？？　まぁいいですけどね」

後に、『ユニコーン世代の礎』『王立学園の裏必修科目』とまで言われることとなる名門部活動、『王立学園坂道部』は、この様に俺の趣味と口から滑り出た思いつきにより誕生した。

◆

アレンが職員室から退室した後。

「ゴドルフェン翁……。いくら何でもあの条件は可哀想ではないですか？　昨日の職員会議では、あの濃度の鍛錬を自発的にやっているのであれば、半年間は午前の実技授業が潰《つぶ》れてもお釣りが来るのう、なんて言っていましたよね？　それを二か月だなんて……」

「ふぉっふぉっふぉっ。出来ると分かっている事をやらせても意味がない。小僧がどうこの課題に向き合い、人をどう育てるのか、それを見たいのじゃ」

ムジカはため息をつき、呆《あき》れた様に首を振った。

「しかも、その見返りが身体強化魔法に特化したデューさんへの紹介だなんて……。デューさんが断ったらどうするおつもりですか？」

「ふぉっふぉっふぉっ！　デューのやつは、三八歳にして王国騎士団の軍団長に抜擢《ばってき》されるほどの男じゃぞ？　小僧ほどの素材が手元に来て、断るわけがなかろう。ふぉっふぉっふぉっ！」

ゴドルフェンは、楽しくて仕方がない、というように、しばらくの間笑っていた。

王立図書館

ユグリア王国王立図書館は、王都ルーンレリアの北部にある、この国随一の蔵書量を誇る図書館だ。

この世界では、製紙技術や印刷技術もある程度は普及している。なので本は、庶民には逆立ちしても手に入らない、というほど貴重なものではないが、それでも日本に比較して値の張る品で、革張りの重厚な造りのものも多い。

王立図書館には、本が貴重であった旧時代に書かれたものも含めて、数十万冊が所蔵されているそうだ。

入学三日目――

俺は取るものも取りあえず、放課後になると真っすぐ王立図書館へと足を向けた。

目的は勿論《もちろん》体外魔法の研究だ。さらに言うと、性質変化の才能がない俺が『ファイアーボール』を使用するための糸口となる情報を得たい。

ソーラの口ぶりからも、ずばりそのものの情報を得ることは難しそうだが、せめて取っ掛かりが欲しい。

そんなわけで、俺が放課後そそくさと教室を後にしようとすると、フェイがにこにことした顔で近づいてきてこんな事を言った。

『アレンは今日も用事があるの？　王立学園に入学したからには、友人たちと交流を深めるのは貴族の重要な責務だよ？　むしろ最も大切な目的と言えるかもしれない』

が、俺はフェイが侯爵家の跡取りとして計画しているらしい食事会や交流会の誘いを、にべもなく全て断った。他の奴らはどうだか知らないが、ど田舎貴族の三男坊の俺は、別に両親からお家のために人脈を広げろなどと言われているわけではない。学生らしく友人たちとの交流を楽しみたい、という気持ちはあるのだが、それにもまして今はとにかく魔法への知識欲を満たしたい。

……正直言って、前世の人格がそのまま憑依《ひょうい》したのであれば、『皆に協調しなければ』とか、『実家に迷惑をかけるかも』とか、『侯爵家跡取りのフェイには巻かれていた方が無難かな』とか、いかにも日本人的な思考で堅実で面白みのない学園生活を送っていただろう。

だが、今の俺の性格のベースは、あくまでも覚醒《かくせい》前の短絡的……もとい、根っからポジティブな『アレン』だ。

さすがに前世三六歳までバカが付くほど真面目に生き、お堅い日本で社会人をした経験があるので、一二歳のワンパク小僧とはならないが、先天的な性格《三つ子の魂》はそう簡単には変わらないらしい。詳しいことは知らないが、脳みその形などは覚醒しても変わらないはずなので、生来そちら方面に性格が偏るような頭の構造なのだろう。

そして俺は、今生では気の向くままに自分のやりたい事だけやって生きると決めている。

もちろん俺は、貴族社会のマウント合戦《権力闘争》になど、これっぽっちも興味がない。

そんな訳で、寮で平服に着替えて学園の裏門を出るころには、フェイの社交の誘いなどきれいさっぱり忘れて、俺は初めて歩く春の王都北部の街道を、わくわくとした気持ちで闊歩《かっぽ》した。

◆

王立図書館はコンクリートのような石材とガラスがふんだんに使われた、どこか近代的なデザインの建物だった。

観光名所になっていると聞いていたため、正直もっと旧時代の大聖堂を改築したような、荘厳な雰囲気の建物を想像していたので、この外観は意外と言えば意外だった。まぁ俺はあまり歴史探訪に興味のあるタイプではないから別に構わないのだが。

それに……一歩館内に入って驚いた。騒がしい外の喧騒《けんそう》がぴしゃりと遮断され、館内は別世界に迷い込んだかのような雰囲気に包まれている。観光客と思しき団体がそれなりにいるのでそれほど静かなわけではないが、内外で空気ががらりと異なる。

日本人から見たらいかにも味気ないこの鼠色の人工石材は、おそらくは音を通しにくい特殊な素材か何かが練り込まれているのだろう。

レンガ造りの建物が多い王都では、逆に建築物としても珍しいかもしれない。

きょろきょろと周囲を見渡すと、日本の図書館と違い、本が所蔵されている区画に入るには、利用者証のようなものが必要なようだ。区画に入る前にカバンなどはクロークに預ける仕組みとなっているのは、貴重な書物の盗難防止の為だろう。

『新規利用者登録』の案内表示を見つけたので、俺は案内に従って真っすぐにカウンターへと歩を進めた。

◆

「ようこそ王立図書館へ。本日はどういったご用向きですか？」

二十代前半に見える年若い司書さん――胸元のバッジによると、名前はカラさんだ――に笑顔で問われ、俺は用件を伝えた。

「こんにちは。今日は図書館で調べ物がしたくて来ました。利用者登録をしたいのですが……その、ただ入るのにも登録が必要とは思わなかったので、今日は身分を証明するものを何も持っていないのですが……」

俺がこのように苦笑しながら頭を掻《か》くと、司書さんはふふっと笑って頷《うなず》いた。

「一〇〇リアルの補償金を預けてこの申込用紙に記入してもらえれば、一般区画には仮登録で入れるわよ。ただし、この図書館はユグリア王家直轄の施設です。くれぐれも書物や施設を傷つけないようにご注意くださいね。悪質だと判断された場合、不敬罪が適用されかねませんから」

俺は擦り切れた財布をポケットから取り出して、中の薄汚れた硬貨を数えながらカウンターに並べた。

「……何とか一〇〇リアルはありそうです。……ところで、一般区画があるという事は、立入に制限がある区画があるということですか？」

俺がこのように聞くと、カラさんは不思議そうに首を傾げた。

「ええあるわよ。制限区域は1級から5級まであって、数が大きいほど入場資格の制限が厳しいわ。5級ともなると、入るのに王家の許可が必要よ。その分貴重な書物が保管されているらしいけど……なにか専門性の高い書物を探しているの？」

俺は力強くうなずいた。

「はい！　特定の目的となる書物がある訳ではありませんが、体外魔法に関する本を網羅的に読みたいと思っています！」

俺が求めるずばりそのものの情報はないかもしれないが、魔法の研究は趣味だ。たとえ自分が使えないとしても、学ぶことそのものが楽しくって仕方がない。

もちろん自分で使える様になるに越した事はないが、魔法関係の本を読んでいるだけでワクワクが止まらないのだ。

俺が食いぎみにそのように宣言すると、カラさんは笑った。

「楽しそうね。でもう～ん、体外魔法関係となると、確かに一般的なものからかなり高度なものまで、数多くの本が所蔵されているわ。でも、専門性が高いものは魔法に関する基礎知識はもちろん、言語学や算術などの教養が問われるものも多いわよ？　君の歳ならとりあえず一般区画にある本で十分だと思うわ。その辺の本屋でも売っている、古典的な専門書なら十分網羅しているはずよ」

「なるほど、分かりました！　ではとりあえず一般区画の書物から当たってみることにします！ありがとうございます、カラさん！」

俺がカラさんの名前を呼んで頭を下げると、カラさんは少しだけ意外そうな顔をした。

「ふふっ。礼儀正しいのね。……1級制限区域には三千リアルの補償金を預けてもらえると、誰でも入れるわよ。でも2級以上の制限区域に入るには、金銭だけではなく、それなりに社会的な立場や信頼が求められるの。……君は見たところ王都に出てきたばかりの学生さんかな？　それこそ貴《き》官騎魔《かんきま》あたりの上級学校所属なら、学校で優秀な成績を収めて推薦が得られれば、在学中から2級制限区域まで入館が認められる可能性はあるわ。しかも補償金免除。頑張ってね！」

カラさんは俺が兄貴のお下がりで使っている擦り切れた財布をちらりと見て、ウインクした。俺が貧乏だってバレてるな、これは。

「あ、はい。まさについ先日王都に来たばかりの貧乏学生ですが……なんですか、その『きかんきま』って……」

俺が聞き覚えの無い言葉について問い返すと、カラさんは驚いた。

「え、知らないの？　結構な田舎から出てきたのねぇ。貴官騎魔は、この王都にある4大上級専門学校の総称よ。まぁ君は違う学校みたいだけど、それでも然るべき立場の人から推薦があったり、王国官吏への就職が決まったりすると、制限区域への立ち入りが認められる可能性はあるわ。まぁ無理に入らなくても、一般の人が読んで面白い本はあまりないと思うけどね」

ふーん。日本のMARCHとかアメリカのアイビー・リーグとかそんな感じか？　よく分からないが。

まぁそれなら最難関と言われている王立学園は多分大丈夫だろう。

一般区画の蔵書を読みつくしたら推薦してもらえるように、ゴドルフェン辺りに頼もう。

「へーそんなのあるんですね。初めて聞きました。……じゃあ王立学園生も学校から推薦を貰《もら》うと、その制限区域にアクセス可能なのですかね？」

俺のこの質問はよほど世間知らずだったのか、カラさんは苦笑した。

「あははは。流石に君でも王立学園の名前は知ってるんだ？　あの学園は別格中の別格よ。推薦も何も、在学生と言うだけで特に保証金もなく3級制限区域までアクセス可能よ。その他にもこの王立図書館の貴重な本の貸し出しを無償で三冊まで受けられたり、2級以上の制限区域に設置されている個室を利用できたり、貴重な本を読みながらコーヒーを飲んだりできるわ」

知っていると言うか、在学生なのだが……。王立学園生が珍しいからなのか、それとも俺があまりにもらしく無いからなのかは知らないが、カラさんは俺が学園生である可能性にはまるで思い至らないようだ。

ま、いっかと俺は話を流した。

「……そんな貴重な本に囲まれてコーヒーを飲む気にならないですね……。コーヒーの味も本の中身も、何も頭に残らなそうです」

「あはは、そうね、私たち庶民には関係のない世界の話よ。私は一般司書だから、職員だけど2級までしかアクセス権が無いから3級制限区域には入った事すら無いけど、まぁ話を聞く限り図書館というより上流階級の一種の社交場《サロン》ね」

何となくお仲間認定されてしまった……。まぁ俺が用事があるのはあくまで図書館で、サロンになど何の用もない。どう考えても自分はなんちゃって貴族の庶民派だから、別に間違っちゃいないのだけど。

「……それにしても、在学校によって図書館で読める本が異なるだなんて、世知辛い世の中ですね。学歴差別とか言われて問題になりそうだけど……」

俺がごく日本的な感覚でそのようにつぶやくと、カラさんは『何言ってんだ、こいつ』とでも言いたそうな、怪訝《けげん》な顔をした。

「学歴で区別するのは当然のことじゃない。そのための選抜試験なんだから」

……なるほど、この世界はそういう思想で回っているのか。

まぁある意味合理的ではあるんだけど、十把一絡げに学歴だけの物差しで括ると、勉強はできないけど面白みのあるやつ、……自分で言うのもなんだが、覚醒前の俺みたいな奴を拾い上げられないんだよな。もちろんそれとは逆に、まじめに勉強は出来るけど実社会では大して役に立たない奴、そうずばり前世の俺のような人間を量産してしまう事も問題だ。

俺がそのように疑問を口にすると、カラさんは首をひねった。

「まぁ確かに、中には人格に問題がある人なんかもいるから、そういう指摘もないではないけど、やっぱり学歴選抜は圧倒的に合理的なのよね。例えば有名な王立学園入試は、学力、魔力量、そして技量のすべてをバランスよく評価するから、君が言うような、実社会で使い物にならない人間なんてそうそう出ないだろうし」

この指摘に俺はなるほどと得心がいった。

確かにこの世界には前世と違い魔法がある。特に魔力量など、無慈悲極まりないほど正確に数値化され、しかも生来の才能がものを言う能力だ。それに加えて、探索者や軍人などの武の能力が求められる仕事はもちろん、農業漁業などの一次産業、魔法技師や魔道具士などの職人業など、あらゆる分野で魔法の才能がものを言う世界では、確かに学歴で選抜することの合理性は増すかもしれない。

実力と学歴がリニアに相関するこの世界は、ある意味では前世以上に残酷な世界かもしれないな……。

「まあ、確かに人によって得手不得手があるのはその通りよ。そのために『貴官騎魔』みたいに専門性の高い学校がある訳だしね。例えば貴官騎魔の『官』に当たる、官吏経済上級専門学院の場合は、魔法より学力に比重が置かれて入学試験や授業が行われているわ。……はい、仮登録が終わったわよ。これは仮の登録証だから、毎日帰る前に返還手続きが必要だから注意してね。頻繁に利用するなら次来る時に身分証を持ってきて、一〇リアル支払って正規の登録証を発行した方が楽ちんよ」

カラさんは、一〇〇リアルの保証金と引き換えに、手際よく仮の登録証を作って、笑顔で俺に差し出してくれた。

「じゃあ慣れない王都での生活頑張ってね！　体外魔法関連の本は、Ｂブロックの二階にあるわ」

「分かりました。色々と親切にしていただきありがとうございました！」

◆

館内は呆《あき》れるほどに広かった。

前世は平野の乏しい日本育ちで、今世も魔物の手強い地域の城郭都市内で育った俺から見ると、この王都にある敷地や建物は、何につけてもでかかった。

内部の構造を簡単に説明すると、まず目につくのは読書スペースの充実度だろう。

建物の外側をぐるりと囲うように幅が10ｍ以上はある回廊があり、椅子やテーブル、ソファーなどがゆったりとした間隔で配置されている。壁面はガラス張りで、手入れの行き届いた外庭が見え、庭にはベンチやガゼボ（西洋風の東屋）のようなものが設置されている。

風のない陽気のいい日は、外で読書をするのも気持ちがいいかもしれない。

本が所蔵されている回廊内部の区画は、立体的に四角い箱型の部屋がつなぎ合わされた面白い構造で、本の種別によってＡからＥまでの５ブロック、一階、梯子《はしご》で繋《つな》がれた中二階、そして二階の三階層で計15の区画に分かれている。例えば体外魔法関係の本が纏《まと》められているＢブロックの二階はＢ２区画と呼ばれているようだ。

それぞれの区画はそれなりの広さがあり、こちらにも読書スペースが確保されている。外の光が降り注ぐ明るい回廊とは異なり、うまく自然光と魔導ランプが組み合わされて、落ち着きのある雰囲気に調光されている。

一般区画だけでこの広さで、二階奥には三階の1級制限区域へと続く階段があり、さらに2級以上の制限区域は渡り廊下で繋がれた別棟にあるようだ。

今日は仮登録の身なので制限区域内の様子は分からないが、渡り廊下の先にある別棟の方は、まさに俺が想像していたような、古い修道院を改築したような荘厳な建物だ。カラさんが言ったように、上流階級のサロンと表現するのがぴったりの趣といえるだろう。

察するに、あちらは遥《はる》か昔に建てられた由緒正しき建築物が図書館に改築され、今俺がいるガラス張りの建物のほうは王都の人口増に合わせて増築され、一種の観光施設のようになっているのだろう。

前世のガリ勉時代には、放課後図書館に通い詰めていた俺だが、いずれも日本の一般的な公立図書館、つまり狭い敷地にこれでもかと機能面を詰め込んだ簡素な図書館で、数少ないデスク付きの椅子を確保するために椅子取りゲームをするようなイメージだったので、これほど立派な図書館は見たことも聞いたこともない。

つくりの建築思想が根本から日本と異なるこの王立図書館は、俺の胸を弾ませた。

◆

それから一週間。俺は毎日図書館へと通いつめて、体外魔法の研究に精を出した。

初めて訪れた日の翌日には、王立学園の学生証を持ってきて正規の登録証を発行してもらった。

王立学園生というだけで、そこまで特別扱いされるのは違和感があったが、アクセスできる情報本が多いと言われては妥協できない。せっかくの権利なので、ありがたく使わせてもらう。その為に王都に来たしな。

前日の続きの本を抱え、お気に入りの読書スペースへと移動する。

1級制限区域であるB3区画の書庫奥に無造作に設置されている、小さなサイドテーブルが付いた、シンプルだが造りのしっかりした一人掛けのアームチェアが俺のお気に入りスペースだ。

一般区画は観光目的で来ている人間が多く、ごった返すというほどではないが、ざわざわと騒がしい。と言って回廊の先にある2級以上の制限区域は家具類が豪奢《ごうしゃ》すぎて肌に合わないし、個室も一度利用してみたがあまりに静かで、図書館特有の僅《わず》かに人の気配が耳に当たり、集中力が高められる感覚が得られない。

その点、吹き抜けの回廊から一般区画の喧騒《けんそう》がわずかに漏れ伝わり、且つめったに人が通らないこの場所は、実に俺の好みに合致していた。

夕方になるとステンドグラスから西日が差し、その後は暖色系の魔道ランプが揺らめく光量の移り変わりも素晴らしい。

そんな訳で、俺はお気に入りの場所を見つけた猫のように、来る日も来る日も同じ椅子に座って読書に勤しんでいる。

「……物凄《ものすご》い集中力ね。さすがは天下の王立学園生、ってところかしら」

サイドテーブルにうずたかく本を積み上げ、ひたすら読書に没入していると、いきなり声を掛けられた。俺が顔を上げると、目の前に立っていたのは初日にいろいろ教えてくれたカラさんだ。

「あ、カラさんこんにちは。……どうして俺が王立学園生だと？」

「ふふっ、今週は私、1級制限区域の担当なのよ。制限区域内にいる人間は、すべて受付で入退室を管理しているからね。アレン君の名前を見て驚いたわ。審査要件をみて、もっと驚いたけど……」

俺はポリポリと頭を掻《か》いた。

「すみません、別に隠すつもりはなかったのですが、何となく切り出すタイミングがなくって」

俺がばつの悪い顔で謝罪すると、カラさんは手を振って笑った。

「謝らなくっていいのよ。私もその、何ていうの、君のその味のある洋服のセンスと、擦り切れた財布を見て、まさか王立学園生だなんて思いもよらなかったもの。逆に失礼な対応をしてしまったから、謝りたくて声をかけたのよ」

「……そういえば、田舎から出てきたばかりの学生だって一目見て言い当てられましたね。そんなに芋臭いですか？」

洋服のことは正直言ってよく分からない。あまり興味がないからだ。俺が苦笑しながらそのように尋ねると、カラさんは舌を出した。

「そうね。率直に言って、結構ダサいわよ」

あまりにも率直に言われて俺がまいったなと頭を掻くと、カラさんは楽しそうに笑った。

「あははは、いくら入学したてとはいえ、本当に君は王立学園生らしくないわね。さっきまでの、物凄い集中力で、しかも尋常じゃないペースでページを捲《めく》っている姿を見ていなければ、まだ信じられないところよ。あんなスピードで読んできちんと内容を理解できているの？」

速読は訓練である程度は身につく。前世でも結構鍛えたし、今世は前世と比べてもともと頭の出来がいいので、興味のあるものを読んでいると自然とスピードに乗ってくる。

「まぁ大体は頭に入っています。ところで王立学園生ってそんなに感じ悪い人が多いのですか？　まだ入学したてなのでよく分かりませんが、俺のクラスメイト達からは、余りそういう感じを受けませんけれど」

　これは俺の率直な感想だ。もっとプライドが高く鼻持ちならない輩が多いと覚悟していたのだが、これまで話した感じからはあまりそういった印象を受けない。まぁ、学園内部で王立学園生だと威張っても何の意味もないが。

「う～ん、感じ悪いというのとは少し違うかも。私はそれほど王立学園生と接したことはないけれど、学歴をかさに着て居丈高に威張るような子は、あの学園にはあまりいないかもしれないわね。むしろ先日話した『貴官騎魔』とか、もう少し下のレベルの学校に通っている子の方が、そういう子が多いような気がするわ」

　ふ～ん。まぁ確かにあの学園に入学するほどの人間で、学歴をかさに着なくては威張れないような程度の低い人間はいないだろう。ただ真面目にお勉強をしていれば入れる学校ではないし。

　前世でも、優秀なやつほど高学歴でもそのことに頓着《とんちゃく》せず、学歴をひけらかすのは他に自慢できるものがないやつと相場が決まっていた。まぁどうでもいいが。

「まぁそうは言っても、どこか近寄りがたい、特別な雰囲気を身に纏っている子が多いのは事実よ。君を除いてね」

　カラさんはそう言って、俺が読み終えて積み上げた本から一冊を抜き出し、無造作にページを開いた。

「問題です。およそ三〇〇年前に臨床魔法士中興の祖と呼ばれたスピール・ジャネイロ。彼の基礎理論に影響を与えたと言われる同時代を生きた――」

「ホール・メラネスの論文ですか？　現代まで続く性質変化の変換効率に関する基礎理論であるジャネイロの定理。それの理論構築の背景になったとの学説が、その本では支持されていましたね。もっとも、俺の家庭教師はその説には懐疑的でした。俺もどちらかと言うと、その家庭教師《ゾルド》の考えを支持しています。思考のプロセスがジャネイロのそれとは根本から異なりますから」

その辺りは地元にいた時から、すでにゾルドと随分と議論を交わしたところだ。

ゾルドは元々の専門分野が体外魔法理論だったらしい。まぁあんな田舎で一家庭教師として燻《くすぶ》っていただけあって、研究者としては大した功績もないらしいが、知識だけはそれなりに深かった。

ロヴェーヌ家はゾルドが家庭教師として雇われてからというもの、性質変化の才能を持つ子供が一人も生まれていないので、俺が覚醒《かくせい》後にいきなり体外魔法理論に興味を持ったことを、陰でひっそり喜んでいた事を俺は知っている。

まぁゾルドは研究者というよりは、オタクといった方が印象としては近いが……。

「ほぇ～、何を言っているかは分からないけれど、とても一二歳の受け答えとは思えないわね。それに流石に王立学園に合格するだけあって、優秀な家庭教師をつけていたのねぇ」

カラさんにそう言われ、俺は脳裏にゾルドの血走った目と、さんざん議論を戦わせた日々を思い出し、思わず笑みをこぼした。

俺が受験範囲を大きく逸脱した、専門的な内容にまで徹底的に疑問点を突き詰めていくと、ゾルドは口では『そこまでの内容はいかに王立学園入試といえども求められません。合格すればいくらでも時間が取れますので、今は受験対策を優先いたしましょう！』、などと言いつつ、俺が食い下がると結局嬉《うれ》しそうに最後まで議論に付き合ってくれたものだ。

「そうですね……。俺の家庭教師が優秀かどうかは分かりませんが……エネルギーはありました。歳は六十を超えているのですが、胸倉を掴《つか》み合いながら議論をしていましたから」

年甲斐《としがい》もなく（と言っても、今は一二歳だが）俺の胸にはほんの少し寂しさが去来し、『ゾルドの顔が見たいな』などと、ホームシックに掛かった少年のような事を考えた。

「尊敬しているのね……その家庭教師さんの事を。とっても素敵な事だと思うわよ？」

俺の顔をまじまじと見ていたカラさんは、そう言って微笑んだ。

「……そうですね。もちろん尊敬も感謝もしていますが……師というよりも、どちらかというと、戦友に近いかな」

俺がそう言うと、カラさんはおかしそうに笑って『お邪魔したわね』と言って受付の方へと去っていった。

俺はもう一度ゾルドの顔を頭に思い浮かべてからくすりと笑い、再度本の世界へと没入した。

監督業と一般寮の住人

学園入学から二週間。

俺は早くも、暇を持て余していた。

これまでは『受験』という明確な目標があったので、空いている時間には受験勉強を詰め込む事で、一切の無駄を排除してきた。

だが合格を勝ち取った今、これまでの習慣を維持して前世の様にガリガリ勉強していたら、あっという間に三年間の学園生活など過ぎ去る。

午後の講義後、最初の二週間は、王都にある、この国随一の蔵書量を誇る王立図書館で、体外魔法に関する蔵書を読み漁った。

この世界の本は、前世に比べると貴重ではあるが、王立学園の学生であれば、前世基準で見てもかなりでかい王立図書館をかなりの好条件で利用可能で、一部の本を除いて、特別に三冊まで貸し出しを受ける事も許可される。

真っ直ぐに図書館に向かい体外魔法を使用するための糸口を研究をする日々……。

これは断じて勉強ではなく趣味だ、と自分に言い聞かせながら、前世の学生時代と全く同じルーティーン、即ち学校から図書館に直行し、閉館時間まで粘って本を読み、必要な蔵書を借りて、帰りに蕎麦《そば》をパパッと食って、家で寝るまで自習《勉強し》をする日々に、このままでいいのかと焦燥感を募らせた。

そして、二週間で関係しそうな本を調べ尽くし、大した成果がない事を確認した俺は、いよいよ焦りを募らせていた。

このままでは勉強か素振りしかやる事が無くなる……。

元々は、『楽しそうな部活動にでも入ろう』なんて気軽に考えていたのだ。

だが入学してみると、活動している部活動が碌《ろく》に無かった。

ゴドルフェンの勧めで立ち上げた坂道部《さかどうぶ》は、朝の授業開始前だ。

坂道部で夕方以降や休日の暇を慰める事はできない。

ちなみに、すでに俺は、一人ずつ走っている姿を確認した上で、それぞれの『目指す姿』をヒアリングした後、綿密な育成戦略を立てて部員達、即ち全クラスメイトに伝えている。

簡単に説明すると、裏門から出て正門まで走る二軍と、俺と同じく正門から出て一周する一軍に分けて、出発時刻、坂道ダッシュの本数、それぞれの走りの課題などを伝えて朝の鍛錬のスタートを切らせただけだ。

後は優秀なあいつらならば、自分で考えて、最適な形へ落とし込んでいくだろう。

俺が厳格に定めたルールは一つだけだ。

一周40㎞の外周を、坂道ダッシュ三本以上を含めて一時間四五分以内に走れないやつは二軍で、半周コースを取る、というルールのみだ（と言っても、学園の中をショートカットする半周コースでも30㎞ほどはある）。

エリート中のエリートであるクラスメイト達のほとんどは、二軍に配属された。

プライドの高い彼らが、俺に『お前らはこの坂道部の部員に足る実力のない二軍だ。悔しければさっさと一軍に上がる実力をつけるか、さもなくば辞めろ』と宣告されて、悔しげに顔を歪《ゆが》ませていた。

中には目に涙を浮かべている奴すらいた。

気の毒だが、仕方がない。

なぜこのような仕組みにしたかというと、もちろんゴドルフェンの課題をクリアする、という自分の都合を優先しただけだ。

文句はゴドルフェンに言ってくれ。

仮に彼らが頑張って一軍に上がってきたとしたら、五時に走り出したとしても、午前の授業前にはある程度魔力は回復するだろう。

上がれなかったとしても、半周コースであれば、二か月あれば、午前の始業前には何とか回復する程度には成長をするだろう。

嫌になって辞めたら、ノーリスクで課題の対象外となる。

くっくっく。

そう。

このスキームは、何がどう転んでも勝利が約束されている。

言い訳も完璧《かんぺき》だ。

半周コースは、決してゴドルフェンが言っていた、『やる気のあるものに手を抜かさせて課題をクリアする』には当たらない。

彼等のやる気に応えて、現状の実力に適した訓練手法を設定しただけだ。

そして、重要なのは、俺は設定した訓練内容が適切だと考えている事だ。

彼らを伸ばす上で、俺が考える最適解なのだから、文句を言われる筋合いは全くない。

全力を尽くした、という既成事実を作るために、クラスメイト達のスタート時間を調整する事で、毎朝全員を追い抜いて走りを確認しながら、ハッパをかける事も忘れない。

「頭で考えるな！　昨日も同じことを言ったぞ！　帰れ！」

「身体強化に頼りすぎだ！　帰れ！」

「目で見るな！　心の目で見て足裏と会話するんだよ！　辞めちまえ！」

自分でも、何を言っているのかよく分からない事を適当に言いながら、全員辞めさせるつもりでしごいているが、今のところ一人も辞めていない。

だが遠からず脱落者が出るだろう。

全力を尽くしている人間に対し、このような理不尽なパワハラワードを上司《監督》が掛けることが、どれほど本人のやる気を削ぐかは、前世で苦労したこの俺が一番分かっている。

ちなみに、二軍から一軍に上がったら、あれだけ『決まったコースを走れ』と力説したのに、いきなりコースを変更する事になるが、そんな事は知ったこっちゃない。

俺自身のルーティーンは変えず、無事課題をクリアする。

それが大切だ。

話が逸れたが、そんなわけで、坂道部の活動はすでに俺の手を離れている。

俺は入学後、二回目の週末でいきなり何もやる事がなくなった。

勉強と素振りをしたくてしょうがないが、明確な目的もなくやるそれを『趣味』と言ってしまえば、俺はもうアウトロー路線に行く事は不可能になる気がする……。

前世で、目的もなく資格取得の勉強をしていたのとなんら変わらないだろう。

しかたがないので朝食後、暇にかまけて寮の前庭で、一向に出来る気配の無い『ファイアーボール』の練習をしていた。

と、そこへ、滅多に出くわすことのない、この王立学園一般寮《犬小屋》の住人と思しき男が、背中に植物で編まれた籠《かご》を背負って現れた。

いかにもこれから山へ柴刈《しばか》りに行きます、と言わんばかりの格好だ。

俺は興味本位で声をかけてみる事にした。

「初めまして。私はアレン・ロヴェーヌといいます。先輩はこれからどちらへ？」

学年は分からないが、この出立ちでまさか同級生はないだろう。

男は俺の名前を聞いて驚いた風をして答えた。

「君があの一－Ａクラスのアレン・ロヴェーヌかい？　僕は三－Ｂクラスのリアド・グフーシュというものだよ。……途轍《とてつ》もない変人とか、危険物とか、性欲の権化とか、様々な噂が飛び交っていたけれど、意外と普通なんだね」

リアド先輩は、様々な噂を思い出したのか、可笑しそうに笑った。

「あっはっは。そんなものは根も葉もない噂ですよ」

俺も笑って誤魔化した。

しかしグフーシュ……俺の脳内データベースに該当する名前がない。

取り立てて特徴のない男爵家出身か、さもなくば庶民出身なのだろう。

「こんな所《一般寮》で何をしているんだい？」

リアド先輩は不思議そうに聞いてきた。

「何って、ここに住んでいますからね。先程寮の朝食を食べて、暇つぶしに鍛錬をしていたところです」

そう答えた俺を、リアド先輩は途轍もない変人を見るような目で見てきた。

「へぇ……この寮の、朝食をねぇ……。……君はAクラスでの合格が決まったんだろう。貴族寮へ移動しないのかい？」

「特に必要性を感じませんので。先輩こそ、Bクラスなのになぜこの寮に？」

「僕の場合は、実家が薬屋を営んでいてね。将来のための勉強を兼ねて、時間を見つけては近くの山林に薬草やキノコなどの採取に行って、実家に卸しているんだけど、立地的に裏門に近い一般寮《こちら》の方が何かと都合が良くてね」

『貴族ではないから、生活の事は自分である程度できるしね』と、リアド先輩は屈託なく笑った。

俺の先輩への好感度は急上昇した。

今更説明するまでもないが、この王立学園をBクラスで卒業するという事は、将来が約束されたも同然のエリートだ。

にもかかわらず、先輩には驕《おご》ったような様子が全く感じられない。

自分のやりたい事の為に、貴族寮になど目もくれないところも素晴らしい。

「これから採取ですよね？　よければ俺も、同行させて貰《もら》えませんか？」

俺はごく自然にそう頼んだが、先輩はかなり驚いた様子で答えた。

「別に構わないけど、はっきり言って地味な作業で、面白い物じゃないよ？　君の将来に役立つとも思えない。王国騎士団員が、自ら薬草採取するなんて聞いたこともないからね」

「俺は別に、将来王国騎士団に入団すると決めている訳ではありません。もしかしたら探索者になるかもしれない。探索者に成り立ての新米の仕事といえば、薬草などの素材採取でしょう？　何が役に立つかは分からない。なのでお願いします」

そう、探索者のデビュー依頼といえば薬草採取。

そこで、新人とは思えないほどの大量の薬草を集めて帰ってきて、俺の事を世間知らずの生意気な新人だと思っていた受付の女性職員が、目を白黒させる……。

これぞ異世界転生の王道中の王道の展開。

チートではなくコソ練、というのが淋《さび》しいところだが、このテンプレを踏む為に、薬草採取をここで練習しておくのは悪いことではない。

どうせ暇だし。

心の中でそんな事を考えていたら、先輩はその夢をあっさり否定した。

「あっはっはっ。君がすごく変わっている事は分かったよ。でも君が薬草採取の依頼をこなす事は無いと思うよ？　王立学園生が探索者登録をした場合、Dランクに格付けされる。卒業生は無条件でCランクだ。王都周辺でDランククラスが受注するほど割のいい薬草採取なんてないからね」

……そんな特権求めてないのに……。

俺はすでに庭師のオリバーが苦労して獲得したDランク探索者の権利を取得していた。

でもまぁいいか。

この世界の素材に興味があるのは確かだ。

本である程度知識を齧《かじ》っているとはいえ、専門家の手解きを受けながら実践できるのは貴重な機会だろう。

俺はぜひ同行したい旨を重ねて頼み、頭を四五度下げた。

先輩は、快く了承してくれた。

初めての採取と狩猟

「今日は何の素材を採取するんですか？」

木刀と筆記具だけを持って、乗り込んだ乗合馬車での移動中に、俺はリアド先輩に聞いてみた。

車中には、しっかりとした装備をした探索者と思われる人が、他に二人乗っている。

「うーん、これといって決めていないけど、傷薬、体力回復を補助する薬、魔力回復を補助する薬なんかの素材を、分布量や生育状況を調査しながら集めていくつもりだよ。……耳にしているかもしないけど、物騒な噂が立っててね。普段それほど需要のないこれらの素材が品薄なんだ」

噂とは、ゴドルフェンが言っていた、近く戦争が起きるかもしれない、という話の事だろう。

そんな重要な機密を学生にするのはどうなのか、と思っていたが、耳の早い人間にはすでに知れ渡っている情報ということか。

「採取を行うのは、王都からそう離れていない比較的安全な森だけど、魔物も出没する事があるからね。魔物との戦闘経験はある？」

「ありません」

俺は正直に答えた。

実家にいた時、覚醒《かくせい》前に次兄のベックにねだって、近隣の魔物の間引きに連れて行って貰い、安全に配慮された上で見学したことがあるくらいだ。

実戦経験、という意味では、対人を含めて皆無といっていいだろう。

俺が手に握った木刀に力を込めたのを見て、リアド先輩は笑った。

「心配しなくても、王立学園の入学試験で実技トップ評価を取った君が後れをとる様な魔物は出ないよ。最悪でも逃げ方は分かっているから安心して」

その言葉を聞いて、俺は木刀を握りしめる手を緩めた。

◆

到着したのは、王都の東側に聳《そび》え立《た》つグリテス山の裾野《すその》の森だった。

王都の水源となっている森の、外縁にある王家直轄領の村の前で、乗合馬車を下車した俺たちは、村には入らず真っ直ぐ森へと歩み入った。

「折角だから、この森で採れる、薬になる素材を僕が知る限り教えてあげるよ」

そう言ったリアド先輩は、森の小道から分け入った先に生えていた一本の草を引き抜いた。

「これは、茎が傷薬の素材になる魔草《まそう》、ユーク草だね。王国中の山林域に分布していて、もっともポピュラーな傷薬の素材と言える。薬にする場合、水で煮詰めて薬効だけを濃縮した液体を患部にかけて使う。緊急時にはすり潰《つぶ》して貼り付けても、若干は効果が見込めるよ」

「この黒くて白い菱形《ひしがた》の斑点《はんてん》のあるキノコはドラマンダケ。魔力が宿っている魔茸《まだけ》で、干して乾燥させて粉砕したものを、水に溶かして服用するのが一般的だね。体力回復を補助する役割がある。味もいいからそのままで食料にもなるけど、笠《かさ》が開ききったものは睡眠を誘発する効果を持つから、外で食べる時には注意が必要だよ」

「こっちのオレンジの花を付けた魔草は、今ぐらいから春の終わり頃までにかけて花をつける、ヒナフシの花だよ。分布域は王国中央から北側がほとんどだから、南東域のドラグーン地方出身の君は、咲いているものを見るのは初めてかな？　花びらを煎《せん》じて丸薬にして使うことが多くて、魔力回復の補助をする効果がある。知っていると思うけど、体力や魔力の回復を補助する薬は、常用すると自身の肉体がもつ本来の力の成長を妨げる。日常的な訓練では使用しないでね」

リアド先輩は、そんな調子で沢山の素材を紹介してくれた。

さらに、この森にはない素材についての話も交え、薬効を高める効果のある調合の組み合わせや、逆に効果を打ち消してしまう組み合わせ、どのような場所で採取しやすいか、保存に適した採取の方法など、俺が思いつくままに質問していったことを、淀《よど》みなく教えてくれた。

おそらく調べれば分かる様な、一般的なものだけだとは思うが、調合の話なども惜しげもなく教えてくれるとは、何とも有難い。

本で読んで頭の中だけにあった『知識』が、確かに自分の中で生きた血肉となるこの感覚は、何ものにも代え難い。

学びて時に之を習う、というやつだ。

孔子はいい事を言った。

何より嬉《うれ》しいのは、この先輩は、素材採取を楽しみながら、楽しそうに話をしてくれる事だ。

この先輩は、今を精一杯楽しんでいる。

それが俺には何となく、嬉しくって仕方がなかった。

◆

「そんなに面白いかい？」

昼食も取らず、採取を続けた午後。

リアド先輩は、俺が目を輝かせながら、尽きることもなく質問しまくり、気が付いた点を手元のメモに書き込んでいる様子を見ながら、不思議そうな顔で聞いてくる。

「面白い、ですね。魔草や魔茸、という言葉を聞くだけで、ワクワクが止まらないです」

先輩はそんな俺の答えに笑った。

「あっはっはっは。そんなことを言う王立学園生は君だけだと思うよ。……君は不思議な子だね。植物学者にでもなるつもりなのかな？」

「俺のことは『アレン』でいいです。将来の事はまだ決めていないけど、それも楽しそうですね」

俺は今日一日で、すっかりこの先輩のことを尊敬していた。

「そんなに楽しいなら、明日も休みだし、今日はこの森にある簡易キャンプに泊まって、明日の朝まで採取していくかい？　もっとも、キャンプといっても、朽ち果てた掘っ建て小屋があるだけで、とても王立学園に在籍する貴族が、準備もなく眠るような場所ではないけどね」

「いいんですか⁈　ぜひお願いします！」

先輩の誘いに、俺は迷うことなく同意した。

先輩はにやりと笑うと、こう提案した。

「そうと決まれば、食料の確保かな」

◆

「この先に、小さな沢がある。そこで水を確保して、できれば魚も捕ろう」

そう言って藪を分け入った先輩が、しばらく歩いたところで手を上げて、足を止めた。

「……魔物がいるね」

ギリギリ聞こえる小声で先輩が伝えてきた。

音を立てない様に、慎重に藪の先を見ると、確かに沢で一匹のウサギが水を飲んでくつろいでいた。

額には20㎝ほどの薄い水色をしたツノが生えている。

「……水属性持ちのツノウサギだね。通常は臆病《おくびょう》な魔物だけど、属性持ちだし好戦的な個体である可能性もある。見たところ単体だし、勝てない相手ではないと思うけど……。どうする？」

「……先輩の判断に任せます」

個人的には自分の力を試してみたい気持ちが強いが、俺は対魔物戦においてはど素人だ。

ここは判断を委ねたほうがいいだろう。

「じゃあ折角だから、今夜は高級食材のツノウサギでバーベキューといこうか。僕が追い込むから、アレンが仕留めてくれるかな？　水魔法は大したことないと思うけど、ツノによる特攻にだけは注意してね。当たりどころが悪いと致命傷になりうる」

先輩は、真剣な顔で言ったので、俺も真面目に頷《うなず》いた。

「では、俺があの後方の崖《がけ》の上に回り込みますね」

「あれ？　ツノウサギの狩りを見たことがあるの？」

「いいえ。でも俺が愛読しているカナルディア魔物大全で見た覚えがあります。強い後ろ足の脚力を活かして、上に逃げる習性があると」

「……博識だなぁ。心配は要らなそうだね。準備ができたら合図してね」

俺は慎重に高さ5ｍほどのやや傾斜のなだらかな崖の上に回り込み、先輩に合図を送った。

俺の合図を確認した先輩は、手にナタとナイフの中間の様な刃物を構えながら、音を立てて藪から沢へ飛び出した。

ツノウサギは即座に音のした方向にツノを向けると、消防士がホースで鎮火する時に出す様な水をツノから射出し、即座に踵《きびす》を返して崖上にいる俺の方に向かって逃げ出してきた。

俺は瞬時に身体強化を発動しながら崖下《がけした》へ飛び降り、駆け登ってくるツノウサギとすれ違い様に木刀を振り抜き、魔力器官であるツノを叩《たた》き折った。

弱点であるツノを折られたツノウサギは崖を登り切ることができず、崖から転がり落ちてきた。

俺は木刀を正眼に構えたまま、暫く絶命した獲物を睨《にら》みつけていた。

◆

「お見事」

リアド先輩が近づいてきて、ツノウサギの絶命を確認したのを見て、俺は正眼を解いて息を吐いた。

先輩は、どうやらツノウサギの水魔法はかわしたらしい。

「ホントに魔物を狩ったのは初めて？　随分と、余裕がある様に見えたけど」

「いえ、余裕はありませんでした。力を抜く事を意識していましたが、初めて木刀を持った時の様に力一杯握り込んでいて、狙いが逸れました。素材を無駄にしてすみません」

俺は、ちょうど真ん中で折れたツノを見ながら言った。

付け根を折らないと、魔石が傷んで素材としての価値は皆無だろう。

「あっはっはっ！　無茶を言うなぁ。食料の調達が目的だったんだから、これで一〇〇点満点さ。僕としては、初陣だと聞いていたし、十中八九逃げられるだろう……当てられても体の中央を叩いて、内臓を傷つけたまま暴れさせて、臭い肉を食べることになるかな……。そんなつもりでいたんだけどね。崖から飛び降りて、すれ違いながら急所に一撃とは、恐れ入ったよ。僕が仕留め役なら、こんな綺麗《きれい》に決着とはいかなかっただろうね」

『今夜はアレンのおかげでご馳走《ちそう》だね』

先輩はそう言って、上機嫌に沢でウサギの血を抜き始めた。

「魚はよかったんですか？」

ここで血抜きしては、流石に暫くは魚が捕れないだろう。

「うん。この子は二人で食べるには大きいし、今日はそれほど肉を持って帰る余裕がないから、出来るだけ残さず食べてあげないとね。すぐに処理しないと生臭くなるし、沢から離れて解体すると、臭いに釣られて、野生動物や他の魔物が集まってくる危険もある」

先輩が、先ほどから持っていた、ククリ刀のような刃物をお腹側から入れて、不要な内臓を処分して中を洗っていく。

正直かなりグロいが、俺は目を逸らさずにその作業を記憶した。

下処理を終えた先輩から、獲物を受け取った俺は、ズッシリと重いツノウサギを抱えて、先輩と簡易キャンプへ向けて歩き出した。

キャンプ

二〇分ほど歩いて簡易キャンプについたら、そこは少し開けた場所に、雨風は凌《しの》げる程度の掘っ建て小屋があるだけの場所だった。

時刻は夕方一六時頃だろうか。

「今のうちに薪《たきぎ》を拾って夕飯の準備をしちゃおう。早めに休んで、明日は三時ごろ起きて、夜から明け方にかけての時間でしか採取できない素材を集めようと思う」

先輩と手早く薪を拾って、以前ここのキャンプを利用した人が組んだらしいかまどを組み直す。

俺が薪を集めて、先輩が料理を担当した方が早いだろうに、一通り工程を見せてくれるつもりらしい。

できる男は、この辺りの配慮が違う。

小さく折り畳まれていた手鍋《てなべ》を火にかけ、先ほどの沢で水袋に汲《く》んだ水を注ぐ。

そして、先ほど下処理したツノウサギを部位ごとに切り分けていき、尻尾《しっぽ》と前足を鍋《なべ》に入れた。

あわせて今日採取したキノコをいくつか加えた。

どうやらスープにするらしい。

「今日は泊まるつもりが無かったから、岩塩くらいしか調味料が無いけどね」

俺は頭の中で、森に入る時に最低限持っておくべき物を整理した。

採取と解体を兼ねられる、先輩が持っている様な刃物。

水袋。

岩塩。

火を起こす魔道具。

野営の予定がなくても、これくらいは常時揃えておく必要があるだろう。

「それにしても元気だね。よく山を歩くの？」

「いえ、余り山歩きの経験は無いです。でもまだまだ平気です！」

「……この森を、小さいころから歩きなれている僕ですら、くたくたになるペースで動いてきたのに、噂通りすごい体力だね……。例の早朝の、地獄の走力鍛錬の成果は伊達《だて》ではない、といったところかな？」

「やだなぁ、地獄だなんて。ちょっとランニングしているだけですよ」

「……あの神童として名高いライオ・ザイツィンガーが、ついていくのもやっと、と噂の走力鍛錬を、『ちょっとランニングしているだけ』とは、恐れ入ったね。鬼監督のしごきには、学校中が注目しているよ？　入部条件は何かあるのかい？」

先輩は苦笑しながら言った。

「え、何もないですけど……。先輩、もしかして興味あったりします？」

「そりゃ、僕じゃ無くても興味はあるさ。粒ぞろいと噂の今年の一年生にあって、彗星《すいせい》のように突如現れた、あのアレン・ロヴェーヌが、入学二日目にして、『仏のゴドルフェン』を顧問に迎えて立ち上げた部活動だよ？　みんな、情報収集に必死だと思うよ」

先輩は可笑しそうに笑った。

そんな大袈裟《おおげさ》な、と思ったが、この尊敬する先輩が入部してくれるのならば大歓迎だ。

「もしよければ覗《のぞ》きに来ますか？　先輩なら大歓迎ですが……」

「あっはっは。それは興味深い提案だね。もしよければお邪魔しようかな。基礎体力をつけられるのは、僕にとってもありがたいしね。……でも、アレンはもう少し自分の立場を考えたほうがいいと思うよ？　いいかい、君は全くノーマークの立場から、いきなり王立学園の実技試験でS評価を獲得したんだ。それだけでも注目に値するのに、学科試験の不正判定を覆して、前代未聞のAクラス入学を果たした。今、王都の社交界は、間違いなく君の話題で持ちきりとなっているだろう。どこの陣営も、君の情報を得る事に血眼《ちまなこ》になっているのは、想像に難くない。僕は今日、たまたま君とこうして語り合う機会を得たけれど、今日の事を軽々に他言するつもりはないよ。実家の薬屋に、ひっきりなしに客が来て、耐えかねた親から君の情報をしつこくせがまれる未来が見えるからね」

先輩はいかにも深刻そうな顔で忠告してきた。

「あっはっは！　そんな大袈裟な。じゃあ明後日の朝、五時半過ぎに裏門に来てくれますか？　色々と基礎鍛錬について、意見交換をしましょう！」

俺は、庶民出身の先輩が、社交界の話題の中心は君だ、なんて言うのが面白くて、この忠告を笑い飛ばした。

◆

「さて、スープが煮えたね。じゃあ肉を焼いていくよ」

先輩は手鍋を火から外し、代わりに先ほどから使用しているククリ刀の様なものに、肋《あばら》部分の肉を二切れ刺して焼いていく。

味付けは、塩のみだ。

周囲にいい香りが広がる。

「焼けたよ」

俺は先輩から肉を受け取り、齧《かじ》り付き、驚いた。

「……美味しいです。……味は」

先輩は、俺を見ながら笑った。

「ふふ。……硬いでしょ？　ツノウサギは普通、最低でも一〇日くらいは寝かせて食べる素材だからね。狩りたての今は、一番硬い時さ。でも熟成前のこの癖のない味わいは、自分で狩れる人間だけが味わえる特権だよ。僕は嫌いじゃないけどね。スープを飲んでごらん」

俺は、続けて恐る恐るスープを飲んで、また驚いた。

塩しか入っていないはずのそのスープの、濃厚なコク。

癖のない鶏ガラで取ったような味に、変わった風味の加わった出汁が、かなり濃厚に出ている。

続けて食べた、ほろほろと骨から外れる肉は、肉肉しさを保っているが、先ほど食べた筋肉質な肉よりは、随分柔らかい。

「ドラマン茸の効果さ。一緒に煮込んだ素材の、筋繊維を柔らかくする効果がある。疲労回復効果も加わって、疲れた山歩きの後にピッタリのスープさ。アレンには必要ないかもしれないけどね」

先輩は、笑顔で解説してくれた。

「とても美味しいです」

俺は、初めて自分で狩猟した素材の食事に感動した。

今日、先輩についてきて本当によかった。

「今日のメインディッシュはこれさ」

先輩は、ほとんど沢で捨てていた内臓の中で、唯一取っておいたレバーに強めに塩を振って、軽く炙《あぶ》ったものを出してくれた。

少し癖はあるが、ねっとりとした見た目とは裏腹に、コリッとした食感の肉を噛《か》むと、濃厚な旨味が口中に広がる。

めちゃくちゃうまい……。

だがこれは、完全に酒のつまみだな……。ハイボールが飲みたいが、この世界に、炭酸水は無いと思われる。

ちなみに、この国に飲酒の年齢制限はない。

だが、基本的に一二歳を超えて、魔力器官が完成するまでは控えることが多い。

魔力器官が完成する前に飲酒すると、最大魔力量への影響が認められる事が一つ。

魔力器官が完成すると、酒にかなり酔いにくくなる事がもう一つの理由のようだ。

それ以降は、貴族はむしろ積極的に飲み方を訓練させられるケースが多いが、学園内での飲酒は禁止されている。

「今日はありがとうございました。もしよければ、またご一緒させていただけませんか？」

俺は座ったままの姿勢でキッカリ四五度頭を下げた。

「あっはっは。もちろん構わないけど、その頭を下げるやつは一体何だい？　朝もやってたよね？」

さすができる男は目の付け所が違う。

俺は、お辞儀の様式とその精神について、（全てゾルドが考えた事にして）熱く語った。

興味深そうに話を聞いていた先輩は、俺の話が終わると、『では』っと、こちらに向き直った。

「こちらこそ、明後日から、朝の鍛錬をよろしくお願いします」

そう言って、頭を下げた先輩の、お辞儀の練度はまだまだだったが、俺が伝えたかった事は、伝わっている様に感じた。

◆

その後も、絶品スープと、顎《あご》を魔法で強化しなくては噛めないほど硬い肉を食べながら、かまどの火を囲んで色々な話に花を咲かせた俺と先輩は、例の掘っ建て小屋で仮眠を取った。

体力的にはそれほど長い睡眠は必要と感じていなかったが、夜に動き回るのは危険かもしれないし、開けた場所で素振りなんかをして、気配で先輩を起こすのも申し訳なかったので、魔力圧縮の鍛錬を遅めの時間までやって、大人しく午前三時まで仮眠をとった。

ちなみに、この辺りであれば不寝番を立てるほどの危険はないとのことだ。

午前三時前に起き出した俺達は、夜に光るキノコを探して歩き出した。

「僕はこの辺りの道順や地形は頭に入っているし、ある程度は夜目も効くように鍛えているからね」

体外魔力循環を鍛えると、視力や聴力などの五感を強化し、索敵などに応用できることは知っていた。

訓練すれば、俺にもできるはずだが、『それは俺の使いたい体外魔法じゃない』なんて、見向きもしてこなかった……。

これは失敗したかな。

先輩は、ランタンを俺に持たせて真っ暗な森の夜道を先導していく。

俺は、そのうちに体外魔力循環を鍛えて、索敵能力を伸ばしていく事を心に決めた。

◆

夜に光るキノコ、『ポポル茸』と、明け方にだけ花を開く『アナタ草』の花びらを採取した俺たちは、村前から王都への朝一番の馬車に乗り込んだ。

ポポル茸は、苔《こけ》むした岩肌にポツンと一本だけ生えているのを、先輩が発見した。

魔力によって、コバルトブルーに僅《わず》かに発光しているその美しいキノコは、発見が難しく、強力な気付け薬の原料となる高級素材らしい。

馬車に乗客は、俺たち二人だけだ。

「アレンは今回採取した素材はどうするつもりなの？」

その車中で、先輩はこんな事を聞いてきた。

「採取も何も、俺は後ろからくっついていっただけだから、戦利品は全て先輩が持ち帰ってください」

「それはダメだよ。先に分け前の条件を決めていなかったんだから、戦利品は等分するのが、たとえ臨時でも仮でもパーティーで活動していた場合の、暗黙の了解だ」

……それは困る。

どう考えても、俺は何の役にもたっていない。

むしろ色々と教えてもらった立場で、逆に金を払いたいくらいの気持ちだ。

さらに遠慮の言葉を重ねようとして、俺は先輩の予想外の強い眼差しに言葉を飲み込んだ。

リアド先輩なりの、譲れないラインを感じたからだ。

「……ありがたく頂戴《ちょうだい》します。でも俺は、受け取った素材をどう処理していいか分かりません。先輩の言い値で構わないので、買い取ってもらえませんか？」

先輩は厳しい表情を緩めた。

「そうだね。薬品類の素材は、うちの薬屋で買い取ってもいいけど、昨日の様子ならアレンはこれからも素材の採取をするんじゃない？　それなら、いつも僕が一緒とは限らないから、探索者登録をして、協会に買い取ってもらう販路を持つ方がいいんじゃないかな」

おおぅ。

……何となく、前衛職認定されそうで、体外魔法を身につけてから、と考えていた探索者登録をする流れになりそうだ。

だが確かに、俺は何らかの方法で金を稼ぐ必要がある。

俺は、入学時の支度金として五千リアルを家から貰《もら》っていた。

後は、月毎に王都の子爵別邸へいけば、二千リアルの仕送りを受け取れる事になってはいるが、姉上のいる家に毎月金を受け取りに行く気にはなれない。

「分かりました。王都についたら、ちゃちゃっと探索者協会へ行って、探索者登録をしてきますね！」

俺は、この機会に探索者登録をする事に決めた。

「ちゃちゃっと？　……僕も探索者登録はしているから、案内するよ」

先輩は、非常〜に心配そうな顔でそう提案してきた。

だが流石にこれは受けられない。

初っ端の探索者登録といえば、ガラの悪い先輩中堅探索者に絡まれるなどして、一悶着《ひともんちゃく》起きるのが異世界転生の定番だ。

姉上のようにむやみやたらに暴れる気はないが、譲れない一線を越えたら、退学も辞さずに筋を通す、くらいの覚悟はしている一大イベント……。

それに、この尊敬すべき先輩を巻き込むわけにはいかない。

「そこまでしていただかなくても大丈夫ですよ！　何か不都合な事があっても、自分で何とでもしますから！　……何とでもね」

俺はニヤリと笑い、キッパリと先輩のありがたい申し出を断った。

「……そういえば、協会に用事があったのを忘れていたよ……。同行させてもらおう」

先輩は、有無を言わせない迫力で宣言した。

こうして俺は、先輩という名の保護者同伴で、探索者登録をしに協会へと向かう事になった。

王都ルーンレリアは、その長い歴史の間に拡大を続け、現在ではどこまでを王都と呼ぶかの明確な定義はない。

この王都のある、広大なルーン平野そのものを指すこともあるし、王都の中心部を南北に貫く中央通り《五番通り》を中心に、およそ５㎞間隔で敷かれている九本の幹線道路、便宜的に一番通りから九番通りと呼ばれる通りと、同じく王都の中心部を東西に貫く貿易通り《五条通り》を中心に敷かれる、一条通りから九条通りと呼ばれる通りに囲まれている領域のみを指すこともある。

ちなみに王宮は、一番一条通りの交差点の内側、すなわちこの広大な都市域の南東部の端にある。

この王都が、ルーン川を背に立てられた王宮から、北西方向に拡大を続けてきたからだ。

探索者協会本部は、この王都ルーンレリアを東西南北に貫く幹線道路の中心部にほど近い、四番四条の交差点にあった。

これだけ広大な王都を管轄する、探索者協会の事務所が一カ所だけでは当然不都合がある。

なので、王立学園にほど近い一番五条の王国東部を含め、東西南北の計四カ所に支署が設置されている。

当初俺は、学園に近い探索者協会王都東支所に行く予定だった。

だがリアド先輩の勧めにより、こうして王都中心の協会本部にまで足を延ばすことにした。

『将来国をしょって立つ王立学園生が、探索者登録をする場合、協会本部からお偉いさんが派遣されてくるのが慣例だからね。魔鳥が飛ばされて、お偉いさんが来るまでの間、支所長からの歓待を二時間ほど受けたいのであれば、東支所でも問題はないけれど、どうする？』

リアド先輩にそんな風に聞かれて、俺は直接本部に足を運ぶことにした。

先方としても、今はまだ何者でもない、田舎から出てきたばかりの学生のガキに、そんな時間を使うのは無駄以外の何物でもないだろう。

勿論《もちろん》俺も、毒にも薬にもならないような、よいしょ話に相槌《あいづち》を打ち続けるほど暇ではない。

◆

探索者協会本部は、コンクリートのような素材でできた真新しい三階建てのビルだった。

入り口を入ると、中にカウンターが一つあり、落ち着きのある濃紺の制服を着た女性職員さんが二人並んで座っていた。

まるで前世の一流会社の受付嬢のようだ。

俺たちの他に、探索者の姿はない。

「想像していたのと雰囲気が違う……」

俺の呟《つぶや》きに、先輩は律儀に問いかけてきた。

「ん？　アレンはどんなのを、想像していたんだい？」

「そりゃ、キイキイと建付けの悪い、古ぼけた木の扉を押し開けて入った途端に、昼間からフロアで酒を飲んでいる、先輩探索者達が、一斉に値踏みするような視線を向けてきてですね。その中から、性格が悪い事で有名な中堅探索者、通称『新人いびりのジョニー』が、『ここはお前らみたいなガキが来るようなところじゃねぇぞ！』とか何とか因縁をつけてきてですね。こちらが下手《したて》に出てお願いしても、一向に通して貰えなくてですね。最後には手を出されたので、仕方なくこちらも応戦して、どちらが上かの序列をはっきり理解させるか、負けるにしても、根性をみせたら何とか出入りさせてもらえるようになる。というような儀式を通過するのかと想像していました」

俺はテンプレの説明をした。

「ロヴェーヌ領の支部はそんな感じなのかい？　治安大丈夫？　何で職員さんは止めないの？」

先輩は俺のテンプレ《妄想》を聞いて、うちの領の治安を心配した。

「いえいえ、うちの領の話というわけじゃないのですが……。その場合、職員さんは、『またか』って感じで見て見ぬふりを決め込むか、あるいは探索者上がりの血の気の多い筋肉ゴリゴリの頭ツルッツルで、頬に傷のある職員が、『うるせぇぞてめぇら！　騒ぐなら他所でやれ！』とか言いながら、なぜか参戦してきて、フロア中を巻き込んだ大喧嘩《おおげんか》になった挙句、最後はみんなで酒の飲み比べになる感じですかね？」

「……僕は、ロヴェーヌ子爵領の支部には一生立ち入らない事に決めたよ。ジョニーの儀式を通過できるとは思えない。こんにちはー」

先輩の中で、うちの子爵領が山賊の巣窟《そうくつ》のようなイメージになってしまった……。

「これはリアド様。採取帰りにこちら《本部》にいらっしゃるとは、どういったご用件でしょうか？　何か新種の素材の発見でも？」

一流会社の受付嬢風の職員さんは、先輩の採取帰りらしい出立ちを見て、品よく問いかけてきた。

どうやら顔と名前が一致しているらしい。

この広い王都の探索者をどれくらい記憶しているんだろう……。

「想像していた受付と違う……」

「……今日は素材の買取依頼と、うちの学園の後輩が、探索者登録をするというので、その付き添いさ」

先輩は、俺の呟きを無視した。

「登録の付き添いで、わざわざリアド様が……？　失礼ですが、お名前をお伺いしても？」

一流受付嬢は、完全にコントロールされた営業スマイルを張り付けたまま、俺に問いかけてきた。

その目には僅かに値踏みするような色がある。

あれ？　先輩ってもしかして有名なのか？

「私は、先日王立学園へ入学したばかりの、アレン・ロヴェーヌと申します。今日は、右も左も分からない田舎者のために、わざわざ先輩にご足労いただきました。本日はよろしくお願いいたします」

受付嬢への挨拶《あいさつ》から面接は始まっている。

俺は前世で繰り返し読んだ、面接のハウツー本に書かれていた注意事項を思い出しながら、丁寧に頭を下げた。

俺が三〇度下げた頭を上げるその前に、応対してくれていた受付嬢の隣に座っていた受付嬢が立ち上がり、早足で二階へと消えていった。

「ようこそお越しくださいました。こちらへどうぞ」

一流風の受付嬢は、俺たちの前に立って颯爽《さっそう》と階上へと歩き始めたが、受付がもぬけの殻になるのはいいのだろうか……。

◆

真鍮《しんちゅう》でできた鋲《びょう》が打ち込まれた、重厚な木製のドアを案内の受付嬢が押し開いて、俺たちは二〇畳はゆうにありそうな三階の応接室に通された。

だだっ広い応接室だが、真ん中に三人ほど座れるソファーが対面形式に設置され、間にローテーブルが置かれているだけのシンプルな内装だ。

日本人的な感覚で言うと、空間の無駄遣い以外の何物でもないが、贅沢《ぜいたく》というのはこういうものなのだろう。

『こちらでお待ちください』

受付嬢はそう言って、退出していった。

「？　アレン？　何で立っているの？」

背に負った籠《かご》を下ろして、ソファーに腰掛けた先輩が不思議そうに聞いてくる。

「これだけの応接室に通されるということは、それなりの立場の方が出てくるのでしょう。先輩はともかく、何の実績もない俺が、ソファーにふんぞり返って待つわけにはいきませんからね」

俺は、どうやらこの協会本部でもそれなりに名の通っているらしい、先輩の仲介でここにいるのだ。

先輩に恥をかかせるわけにはいかない。

「……それも『礼』の精神というやつかい？」

やはり先輩は勘がいい。

俺は頷《うなず》いた。

「お待たせいたしました」

直立不動の姿勢で待つ事一〇分。

一足先に階上へと消えていった方の受付嬢が、ドアを押し開けた。

受付嬢は、室内に入らず退出し、代わりに一人の男が入ってきた。

いかにも人の良さそうな顔つきをしていて、探索者というよりは、気のいい公務員のような雰囲気を醸し出している。

だが、やや肥えた体の割に、身のこなしに隙がない。

……なるほど、そのパターンね。

先輩が心配そうに付いてくるので、大方、白髪の総髪を後ろで括った、達人の雰囲気を醸し出した壮年の男が、圧迫面接でもかましてくるのかと思っていたが、どうやら違うらしい。

だが油断はできない。

おそらくこの如才ない雰囲気で、学生の油断を誘い、ベラベラと調子に乗って気持ちよくしゃべらせて、情報を丸裸にするタイプ、いわばゆとり面接を得意とする面接官と見て、まず間違いないだろう。

この手の面接官を相手に、気持ちよく自己PRをして、手応え抜群！

なんて思いながら、家で結果を待っていると、決まって届くのは『今回はご縁がありませんでした』などという腹立たしい定型文の不採用通知……。

ふん。

俺がどれだけの数の就職面接で、この無情な定型文を受け取ったと思っているんだ。

今考えると無駄以外の何物でもないが、当時はまだエントリーシートも手書きだったんだぞ？　さすがに、探索者登録で不合格になるとは考えづらいが、先輩が見ている前で、無様な真似は晒《さら》せない。

俺は、海外発の不動産バブル崩壊後、『一〇〇年に一度の不況』なんて言われた時代に、三桁《けた》に届く不採用の山を築きながら、最後には見事一流食品・飲料メーカーの採用を勝ち取った時の緊張感を、体に漲《みなぎ》らせた。

◆

「ようこそおいでくださいました！　リアド様。そしてアレン・ロヴェーヌ様。私は探索者協会で副会長をしております、サトワ・フィヨルドと申します。ささ、どうぞおかけください！」

ゆとり面接官は、挨拶がわり、とばかりに、にこやかな笑顔でこんな左ジャブを打ってきた。

元日本人で、ここで座るようなマヌケは誰もいないだろう。

この広い、ユグリア王国探索者協会のＮｏ・２である先方が、まだ立っているのだ。

「……アレン、座っていいって。……座らないの？」

先輩が心配そうに、俺に『座るなよ？』と確認してくる。

「ご心配なく。ゆとり面接《これ》は想定の範囲内です」

俺は先輩を安心させるために、面接官の方に体を正対させたまま、小さな声で返答した。

「……ご無沙汰《ぶさた》しています、サトワさん。これは彼の儀式のようなものなので、気にせず話を進めてください。それと、いつも言っていますが、様も不要ですよ」

先輩の言葉に、サトワ面接官は笑顔でソファーに腰掛けた。

「王立学園から参りました、アレン・ロヴェーヌと申します！　失礼します！」

「うわっ！」

それを見届けてから、俺は、隣で座っている先輩がビックリするほどハキハキとした声で言い、頭を四五度、三秒間下げて、ソファーに腰掛ける――

フリをした。

先程から先輩が座っているソファーは、信じられない程柔らかそうだ。

ここに体重を預けると、まず間違いなくふんぞり返り、顎《あご》の上がった偉そうな姿勢になる。

俺は、太ももがギリギリソファーに着く位置で、身体強化を使いながら空気椅子状態を保持した。

「……なるほど、噂に聞く『常在戦場』の心得というやつですな。この目で見るまでは、半信半疑でしたが……。いや、見事なものだ」

サトワは、予想通り俺を褒めまくるつもりらしい。

俺は気を引き締めた。

「目上の方に敬意を払うのは当然のことです」

「……なるほど、実に奥深いですな。ぜひ私にも、高名なゾルド・バインフォース氏から賜ったという教えを、ご教授いただけないですかな？　わっはっは」

サトワは目元の皺《しわ》が実に味わい深い、鷹揚《おうよう》な笑顔でこんな事を言ってきた。

きたな……。

ここで偉そうに常在戦場の精神など説明しては、ご縁が無くなること間違いなしだ。そもそも俺が転生したことをごまかすために、苦し紛れにでっち上げた与太話で、中身などない。

「いえ、私などまだまだ若輩者で、人に物を教えられるような立場ではございません」

「またまたご謙遜《けんそん》を……。今や、王都中がアレン様とゾルド氏の噂で持ちきりだというのに」

「……どうやら、噂が独り歩きしているようでして……。困った物です」

「ほほう。しかしアレン様が、王立学園の実技試験でS評価を取ったのは紛れもない事実ではないですか？」

「いえいえ、実はここだけの話、あれは試験官が二日酔いでうっかり採点ミスしただけの事で、過分な評価を頂いて恐縮しているところです」

「わっはっはっ！　王立学園入試の結果が、試験官の二日酔いによる採点ミスとは！　いや、ユーモアのセンスまで一流とは、これは恐れ入った！」

このように、何とか褒めようとするサトワの攻撃を、全て謙遜でかわしていくという、不毛この上ない日本的挨拶を繰り返していると、サトワはふいにこんな事を言ってきた。

「いやぁ、感服しました。その歳で、それだけの実力、実績を待ちながら、まるで驕《おご》った様子が感じられない。よほど自分を律しておらねば到達しえない、遥《はる》か高みを目指しておられるのですな。ところで今回は、探索者登録の為においでになったとか？　アレン様ほどの人材が、わざわざ探索者登録とは、何か目的でも？」

……きたな志望動機。

挨拶は終わったということか……。

いきなり面接に来る事になったので、志望動機は十分に練られていない。

というか、有り体に言うと、金を稼ぐ為に素材を売りたいだけなのだが、そんな回答を採用面接でしたら、0点だろう。

わざわざ紹介してくれた、この先輩の顔に泥を塗ることになる。

俺が、どのように熱意を伝えようかと考えていたら、窓の外を流れる雲を見つめながら、ここまで空気に徹してくれていた先輩が、実にナイスなフォローをしてくれた。

「あぁ、たまたま彼と素材採取をする機会を得てね。採取に興味があるみたいだから、協会に登録して、販路を確保する事をお勧めしたんです」

……ナイス呼び水です、先輩！

しかも自分で言いづらい真の目的《金のため》を、第三者の先輩が言ってくれた事で、俺は熱意だけを伝えればいい土台ができた。

やはりできる男は配慮が違う。

「その通りです！　昨日から先輩の採取に、泊まりで同行させていただきまして、その広範に及ぶ知性の深さに感服し、ぜひ私も探索者としての活動を通じ、自身を成長させたい、そう思い、探索者を志す事にしました」

先輩がなぜか顔をこわばらせているが、事実だから仕方がないだろう。

サトワはふむふむと話を聞いて、

「なるほど。確かにリアド様は、この王都の探索者協会でも名の通った探索者だ。特に王国でも随一の、魔法薬類の商業規模を誇る、蓬莱《ほうらい》商会を運営しているご実家で磨き上げられた、その深い薬学に対する知識を背景とした、薬類素材の採取の腕は、この歳にして王都でも随一と言われていますからな。実際、複数の新種素材の発見その他功績を認められて、在学中にしてBランクにまで上がっていますしな。もっとも、王立学園卒の金看板に比べれば、Bランク探索者など、取るに足らない実績でしょうが……。返す返すも長期採取依頼が長引いて、三年生への進級時にBクラスへ落ちてしまったのは勿体《もったい》なかった」

……先輩が『実家の薬屋』なんて言うから、てっきり町のドラッグストアのような物を想像していたが、どうやら結構な規模の商会の御曹司らしい。

やはり探索者としてもかなり高名なようだ。

さらに、元々はAクラスに在籍していたにもかかわらず、クラス落ちも厭《いと》わずやりたい事を優先したのか……。

俺がちらりと先輩を見ると、決まりが悪そうに頬を掻《か》いている。

自分の有力な背景をまるでひけらかす事なく、素の自分で俺と向き合ってくれた先輩を、俺は改めて尊敬した。

「その博識さもさる事ながら、私が尊敬しているのは、その情熱です。丸一日採取に同行いたしましたが、先輩は実に楽しそうに色々な事を教えてくれました。先輩から見たら、取るに足りない基本的な素材ばかりだったでしょう。ですが先輩の所作からは、それらの素材への敬意と、採取そのものを楽しむ事を忘れない、探索者としての情熱を感じました」

先輩の顔が再びこわばる。

サトワは目をきらりと光らせて聞いてきた。

「ほほう。すると、アレン様は、リアド様に対して一目置いている、と、捉《とら》えても？」

「一目も二目もありません。今日《こんにち》、私が探索者としての第一歩を踏み出せたのは、全てリアド先輩

のおかげです。全面的に信頼している先輩、と言えるでしょう」

「何を言い出すんだアレン！　サトワさん、真に受けてはダメですよ？　彼は少し変わった思想を持っていて……。こうして先輩を立てるよう教育を受けているのでしょう。社交辞令というやつです、あっはっは！」

「えっ？　事実――」

そう言おうとした俺を、先輩は手で制して、強引に話題を変えた。

「それよりもこれを見てください！　これは彼が、一撃で仕留めたツノウサギの毛皮とツノです！　流石は、王立学園入試の実技試験で首席を取っただけのことはある。今回が魔物討伐の初陣だというのに、実に落ち着き払っていて、崖上《がけ》に逃げようとしたツノウサギを崖下《がけした》に飛び降りながらすれ違い様に一撃です！　しかも彼は、初陣で力が入ったからツノの根元を折ろうとしたのに狙いがズレた、なんて言っていましたよ。いやぁ、僕には絶対に！　真似のできない、驚異的な戦闘センスです。流石は、あの『常在戦場』の秘密兵器、アレン・ロヴェーヌだけのことはある」

サトワは興味深そうに、毛皮とツノを見てから言った。

「中々の大きさの個体ですな。ツノウサギはそれほど強くはないとはいえ、特に属性持ちは動きが速く、ここまで綺麗《きれい》に仕留めるものは、C級探索者でも中々いないでしょう」

「そうでしょう。昨日から、たまたま！　偶然！　アレンの初採取に付き合ったから、彼は持ち上げてくれていますが、本来は僕などとは住む世界の違う人間です。くれぐれも！　彼の言う事を真に受けて、今聞いた話を吹聴したりしないでくださいね！」

俺は先輩が、この場を切り上げようとしているのを何となく察して、もう黙っていようと思ったが、サトワの味わい深い目元の皺をみていたら、つい口が滑った。

「そういえば、先輩も言っていました。『この子』は二人で食べるのには大きいけど、出来るだけ残さず食べてあげたいと。そのセリフから滲《にじ》み出《で》る、生き物への感謝の気持ちを忘れない……そんな姿勢にも感銘を――」

リアド先輩は頭を抱えた。

しまった……あの目元の皺を見ていると、つい口が軽やかに……。

「わっはっは。類を以て集まる、というやつですな。ところで、お二人はどこでお知り合いに？」

「そうでした！　いやあ、先輩は実は王立学園の一般寮に――」

～一五分後～

「いや、実に興味深いお話だった。まぁリアド様の懸念もお察しします。職務上、会長の耳には入れますが、私も無闇矢鱈《むやみやたら》に吹聴する様な真似は致しますまい」

サトワはそう先輩をフォローしたが、先輩は燃え尽きたボクサーの様に、ソファーのコーナーで項垂れたまま動かなかった。

◆

俺が、ゆとり面接のプロフェッショナルに、丸裸にされた帰り道。

あれほど溌剌《はつらつ》としていた先輩は、よろよろと歩きながら呟《つぶや》いた。

「疲れた……。今すぐ帰って寝たいけど……。今日の事を実家に報告しないと……」

「……すみません、先輩。口を閉じようと思ってはいたのですが、サトワさんのあの目元の味わい深い皺を見ていると、何故か先輩の素晴らしさを伝えたくなりまして……。もしかして、精神操作系の魔法でしょうか……？」

俺は、今更ながら、気持ちよく先輩の素晴らしさを喋《しゃべ》りまくって、『手応え抜群！』と感じるこの帰り道に、不採用の山を築いていた頃の自分に既視感を感じ、不安になって聞いた。

「……そんな魔法は聞いたこともないよ……。わざとふざけているんじゃないよね？」

先輩は、恨めしそうに俺を睨《にら》みながら、深々とため息をついた。

やはり精神操作系の魔法は無いらしい……。

「まぁもう過ぎてしまった事は仕方がない。それなりの騒動にはなるだろうけど、なる様にしかならないからね……」

憂鬱《ゆううつ》そうな先輩に、俺は努めて明るく言った。

「でもサトワさんも、会長以外には話さないって言っていましたし、そもそもそれほど噂になる様な話でしょうか？」

今日俺がした話をかいつまんで言うと、先輩とたまたま知り合って、採取に同行して、感銘を受けたから探索者登録に来ました、というだけの話だ。

「……だといいけどね。昨日も言ったけど、アレンはもう少し、自分の影響力を認識した方がいいと思うよ。それは裏を返せば、少なくとも会長には話す、という事さ。一人に漏れたら、話が回るのにそう時間はかからないと思うよ。……さて、僕は実家に立ち寄るから、ここで失礼するよ」

先輩はそう言って、乗合魔道車の停留所に立ち止まった。

変な空気になってしまったが、俺はこれだけは言わなくてはと思い、先輩に最敬礼《四五度》のお辞儀をしながら、感謝の気持ちを伝えた。

「リアド先輩！　昨日からの一日は、先輩のおかげで、凄《すご》く楽しい時間を過ごせました！　本当にありがとうございました！」

先輩は、また深々とため息をついた後、何かを吹っ切った様に、カラッと笑って応えてくれた。

「あっはっは。本当にその『お辞儀』は反則だね。何だか色んなことを、まぁ仕方ないかと許したくなるよ。……僕も、久々に採取を心から楽しませて貰《もら》ったよ。アレンのおかげさ。明日からの早朝鍛錬はよろしく頼むよ？」

「もちろんです！」

◆

売却した素材は、五千リアルにもなった。

日本円で五十万円以上の金額だ。

内訳は、ツノウサギの毛皮が二五〇〇リアル。

先輩が見つけた光るキノコ、ポポル茸が一五〇〇リアル。

その他の素材を全て合わせて千リアルだ。

これを、先輩と折半して、一人二五〇〇リアルの稼ぎだ。

全て先輩が同行してくれたお陰なので恐縮だが、今朝強く折半にすべきと釘《くぎ》をさされたので俺は甘んじて受けた。

ちなみに、中程で二つに折れたツノは、素材としてはやはり使えない様だったが、どこかの嗜好《しこう》家に買い手がつくかもしれないという事で、一時的に預かってもらえる事になった。

あと、ツノウサギの後ろ足の肉も持ち帰っていたが、これはソーラへのお土産にする為に、売らずに取っておく事にした。

急に泊まりで採取に行ったので、無断で朝食をすっぽかしている。

これで少しでも機嫌を取らねば……。

そして俺は無事、G級探索者となった。

当初は、王立学園生の慣例を破り、初っ端からC級探索者として登録する、などと言われ、慣例通りD級でいい、何ならG級ならなお良い、と主張したのだが、これは適切なランクを付けるための面談で、それが私の仕事と、応じてもらえなかった。

ただでさえ悪目立ちして、変な噂が立っているところに、また慣例破りなんてしたら、どんな噂が飛ぶか分からない。

俺がなおも粘っていたら、サトワは何を勘違いしたのか、『ではB級で登録できる様に会長に掛け合う』なんて事を言い出したので、俺は、登録を取り止めると宣言して席を立とうとした。

慌てて『分かりました、ではD級で！』とサトワは言ったが、こういった交渉では負い目を持って先に譲歩した方の負けである。

俺は、『G級探索者以外は受け付けない』と宣言して、何を言われても頑として聞かず、無事G級の登録証《ライセンス》を獲得した。

協会の評価がGという事になれば、妙に炎上しているらしい噂も、少しは鎮まるだろう。

ちなみに、登録証の素材は、装飾の紋様に違いはあるものの、ランクによらず全て紙だ。

その昔は、一番上のAランクがミスリルで、以下プラチナ、金、と素材の価値がどんどん下がって最後のGランクは木の板、なんて露骨な差をつけていたらしいが、経費削減とトラブル防止のために廃止になったらしい。

ロマンと経費どちらが大事なんですか？　とサトワに質問してみたのだが、『両方大事です』とバッサリ切り捨てられた。

Ｇ級で登録させた事を恨んでいるらしい。

まぁこんなお偉いさんに、Ｇ級探索者が会う事は今後ないだろうから、どうでも良いけど。

ちなみに、前衛職認定などは特になかった。

探索者登録の裏側

アレンがサトワと面談した、協会本部の第一応接室に、王立学園入試で使われるような監視魔道具は一切ない。

貴人が来訪し、機微な情報をやり取りする事に配慮されているからだ。

応接セットから壁までに距離があり、絵画や花瓶一つないのも、『この部屋は、そういう部屋ですよ』と示すための、一種のアピールだ。

◆

「で……どうだったんでぇ」

ユグリア王国探索者協会会長、シェルブル・モンステルは、鋭い眼光で部下であるサトワを見据え、報告を促した。

シェルの風貌《ふうぼう》は厳つい。

ゴリゴリの筋肉にツルツルの坊主頭、右頬から顎《あご》にかけて、大きな傷が走っている。

G級探索者からの叩《たた》き上げであるこの男は、魔物ハンターとして名を馳《は》せ、A級探索者にまで上り詰めた経歴を持つ。

探索者としての名声が最高潮に達した四〇歳の時、三顧の礼を以て王国騎士団に乞《こ》われ、小隊長の待遇で騎士団員になった。

騎士団でも、その卓越した戦闘能力を遺憾なく発揮し、軍団長にまで上り詰めた男である。

だが、いくら騎士団とはいえ、所詮《しょせん》は宮仕え。

やれ規律だ報告書だと言われるのが肌に合わず、再度探索者協会に乞われたのをこれ幸いと、あっさりと王国騎士団を辞め、出戻る形で探索者協会の会長についている。

その際に、探索者、騎士団員としての数々の功績が認められ、王から一星勲章を授与された。

探索者としてのランクは、王国全土でも数えるほどしかいない勲章受賞者の探索者である証、Sランク《シングル》となる。

ちなみに、授与される勲章により、SSランク《ダブル》、SSSランク《トリプル》まで理論上はランクが存在する。

だが、それほどの勲章を授与される者が、今の時代に現役で探索者をする事など考えられず、昔話に伝説の探索者として何人か出てくるくらいのものだ。

今王都で話題の『アレン・ロヴェーヌ』が登録に来たと報告があった当初、面談は会長である彼自身が、直々に行うとシェルは主張した。

だが、それを慌てて止めたのがこの二人、協会で副会長を務めるサトワと、もう一人の副会長、オディロンだ。

オディロンは、総髪の白髪を後ろで括り、いかにも達人の雰囲気を醸し出す、実際に剣の達人でもある壮年の男だ。

偶然にも、アレンが『こういう風体の人が圧迫面接でもしてくるのかな？』なんて考えていた人物像に合致する。

この二人は、平凡な成績ながらも、王立学園を卒業しているAランク探索者だ。

それぞれ官吏と騎士をしながら、時間を使って探索者活動を継続し、価値ある功績をいくつも残してAランクへ昇格した。

もっとも、王立学園卒業生は、卒業と同時にCランクへ格付けされる。

こなした依頼の数、質ともに、G級から叩き上げられたシェルとは比ぶべくもない。

今なお現役バリバリで魔物を狩りに出かけるシェルと違い、事実上探索者活動は引退している。

そして、王立学園卒業生の面目躍如たる優秀な実務能力で、すぐに姿を眩ますシェルの尻拭《しりぬぐ》いをしているのが、この二人である。

シェルはその経歴、風貌から予想される通り、血の気が多い。

数年前に、王立学園生が冷やかし半分で探索者登録に来た時、たまたま他に手の空いている幹部がおらず、会長のシェルが興味本位で、王都東支所までわざわざ出向いて対応したことがあった。

その生意気かつ不誠実な態度に、喧嘩《けんか》っ早《ばや》いシェルは即座にキレて、その学園生をボコボコにしちゃったのである。

さらに悪い事に、昔からの顔馴染《かおなじ》みの探索者が数名その場におり、倒れ伏した学園生を放置したまま、支所の食事処で飲み比べを始めたものだから、後々けっこうな問題になった。

『かっとなってやった。後悔はしていない』

後の事情聴取で、シェルはこう供述した。

その火消しに奔走したサトワとオディロンが、シェルによる王立学園生の登録面談を禁止した事は言うまでもない。

もっとも、シェル自身も、たかが学生の面談にさして興味もなく、これまで強いて面談をしたいなどとは言い出さなかったのだが……。

『あのゴドルフェンのじーさんが、目をかけていると噂の小僧だぞ？　お前らは、あのじーさんのヤバさが分かってねぇ！　ここは俺が出る！』

そう言って部屋から飛び出そうとするシェルを、サトワが押し返し、オディロンが後ろから羽交締めにし、そして受付担当のミカとマーヤの二人が足にしがみついて、何とか押しとどめた。

残る問題は誰が面談するかである。

しぶしぶ自分が出る事を諦《あきら》めたシェルは、

『……じーさんの殺気にも動じず、それどころか叩き潰《つぶ》すと啖呵《たんか》を切ったと噂のやつだ。今更オディロンの面談で何を測るでもないだろう。サトワ、お前が出ろ』

こうしてオディロン《圧迫》かサトワ《ゆとり》かは決定された。

◆

「で、どうだったんでぇ」

自分が出られなかった事で、不貞腐れているシェルは、べらんめぇ口調でサトワに聞いた。

ちなみに、二人ないし三人とも出る、という案も検討されたが、一学生の面談に協会トップスリーが揃《そろ》い踏《ぶ》みでは、流石に沽券《こけん》に関わるという事で却下された。

「愛すべき少年。ですが恐ろしい……。そう、感じましたな」

有能な官吏上がりのサトワは、まず結論を先に言って、詳細な報告を始めた。

「まず噂の『常在戦場』。これは思っていたほど粗暴な印象は受けませんでしたな。会長が暴れるから、入室までに結構時間がかかったと思うのですが、彼は直立不動の姿勢のまま、じっと入り口に正対していました。入室した瞬間、一瞬こちらを値踏みするような色が目にありましたが、気後れしているような様子はありませんでしたな。私が名乗って席をすすめても、なぜか一向に座る気配がない。仕方がないので私がかけると、それを見届けてから、改めて名前を名乗って、失礼しますと丁寧に頭を下げてから、席につきました。目上に敬意を払うのは当然、との事でしたな」

「……ふーん。何だか思ったよりも真面目そうな奴だな」

「さすが王立学園入試の実技試験で首席を取るだけの事はある。かのゴドルフェン翁に無礼を働いたと聞いたから、いかに才能があってもそれでは伸び悩む、と心配していたが……。杞憂《きゆう》だったか……」

　シェルとオディロンの評価は分かれた。

「そこから私は、とりあえず場の空気を和ませようと、彼の噂を引き合いに出しながら、その実力、功績を誉めそやしていきました。ですが、謙遜《けんそん》するばかりで驕《おご》った様子はおろか、嬉《うれ》しそうな表情ひとつ見せない。出てくるのは自分の至らなさを恥じるようなセリフばかりでしたな」

「かぁ～！　まぁ悪くはないんだけどなぁ……。ガキなんだから自分にもっと自信を持って、調子に乗ってるくらいじゃないと。最近のガキどもはつまらんなぁ」

「ほう。実技試験トップ評価の価値を知らんわけはあるまいに……。その歳でそこまで自分を律せる、というのはなかなかできる事ではない」

　シェルは頭を振って、オディロンは頷《うなず》いた。

「調子に乗ったガキを、ボコボコにしちゃった会長が言わないで欲しいですな。……彼は昨日から今朝にかけて、初めて採取、狩猟をこなしたようで、初陣は食糧調達を兼ねてツノウサギだったようです。リアド君が追い込んで、アレン君が仕留めたとの事です。崖《がけ》上に逃げるツノウサギを、崖《がけ》下《した》に飛び降りながらすれ違いざまに木刀の一撃でツノを折った、との事でしたな」

サトワはアレンから預かった、二つに折れたツノをテーブルに置いた。

「あ～ん？　いくら肉目的だからって、折っちまったらツノ使えねぇじゃねぇか。俺ならとっ捕まえて、ツノ引っこ抜くけどな」

「ほう。属性持ちのツノウサギだったか。王立学園入試でトップ評価を取るだけあって、C級相当の戦闘技能は十分あるということか……。初陣でこれとは、ポテンシャルも申し分ない」

ますます感心するオディロンと違い、シェルはどうでも良さそうに耳をほじっている。

………。

サトワは有り体に言って、アレンの事が気に入っていた。

なので、シェルがあまりアレンに興味を持ちすぎて、厄介な事にならないように、情報を出す順番と、説明の仕方に配慮していたのだが……。

シェルの態度が余りに目に余るので、サトワは少し、シェル好みの情報を開示する事にした。

「S級《一星勲章》を持つ探索者《会長》が、登録に来た学生と張り合ってどうします……。そういえば、言い忘れておりましたが……。彼はソファーに腰掛けたのですが、何故か太ももがぎりぎりつくくらいの不自然な体勢で腰を浮かせていました。何というか、草原から飛び出す直前の、肉食獣を思わせる静かな姿勢でしたな。これは彼が帰るまでの一時間弱の間、どれほどにこやかに会話をしても、決して変わりませんでした。どういう意味があるのかは分かりませんが、先ほどの『目上に敬意を払うのは当然のこと』というセリフは、この姿勢を彼が取った後でしたな」

その話を聞いてオディロンはポカンとしたが、途端にシェルは嬉しそうにニヤリと笑った。

「なんだよ、あんじゃねぇか面白そうな話がよ。それを先に言え先に。どういう意味も何も、『格上相手にソファーにふんぞり返って待つバカがいるか、来るならこい』か、もしかしたら『生意気なこと言ったら即座にぶちのめすぞ』かもしれねぇなぁ。じーさんに目をかけられるくらいだから、ただのマジメ君じゃねぇだろうとは思っていたが……。で、ぶん殴ったのか？」

　思った以上のシェルの食い付きに、サトワは再び軌道を修正した。

「ぶん殴るわけがないでしょう、会長じゃあるまいし。そうそう、彼に何で探索者になりたいのか聞いてみたら、どうやらリアド君の影響のようですな。彼の採取に同行し、その知性の深さに感化されて、自分も探索者活動を通じて自身を成長させたい、そう言っておりました」

「何でぶん殴ってみないんだよ、勿体《もったい》ねぇなぁ。そんな通りいっぺんの理由《動機》なんか誰も聞きたくないってんだよ、なぁ？」

「ほうほう。すでに将来を約束されたと言っても過言ではないにもかかわらず、わざわざ探索者となって苦労をしようとは、素晴らしい向上心だ。その歳で、現場作業の大切さも理解しているとみえる」

　シェルはどうでも良さそうに再び耳をほじったが、オディロンは再び感心した。

　サトワは、シェルの評価が高くなりすぎず、かといって低くなりすぎないよう、慎重に言葉を選びながら話を進めた。

　協会に来るまでは、優秀な中間管理職として宮仕えをしていたサトワは、この辺りの調整能力が抜群に高かった。

「そうですな。そして彼は、何よりも先輩のその情熱に感化された、とも言っておりました。リアド君にとっては取るに足りない素材だろうに、実に楽しそうに採取をしていたと。探索者として、目の前の採取そのものを楽しむ事を忘れない、その情熱を尊敬していると」

「ほーう?　中々感心じゃねぇか。依頼の難易度やら素材の高級さやらは関係ねぇ。狩りそのものが楽しいから狩る。やれ金が欲しいだの、名誉がどうだのと、その大前提を間違ってる馬鹿どもが多すぎる」

「会長殿の言う通り。リアド君しかり、何の仕事をするにしても、一流は情熱を忘れない」

シェルとオディロンは、初めて意見の一致を見た。

「私が彼を一番評価したいのは、その人物評ですな。聞けばアレン君は、昨日偶然、寮の前で採取に出かけるリアド君に出会い、その場で同行を申し込んだとの事です。にもかかわらず、リアド君がいかに尊敬に値する先輩かを、具体的なエピソードを添えて、目を輝かせながら次々に話してくれました。たった一日の短い時間で、それほど他人の美点が見える、というのは、驕りのない心と、持って生まれた天性の観察眼のなせる技でしょう」

「うーん……。どんなやつかなんて、ぶん殴って酒飲めば大体分かると思うがなぁ。まぁその場ですぐ同行を決める、腰の軽さは評価できるんじゃねぇか?」

「サトワ殿の言う通り。加えて、他人の長所を素直に評価できる、というのは、自分への絶対的な信頼の裏返しとも言える」

会長の評価はぼちぼちと、いい感じだ。

サトワは、シェルの様子を慎重に見極めながら、話を続けた。

「アレン君は、最初いくら彼自身を誉めそやしても、出てくるのは謙遜ばかりで、決して鉄壁のガードを下ろそうとはしなかった。それはそれで、一二歳にして見事なものだとは思っていたんですがな……。リアド君の話になると、途端に年相応の少年のようになり、自分の情報も加えながら、聞いてもいないことまでペラペラと話し出しましてな」

サトワはその時のアレンの様子を思い出して可笑しそうに笑った。

「もちろん、彼のその迂闊《うかつ》さは、今後彼を取り巻く環境を考えると、弱点と言えるでしょう。ですが、それまでの隙のない雰囲気とは裏腹に、王立学園生らしくない、そのどこか抜けているところに、なんとも言えない愛嬌《あいきょう》を感じましてな……。私が彼を『愛すべき少年』だと評価したのはそうしたわけですな」

「ふーん。ま、無難な回答を繰り返す、エリート面したガキよりは、幾分か好感がもてるわな」

サトワは、大体いい塩梅でシェルのアレンへの評価が落ち着いた事に満足した。

そこで、少しばかり言いづらい事を口にする事にした。

「……それで、彼の探索者としてのランクなんですが……」

「ん？　あぁお前の権限でCランクくれてやったのか？　まぁお飾りじゃなくて、ちゃんと活動しそうだし、いいんじゃねぇのか？」

オディロンも頷いた。

だが、サトワはなおも言いづらそうにしている。

「何だその面は？　……まさかBランクくれてやるっていっちまったのか？　かぁー、流石にそれはちょっと甘ぇんじゃねぇか？　……まぁお前がそこまで見込んだんなら、俺もダメとはいわんがよ。最低限、一度俺にも挨拶《あいさつ》にこさせろ。一度も会った事のない、登録に来たガキを、会長権限《俺の》でBランクにしたんじゃ、いくら学園のホープとは言え、流石に他の探索者に示しがつかねぇ。逆に俺が一度話して、これならいいだろうと認めたガキなら、他の誰が文句《理屈》を言ってきても、俺が黙らせる」

シェルは到底話だけで終わる気などない、というように指の骨をゴキリと鳴らした。

オディロンは反対した。

「ワシは反対だ。彼にそのポテンシャルがある事は想像できるが、だからこそ慌ててランクを上げる理由などない。そんな前例を作ると、うちもうちもと、有力貴族のバカ親どもが、飾り欲しさに騒ぎ立てて、探索者ランクの意義そのものが地に落ちる」

こちらは至極真っ当な意見だ。

だが、尚もサトワは黙っている。

「おいおい、まさかA——」

そこでサトワは意を決して報告した。

「……それがですね……。彼の希望もあり、Gランクとして登録する事になりました」

「……は？　……何だそりゃ。そんなもんは謙遜でも何でもねぇぞ？　Gランクつったら、ガキのお使いみてえな雑用をやる、下っ端じゃねぇか。そいつを見込んだのであればこそ、何でそんなバカみたいな希望を突っぱねてやらなかったんだ？」

流石のシェルも困惑した。

「……当初私は、彼にCランクとして登録したい、と打診しました。ですが彼は、慣例通りDでいい、なんならGでもいい、特別扱いなど不要だと食い下がってきまして……。あまりにもランクに関心が無さそうなので、つい魔が差して『じゃあBランクに推薦するのではどうか？』なんて、彼を試すような事を言ってしまいましてな。リアド君の話題を介して、すっかり打ち解け、油断してペラペラと必要な情報を話してくれる彼のことを、私はいつのまにか甘く見ていた、ということですな……。それまでの人懐っこそうな笑顔を一瞬でかき消して、すっと立ち上がったかと思うと、底冷えするような感情の篭ってない声で、『登録は取り止める』と一言、ドアへ向かって歩き出してしまいまして……」

「かぁ～、それはサトワ、お前にしては珍しく随分と下手をうったな。それまでの話から考えても、その小僧はお飾りのランクなんかに飛びつくようなタマじゃねぇだろうが」

「……誠意を持って接したが、コケにされた……。そう考えたやもしれんな」

シェルとオディロンは揃って非難の目をサトワに向けた。

「完全に私の失態です。なんとかリアド君の取りなしで、もう一度席に着いてもらえましたが、その後は何を言ってもGランク以外では登録しないと首を横に振るばかりで……。活動を通して自分自身を高めたい、熱意を持って探索者に取り組みたい、そう胸襟を開いて話をしてくれた分、その誠意をコケにした形になった私としては、彼の条件を呑《の》まざるを得なかったのです」

シェルはため息をついた。

「はぁー。やっぱり一筋縄じゃいかなかったか……。だから俺が出るっつったろ？　まぁ過ぎちまったもんはしょうがねえ。その小僧も喧嘩《けんか》を売られて、意地になっちまってるだろうし、日を置いてもう一度話してみろ。流石にそんだけやる気も才能もありそうなやつに、くだらねぇ仕事をさせるのは時間の無駄だ」

それは俺が一番分かってる、Gランクからの叩《たた》き上げのシェルは、そう付け加えた。

だが、サトワの表情は尚も冴《さ》えない。

「それがですね……どうも彼は心からGランクを喜んでいるようでして……。私が折れてGランクでの登録を認めたら、途端に上機嫌になりましてな。なにがそんなに嬉しいのかと聞いたら、『これで探索者を隅から隅まで味わい尽くせる』と、満面の笑みで言っておりました。……その笑顔を見た時、私は彼が恐ろしくなりました。彼は実は、この完成図《Gランク》を初めからゴールとして面談に臨んでいたのではないかと。少なくとも、隙あらば斬り込むつもりはあった……。そうとしか考えられないほどの、鮮やかな変わり身でした。途中途中の言葉に不自然な点は、まるで感じなかったのに、もしかしたらそう誘導されたのではないか。そう思えるほどの会心の笑みでした」

シェルは笑った。

「くっくっく。王立学園の実技で首席評価の野郎が、サトワを手玉にとって探索者を味わい尽くすってか。面白えじゃねぇか！」

シェルは勢いよく拳《こぶし》を握り込んで立ち上がった。

しまった、評価を上げすぎた！

サトワは慌てて鎮火剤を投入した。

「そういえばこんな事を言ってました！　リアド君がツノウサギを出来るだけ残さず食べようと提案した事を受けて、生き物への感謝の気持ちも忘れない、その姿勢に感銘を受けたとの事です！」

「生き物への感謝だぁ〜？　おいおい力の抜ける事を言うなよなぁ。そんな奴が探索者としてやっていけんのかぁ？」

シェルはヘニャヘニャと崩れ落ちた。

しまった下げすぎたか？

「そういえば、探索者の登録証の素材に意見をしていましたな。昔のように、ランク毎に素材を変えた方がロマンがあるのに、経費とロマンどっちが大事なんだとか何だとか」

シェルは勢いよく立ち上がった。

「いいこと言うじゃねぇか！　やれ経費がどうの、予算がどうのとつまらねぇ事ばっか言ってて何の仕事ができるってんだ！」

し、しまった、上げすぎたか？

「そ、そういえば――」

～一五分後～

「だぁ～！　結局のところ、どんな奴なのかさっぱり分からねぇ！　だから俺が、この目で確かめるっつっただろうが！　もうその小僧の裏評価は、俺の権限で一旦《いったん》Aにしておいて、さっさと上に引き上げちまえ！　そしたらそのうち、俺がこの目で確かめる機会もくんだろ！」

短時間で感情の上下運動を繰り返したことで、すっかりシェルは感情の起伏が過敏になっていた。

エリート官僚の中間管理職でならした流石のサトワにも、この状態のシェルを、いい塩梅にコントロールすることなど出来なかった。

こうして、いいところで寸止めを喰らい続けたシェルは、普通に報告を受けるよりも遥《はる》かに、アレンに関心を持ったのであった。

ちなみに裏評価とは、ロヴェーヌ家の庭師オリバーの言っていた、協会による人格識見審査のことだ。

『裏』とはついているが、その存在は公然と知られている。

協会への貢献度はもちろん、人物面を主としてランク付けされるため、普通に探索者をやっていては、表のランクを上げるのに時間がかかる、もっとも大きな理由だ。

アレン・ロヴェーヌは、鋼鉄の意志でもって、ユグリア王国探索者協会副会長、サトワ・フィヨルドを説き伏せ、王立学園生の特権を放棄して、Gランクとして探索者協会に登録した。

この噂は瞬く間に王都を駆け巡った。サトワの報告を受けた会長のシェルが、面白がって話に尾ひれを付けて、王都の酒場などで喋《しゃべ》りまくったからだ。

アレン・ロヴェーヌは、蓬莱《ほうらい》商会の跡取り、リアド・グフーシュと懇意にしており、その場にも彼は立ち会っていたらしい……という噂と共に。

◆

こうして俺は、世間一般と同じくGランクから探索者のキャリアをスタートした。

サトワには悪いが、このことに深い哲学や狙いがあったわけではない。特に偉くなどなりたくないし、王都近郊の薬草採取や王都内部でなされている清掃などの低ランクの依頼に興味があったからだ。

俺は単純に、この世界に興味があった。王都の街並みや、どのような人たちが何を考えながら暮らしているのかに。周辺の地形や、植物や魔物の分布に。そしてもちろん、探索者という職業にも。

俺は飢えていた。前世であれほど枯れていた心は、まるでその反動と言わんばかりに、あらゆる体験を求めていた。

この世界の事をもっと知りたいと、味わい尽くしたいと、心が渇ききっていた。

閑話

ゾルド・バインフォースの調査報告

「どうしたのじゃ、セシリア。アレンの合否を確認してから帰ったたにしては、選抜落ちにあったとしてもまだ早すぎると思うが……。何ぞ問題でも起こったのか？」

突然の妻の帰宅にとまどいつつも、ベルウッド・フォン・ロヴェーヌ子爵は趣味のガーデニングで育てているナスの水やりに余念がない。

「アレンはAクラスで合格しました。ですが、不正の嫌疑を掛けられており、その事で王都より調査が入る可能性があります。アレンの不正嫌疑は濡《ぬ》れ衣《ぎぬ》でしょう。ですが、いきなりの訪問客にあなたが混乱して、妙なことにならないよう、少々山道をショートカットしてきました。私たちがアレンの足を引っ張るわけには参りません。グリムと、ゾルドを呼んでください」

「な、な、ななななにー！　あのアレンが合格！　しかもAクラスだとぉ！　し、し、ししかも不正疑惑だとぉ?!　山道をショートカットってお前、ま、まさかドスファルナスの縄張りになっている、旧道を突っ切って来たのか⁉」

子爵は大いに混乱した。

◆

「ゴドルフェン翁《おう》」

ムジカに声をかけられ、振り返ったゴドルフェンは、その表情から良くない報告である事を悟った。

場所は職員室。

光沢のある一枚板のテーブルのそばに設えられた、革張りのソファーは、ゴドルフェンの好みでカチカチに硬い。

「申し訳ありません、ゾルド・バインフォースのスカウトに失敗しました」

「ふむ。一筋縄ではいかんとは思うてはいたが……どこかにしてやられたのかの？」

ムジカはさらに顔を歪《ゆが》めた。

「いいえ、どこのスカウトも全て固辞しているとの事です。どの陣営も、折り合える条件すら引き出せていない模様です」

そういってムジカは、一枚の紙をテーブルに載せた。

そこには、次のように記載されていた。

> ゾルド・バインフォース
> 人物評及びスカウト状況に関する報告書
> 能力（S）
> 人物（S）
> スカウト難易度（S）

そして分厚い資料を手に、報告を始めた。

「どこから報告をすればいいものか……」

ムジカは、悩ましげに話を切り出した。

◆

まず、ゾルド氏の調査兼スカウトに向かった情報部のシザーですが、ロヴェーヌ子爵邸を訪ねたのは、命令を受けてから、一三日後でした。

ドラグレイドからロヴェーヌ子爵邸のあるクラウビア城郭都市へは、魔導車の整備所すらない宿場町が続く、田舎街道から、山をいくつも越えたとんでもない田舎で、馬車で移動するより他有効な移動手段も無く、これより急ぎようがなかった、との事です。

到着すると、ロヴェーヌ子爵本人が応対に出て来た模様です。

Aクラスでの子息の合格を祝うと、さして驚く風でもなく当然の様な顔をしている。

理由を尋ねると、『あのアレンが、近頃は本気になっておりましたからな』と回答があったとのことです。

この事から、少なくともご家族は、Aクラス合格のポテンシャルを認めていた、と判断できます。

事情を話すと、ゾルド氏の調査については、全面的に協力してくれた模様です。

そして、アレン・ロヴェーヌが急激に伸びた理由。

それは、ゾルド氏が考案した『絶対合格プロジェクト』にありました。

入手したそのカリキュラムがこちらです。

午前八時から午後七時まで休憩無し。

昼食は携帯非常固形食を午後の予習をしながら食すのみと、あの年齢の少年に課すにはハードな内容です。

なぜこのような授業に、彼が耐えられたのかを問いただしても、『ぼっちゃまが自発的にスケジュールを決めて、その通り行っただけ』と、笑顔で答えられたようです。

そして、その講義内容も感嘆すべきものでした。

こちらが、彼の最後の王国共通学科試験の結果です。

そしてこちらが王立学園入試の学科試験の結果となります。

試験問題を作成した者に分析させましたが、完全にアレン・ロヴェーヌにフォーカスされた講義内容、との事です。

これ以上能率良く試験成績を上げるカリキュラムはないだろう、との見解です。

得点の伸びの範囲と、カリキュラムの内容も、整合が取れているとの見方が強いです。

ゾルド氏曰《いわ》く、『ぼっちゃまが過去問題を自分で検証して、考案されたカリキュラム』とのことです。

どう考えても一二歳の少年が、自分で考えられる受験戦略ではないのですが、その点を問いただしてもゾルド氏は『本人のやる気の問題』と言うのみで、まるで取り合って貰《もら》えなかった模様です。

これらの事から、ゾルド氏は自立心の育成を教育理論の中心にすえ、ただカリキュラムを与えるのではなく、あくまで本人が自発的に課題を発見し、解決できるように誘導しているものと思われます。

ただ、このカリキュラムでは、試験官たちの間で話題になった、あの魔力変換数理学の応用問題が解ける理由が分かりません。

そこでその点についても確認したところ、その秘密はゾルド氏の講義の形式にある事が判明しました。

ゾルド氏は、講義を行う際、生徒への解説ではなく、議論し、共に答えを導き出す形式を取ることが多い模様です。

この魔力変換数理学についても、ある時議論のテーマになった模様で、『それに類する問題は、ぼっちゃまと掴《つか》み合いの喧嘩《けんか》をしながら、かなり深いところまで議論しましたからな。この程度なら朝飯前でしょう』と、大笑いしていたとの事です。

一見、温和な人物に見えて、熱血な一面もある模様です。

しかし、受験前に、一見無駄の多い行為に見える、と疑問をぶつけたところ、『おっしゃる通り。ですが短期的な目標と、中長期的な計画を混同してはいけない、それがぼっちゃまの結論』と一蹴《いっしゅう》されたとの事です。

やはり、目の前の受験だけに囚われるのではなく、人物そのものを育てることに主眼を置いている、と考えるのが妥当でしょう。

これに関連して、なぜ三か月前になってから急激に伸びたのか、という疑問に対しては、『ぼっちゃまの心の準備が整ったのがそのタイミングだっただけ』との回答を得ています。

心さえ整えば、三か月で最低でもボーダーラインまで伸ばす自信があった。

目先の合格に囚われず、それまでは心の育成に注力していたもの、と解釈できます。

以上の事から、家庭教師としての実力は、国内屈指と結論づけました。

次にその人物について。

ゾルド氏が、オムツを穿《は》いてトイレ休憩すら取らずに講義をした、という、冗談の様な話について確認したところ、『生きるか死ぬかの戦場で、トイレを気にする人間などいますかな？』と、あっさりと事実関係を認めたとのことです。

当初、どうみても温和な老人で、とても『常在戦場』ゾルド・バインフォース氏のイメージと合致しない。

そこでシザーはあえて少し挑発する様に、アレン・ロヴェーヌに不正の嫌疑がかけられている点について問いただした、との事です。

シザーは自分のこの失着を報告で詫《わ》びてきています。

ゾルド氏は、それまでの笑顔を吹き消したかと思うと、目を据わらせて『あのぼっちゃまが不正などするわけがない。万が一その様な結論になったら、この老兵が即座に腹を切る』と宣言したとの事です。

途轍《とてつ》もない殺気だった、そのセリフは冗談ではない。

……報告書には、震える文字でそう記載されていました。

最後に、注目されている、あの頭を下げる動作。

あれはやはりその様な様式が存在するようです。

様式の名称は『お辞儀』。

その詳細は不明ですが、立った状態で行う『立礼』、座った状態で行う『座礼』、さらにその心情の度合いを表すために、『会釈』、『敬礼』、『最敬礼』など頭の下げ方や止める時間などが細分化されているとの事です。

そして、こちらについては、『お辞儀』そのものよりも、その深淵《しんえん》な思想に注目すべき、との報告が上がっております。

お辞儀はあくまでも『礼』を行うための一様式に過ぎず、その『礼』とは、『人のふみ行うべき道』という、途方もなく深淵なテーマを、体系化しようと試みられたもの、との事です。

アレン・ロヴェーヌとゾルド氏は、講義の開始と終わりにこの『礼』としてのお辞儀を、必ず実施していた模様です。

◆

「こちらについても、ゾルド氏は『全てぼっちゃまが考えたものの受け売り』と説明している模様です」

ムジカは報告を締め括った。

それまで黙然と報告を聞いていたゴドルフェンであったが、さすがに我慢できずに指摘した。

「なんじゃとぅ？　いくら何でもそれは無理があるじゃろう……」

「その通りです。ゾルド氏もこちらが信じていない事は百も承知でしょう。自分は黒子に徹し、あくまでアレン・ロヴェーヌをたて、表に出る気はない、とのメッセージと推測できます。そこから推察されるゾルド氏の人物像は、清廉潔白な性格と、遠大な器量。金銭はもちろん、地位や名誉の類でも動かない事が予想されます。実際、破格の報酬での王立学園名誉教授、叙爵、王からの勲章授与など、私が場合によっては切ることを許可したカードは全て『自分はその様な器ではない』と固辞されたとの事です」

「……人物というのは、いるところにはいるもんじゃのぉ」

ゴドルフェンは首を振った。

「ええ。世間は広い、としか言いようがありません。場合によっては陛下《お父様》に動いてもらうことも検討いたします」

ゴドルフェンは頷《うなず》いた。

王都への旅路の裏側

ロヴェーヌ子爵家のお抱え庭師であるオリバーは、久しぶりに探索者協会ロヴェーヌ支部を訪れた。彼が引退してから一〇年も経つが、その古ぼけた建物は、時が止まったかのように彼が現役だった頃のままだ。

キイキイと建付けの悪い両開きの扉を押し開けて中へと入る。すると、使い古された装備に身を包んだ古参の探索者たちが、一斉にオリバーへと視線をやり、値踏みするような視線を注いでくる。

ここは変わらないなと、オリバーは苦笑を漏らした。

◆

「誰かと思えば『腰抜けオリバー』じゃねぇか。ベルウッド様に拾ってもらって引退したんじゃなかったのか？　それとも首になってカムバックでもするのか」

値踏みするような目でオリバーを見ていた内の一人、古参探索者のジョニーがこうオリバーに声を掛けると、周囲で聞いていた比較的年若い探索者たちが興味を示した。

「何ですか、ジョニーさん。その『腰抜け』ってのは？」

「ん？　ああそうか、お前らはオリバーの事を知らないのか。時が経つのは早ぇなぁ……こいつは、こんなど田舎で探索者をやっていたにもかかわらず、荒事が大の苦手でな。討伐系の依頼を一切受けず、もっぱら採取依頼専門で一五年もかけてDランクまでランクを上げた変わりもんだ」

ジョニーがそう言うと、周囲にいた若手探索者たちはあからさまに侮蔑《ぶべつ》の色を浮かべた。

探索者は舐《な》められたら終わりの稼業だ。さらに、この辺りの主な収入源であるクラウビア山林域には多種多様な魔物が出現する。自然、強さが貴ばれる風土がある。

ジョニーは慌てて手を振って付け足した。

「おっと勘違いするなよ？　確かにこいつは武芸の方はからっきしだ。なんせ魔物はおろか、小型の野生動物すら殺したくない、なんて言う奴だからな。だが、そこまで徹底して討伐系の依頼を避けて、なおこのロヴェーヌ支部でDランクになったんだ。逆に言うと、採取系の依頼の腕はDランクよりも遥《はる》か上位の実力だということだ。お前らひよっこが下《した》においていい男じゃぁ、ない」

そのジョニーの解説を周囲で聞いていた若手探索者たちは少しばかり驚いた。

「へぇ～探索者の評価に厳しいジョニーさんが、そこまで褒めるなんて、オリバーさんはすごい人なんですね」

ジョニーはポリポリと頭をかいて唸《うな》った。

「う～ん、凄《すご》いっちゃあ凄いんだが……なんせ引退して一〇年も経つってのに、未だに支部長がオリバーに採取の腕でかなう探索者はいない、なんて引退を惜しむほどだからな。だがまぁ俺に言わせると、凄い探索者というよりは、変人の部類だな」

ここで言う変人は、もちろん誉め言葉だ。

「わしはジョニー君が言うような、大した人物ではないですな」

オリバーは手をぶんぶんと振りながら、こぢんまりとした支部内を見渡した。

目的の男はすぐに見つかった。簡単な食事もとれるバーカウンターで、昼間から酒を飲んでいる。

オリバーは顔見知りのその男の隣に座り、声を掛けた。

「ご無沙汰《ぶさた》ですな、ディオさん。今日は旦那《だんな》様より指名依頼を預かって来ておりましてな」

ディオと呼ばれた壮年の探索者は、嫌そうな顔を隠そうともせず顔を顰《しか》めた。

◆

「実はアレンぼっちゃんがあの『王立学園』の受験のために、明日王都へ向けて出立するのですがな。何を考えたのか付き人を付けずに一人で王都へ向かいたいと言い出しましてな。一応護衛の出来る御者を別に用意しておりますが、やはり心配なので旦那様がディオさんにもドラグレイドまでの護衛に入ってもらいたいとの事ですな」

案の定面倒な依頼にわしはため息をついた。

ロヴェーヌ家の末息子のアレンとやらは、いかにも末っ子として甘やかされて育った、奔放な子供との噂だ。

「また面倒なことを……セシリア様はその事を承知しているのか？」

オリバーは首を振った。

「奥様はアレンぼっちゃんの受験が終わるまで、王都で過ごすとのことで、まだ戻られておりませんので、知らないと思いますな。何せ昨晩ぼっちゃんが急に言い出したとのことで、旦那様も慌てておりましたのでな」

それはそうだろう。わしはまるで興味が無いが、王立学園入試というのは貴族家の興亡に大きく寄与すると言われる重要な試験だという事は、幼年学校に通う子供でも知っている。

その大事な試験への旅程で、我儘《わがまま》な子供の意を組んで一人旅をさせるなど、あのセシリア様が認めるわけがない。

「わしで無くてはいかんのか？　言っておくが、Ｃランク探索者のわしにドラグレイドまで護衛依頼、それも指名依頼となると、報酬は最低でも八千リアルからとなるぞ？　他の者への示しもあるし、それ以下では支部長が認めんだろう。ロヴェーヌ家も、それほど懐に余裕がある訳ではあるまい」

わしは暗に『他を当たれ』と言ってみた。

オリバーは苦笑した。もうこの男とも何だかんだで長い付き合いだ。わしが難色を示すことは予想していたのだろう。

「あの呑気者《のんき》の旦那様でも、さすがにこれは奥様にお叱りを受けそうだと予想がついておる様でしてな。言い方は悪いですが、ディオさんを巻き込むことで、怒りを和らげようとしているのだと思いますな」

夫婦喧嘩《ふうふげんか》にわしを巻き込むな……その言葉をディオは呑《の》み込んだ。

「そう思うなら、そんな子供の思い付きの冒険など止めさせればいいだろう」

わしがそう言うと、オリバーは微笑んだ。

「本当に近頃のアレンぼっちゃんはしっかりなさいましてな。その姿を見て『自分の成長にどうしても必要』と言われれば、我がままを通してあげたくなる旦那様の気持ちが分かりますのでな。こうしてわしもディオさんを説得しに足を運んだという訳ですな」

にこにこと笑うオリバーに、わしは再びため息をついた。この裏表のない気のいい男にこうして頼まれると、どうにも断りづらい。それにわしが依頼を断って、万一道中に何かあれば、セシリア様に顔向けができない。

こんな事なら討伐依頼でも受けて、町を空けておけばよかったと思いながら、ディオはしぶしぶ依頼を承諾した。

これが天才と名高い四つ上の姉であるローゼリアお嬢様の護衛依頼であれば、わしは喜んで依頼を受けただろう。

◆

一度所用があってロヴェーヌ邸を訪ねた際に、セシリア様と武の訓練をされているローゼリアお嬢様をこの目で見たことがある。ローゼリアお嬢様は、見た目こそ野に咲くコスモスの様に可憐《かれん》な方だが、その武の才能は幼き頃のセシリア様を彷彿《ほうふつ》とさせる、尋常ならざるものがあった。何より、何度セシリア様に打ちのめされても嬉々《きき》とした顔で立ち上がり、挑みかかっていく心の強さにわしは目を奪われた。

この方ならば――

わしはローゼリアお嬢様の未来に思いを馳《は》せ、年甲斐《としがい》もなく胸を高鳴らせた。

そのお嬢様が王立学園の受験に失敗したと聞いて、わしは改めてその学園とやらの下らなさを再認識したものだ。

それに対してそのアレンとかいうボンは、放蕩《ほうとう》息子だともっぱらの評判だ。

武の才こそ上二人の兄に比べるとかなり光るものを持っているとの話だが、大っ嫌いな勉強からは、あれやこれやと理由をつけて逃げまくる。走力鍛錬や素振りなどの基礎鍛錬からも逃げまくる。

如何に才を持って生まれようとも、自分でその才を潰《つぶ》してしまう例など腐るほど見てきた。自分で自分を超えられないものの伸びしろなど、たかが知れている。

先ほどオリバーは、近頃ぼっちゃんは変わったと言っていたが、そのリップサービスを真に受け、何かを期待するほどわしはもう若くはない。

人はそう簡単には変われないという事を、わしは知っている。『希望』を抱くには、わしの心はもう枯れすぎている。

あのセシリア様の血を引き、セシリア様に育てられた凡愚を見るなど、わしには我慢がならない。

依頼は淡々とこなして、できるだけ関わりになるのを避けようと、わしは密かに決意した。

◆

「ドラグレイドまでの道中、よろしくお願いします」

放蕩息子と評判のそのボンは、そう言って丁寧に頭を下げた。その穏当な姿勢に少々驚いたが、だからどう、という事はない。もちろん身分をかさに偉そうな態度を取られるなどよりはましだが、わしにはどことなく小さく纏《まと》まろうとしているように見えた。

子供の様に探索者の冒険譚などをせがまれでもしたら堪らないので、わしは目も合わさずに淡々と護衛に徹した。幸いボンもわしに大して関心もない様子で、馬車の中では一心に本を読んでいた。

何時間も身じろぎもせず、本に没入するその集中力には少々驚かされたが……。

異変は二日目の午後に起きた。レッドスパイダーという魔物の群れと遭遇したので、わしは馬車を止めさせて無造作に槍《やり》で串刺《くしざ》しにしていった。

「すごいなディオ！　……ドラグレイドまでの道中、俺に槍で稽古を付けてくれないか？　頼む！」

その様子を見ていたボンは、子供の様に目を輝かせて言ってきた。言葉遣いもどこか不自然さを感じる良家のおぼっちゃま然としたものから、年相応な物に変わっている。

だがわしはこの打診をにべもなく断った。

「わしは護衛依頼中だ」

万一怪我でもさせた日には事だし、どうせすぐに逃げ出すに決まっている。期待などしていないが、セシリア様の子供の、そんな姿など見たくはない。

だがボンは食い下がってきた。

「なら開けた場所で休憩中ならどうだ？　頼む、槍を経験してみたいんだ」

わしは大事な受験の前に怪我でもされたら大変だとか、槍の間合いに慣れると受験に悪影響を及ぼす可能性があるとか、あれやこれやと理由を付けて断った。だがボンは冷静に反論してきて諦《あきら》める様子がまるでなかった。わしは仕方なく折れた。

「一度だけだ。稽古《けいこ》にはこの木の棍棒《こんぼう》を使う。そして突き技は使わん。当たり所が悪いと取り返しのつかない怪我をする危険がある」

わしがしぶしぶそう言うと、ボンはまるっきり子供の様な、人好きのする顔で笑った。

「ありがとうディオ！　楽しみだ」

その日の野営地で日の落ちる前に、わしはボンを容赦なく叩《たた》きのめした。だらだらとドラグレイドまでの道中、ずっとお遊びの様な稽古に付き合わされてはかなわんと思ったからだ。

だがボンは、わしが何度叩きのめしても嬉々とした顔で立ち上がり、再び挑みかかってきた。そしてそのたびに僅《わず》かに工夫がある。結局わしがこれ以上は怪我が心配だと中止を申し出るまで、ボンは立ち上がり続けた。

翌日も、その翌日もボンはわしに稽古を願い出てきた。わしは、期待するなと、そろそろ嫌になって辞めると言い出すに違いないと、そう自分に言い聞かせながら、ボンの相手をした。だがボンは結局ドラグレイドまでの道中、最後まで折れずに稽古を続けた。

しかもボンはどうやら、毎日ぼろぼろになるまで槍を相手に稽古をしているにもかかわらず、深夜まで宿で勉強をしているらしい。

そして誰よりも早く起きて、明朝に宿の前で素振りをしている。さらに道中一度馬車を降りて毎日必ず同じぐらいの距離を走っている。そしてそれ以外の時間は相も変わらず目を見張る集中力で、貪《むさぼ》るように本を読んでいる。

あの分厚い、カナルディア魔物大全を詳細に読み込んでいる様を見ていると、本当にそんな細かなところまで試験に出るのかと突っ込みたくなる。

一体あの放蕩息子という噂は何だったのだ。わしは訳が分からなかった。

「ありがとうディオ。ディオのおかげで道中いい経験ができた。……結局一本も取れなかったけどな」

ドラグレイドでの別れ際に、ボンは苦笑しながらこんな事を言ってきた。だがその目には悔しさが滲《にじ》んでいた。

そう、ボンはずっとこのわしから一本取るつもりでやっていた。

初日にあれだけ叩きのめしたにもかかわらず、そしてわしもつい熱が入り、ボンが耐えられるぎりぎりのレベルで打ちのめし続けていたにもかかわらず、勝つための工夫を決して止めなかった。

天性のセンスにものをいわせた勘と、考え理を詰めていく頭脳の両輪で、見る間に対槍の間合いに順応していった。

ボンは間違いなく――強くなる。

「当初はボンボンのお遊びに付き合わされて、面倒でかなわんと思っていたが、中々どうして根性もあるし、センスもある。経験はそのうちついてくるから、ボンなら心配ない」

道中ずっとそっけない態度を取っていたわしは、ついそんなぶっきらぼうな言葉でボンを励ました。セシリア様がわしの事を話していない以上、どこまで踏み込んでいいのか分からなかったのもある。

わしはたまたま護衛任務についた、探索者ディオとしてしか接しようがなかった。

「列車は夜発だが、俺は少しこの街を見ておきたいからここで別れる。いつかこの借りは返すぞ。またなディオ」

いたずらっぽく唇を尖らせて、わしの胸を小突いたボンは踵《きびす》を返し、振り返りもせずあっさりと雑踏へと消えていった。

試験、頑張れ――

その背中にわしは心からエールを送った。

ボンなら……ボンなら止まってしまったセシリア様の時を動かしてくれる――

わしは、自分の胸に溢《あふ》れんばかりの『希望』が、煌々《こうこう》と灯っているのを感じた。そして、探索者協会ドラグーン支部へと足を向けた。

わざわざドラグレイドまで来るのが面倒で受けていなかった、Bランクへの昇格試験を受けるためだ。わしも立ち止まってはいられない。

ボンが、『あの学園』で何をし、卒業する頃にはどうなっているのだろう――

そんな楽しい想像を巡らせながら歩く雑踏は、遠い昔、セシリア様の光り輝く未来に思いを馳せていたころを思い出させるほど、わしの足を軽くした。

王都観光

王立学園入学試験前日。この日は休養日兼予備日として予定を空けていた日だ。

早朝の基礎鍛錬を終えて朝食の席に着いた俺は、姉上を王都観光に誘った。

勉強も実技も事前にやれることは全てやった。今更じたばたしても大して効果は見込めないし、それならば王都の空気を吸って、平常心で明日の試験に臨めるようにこの街の空気に慣れておくほうが有意義と判断した。

もちろん姉上のご機嫌を取って、後顧の憂いを払拭《ふっしょく》するという狙いもある。

「姉上、俺は今日一日休養日として予定を空けています。王都の空気に慣れておきたいですので、今日一日、王都観光に付き合って頂けませんか？」

俺がこう打診すると、合格したら寮から学園に通うと宣言してから、過去最悪に機嫌の悪かった姉上は、途端に目を輝かせた。

「きゃあ！　ほんとに？　ほんとにいいの？」

この単純な……もとい、直情的な性格は困ったことも引き起こすが、姉上の美点でもある。

隣で聞いていた母上は苦笑した。

「まったく、どちらが姉でどちらが弟か分かりませんね。アレン？　大切な試験の前日なのですから、無理してローザに合わせる必要はないのですよ？」

母上がこう言うと、姉上は不安そうな顔で俺を見てきた。

「いえ、今更じたばたしても仕方がありませんからね。それよりもこの街を見て回って、合格した後にこの街で暮らす自分のイメージを、強く頭に思い描く方がプラスになると思います。私は右も左も分かりませんので、案内よろしくお願いします、姉上」

俺がそう言うと姉上は再び顔を輝かせて胸を叩いた。

「お、お姉ちゃんに任せなさい！　じゃあさじゃあさ、どこに行こっか？　アレン君どこか行きたいところがあったりする？　人気の観光地で言えば、王宮の一般開放部、王立美術館、大聖堂、王都が見渡せる旧西城壁見張り塔跡なんかがあるけど……」

俺は少し考えてから答えた。

「そうですね。そういった場所にもいずれは足を運んでみたいのですが……もう少し普通の、この街の成り立ちや、暮らしている人々の雰囲気が分かる場所に行きたいです。あ、でもその旧西城壁見張り塔という場所には行ってみたいですね。高いところから見ると、初めて気が付くものもある気がしますし」

姉上はクスクスと笑った。

「アレン君は小さいころから高いところに登るの好きだったものね。まだ魔力も使えないうちから高い木に登っちゃって、下りられなくなって泣いてたの思い出すな～」

そう姉上に指摘されて少々気恥ずかしくなったが、確かに俺は覚醒《かくせい》前から高いところに登るのが好きだった。何となく自由になれる気が、まるで自分に翼が生えたような気がするのだ。

もっとも、覚醒した今となっては、馬鹿と煙は高い所が云々という前世の慣用句が頭を掠《かす》めるので、少々複雑ではあるが……。

だが誰にどう思われようと、俺は今でも高いところに登るのが好きだ。今生ではこの好きという気持ちを大切に生きると、そう決めている。

「じゃあ今日はまず旧西城壁跡に行って、あとは適当に街をブラブラしよっ！　時間がもったいないから着替えてくるね！」

ルンルンと自室のある二階へと階段を上っていく姉上に向かって、母上は後ろから声を掛けた。

「ローザ？　また洋服を脱ぎ散らかしたら、片づけるまで出かけさせませんからね」

そう苦笑した母上は、俺の方へと向き直り、笑顔でこう言った。

「ところで……あなたは誰です？」

この不意打ちに俺は凍りついた。母上の顔は笑顔だが、目は全く笑っておらず、あれほど和やかだった空気はいつのまにか肌を刺すほどに張りつめている。

俺は唇を舐《な》めた。

前世の記憶を思い出した、なんて話を信じてもらえる訳がないし、仮に信じてもらえたとして……俺はこれまでと変わらず家族として接してもらえるだろうか。

だが下手な嘘やごまかしが通じる人ではない。

どくんどくんと自分の鼓動が胸を叩き、口の中はからからに乾燥している。

「私は……俺はアレンです、母上。とある出会《い》いが俺を変えてくれました。これ以上は……話したくありません」

俺がかろうじてそう答えると、母上は俺の目を5秒ほど見つめた後、張りつめた空気を緩め、ふっと息を吐いた。

「そうですね……。確かにあなたはアレンです。ご飯の食べ方も、魔力を練る時の癖も、私に問い詰められた時に、唇を舐める癖も昔のまま。妙な質問をしてすみません。親である私から見ても、別人に思われるほどあなたは劇的に変わりましたので……」

まるで長い長い旅から帰ってきた子を見るような――

そう言ってから、母上は、少女のように笑った。

「それにしても、出会い、ですか。ふふっ、あの人《ベル》と初めて出会った時の事を思い出しました。私は訳あって生家と縁を切っておりますので、家族にはベルと結婚したことを報告していませんが……もし話していたら、どう思ったでしょう。今の私の様に、知らぬ間に手を離れていく我が子を前に……もの寂しい気持ちになっていたかもしれませんね」

そう言ってどこか寂しそうに笑う母上を見て、俺の胸はずきりと痛んだ。

◆

旧西城壁の見張り塔は、ちょうど王都の中心付近にあった。この王都が、南東にある大河、ルーン川を背に建てられた王宮から見て北西方向に拡大してきたからだ。

現在の西城壁は、この旧西城壁よりもずっと西にある。

石材で組み上げられたその塔を下から見上げると、在りし日の威容を脳裏にありありと感じられる。

もっとも、今となっては塔に接続されていた、旧西城壁そのものは、塔の基礎となっている部分以外は解体されている。都の開発に不便なのはもちろん、旧城壁の石材は、物理・魔法ともに耐性が高く、もちろんその分高価で、観光資源として積み残しておくには惜しいからだそうだ。

なぜそんなことを知っているかって？

それは塔の下で仕事を求めて屯《たむろ》していたガイド連中が、姉上に鼻の下を伸ばしながら近づいてきて、聞いてもいないのに教えてくれたからだ。

「塔の上から王都を案内するよお嬢ちゃん！　料金は出血大サービスの一リアル！　九五％割引きでどうだい⁈」

「いやいや、そんなひよっこより、ここはベテランのおいらにしておきな！　塔案内はもちろん、この後美味しいレストランにおいら持ちで案内するよ！　料金は〇リアル！　出血大サービス！」

……なんだ、〇リアルって。それは最早ただのナンパだろう。

「ありがとう、おじさんたち。でも今日は王都に来たばかりの弟に、私が自分で説明してあげたいの。お姉ちゃんが頼りになるってところを見せておかないと。ね、アレン君！」

姉上がこう言ってガイドを断ると、おっさんたちは、ほあ～とかうっとりと息を吐き、『やさしいお姉ちゃんがいていいいな、坊主！』とか『おっちゃん羨《うらや》ましいぞ⁈』とか言いながら俺の肩を叩き、足を踏みながら三々五々散っていった。もちろん俺の肩を叩くおっさんの手には、満身の力と魔力が込められていた。まぁ魔力ガードしたけど。

その後、俺たちは列に並んで塔の上へと登った。高さは80mくらいだろうか。

確かピサの斜塔や奈良の五重塔でも50mを超えていたはずだし、造ろうと思えばもっと高くできただろうが……この王都の有るルーン平野は広大だが、それほど起伏はないし、今の高さでも十分地平が霞《かす》むほど遠くまで見えると思われる。建築時に実用性を重視したのだろう。

この塔が作られたという千年前は、いったいどんな時代だったのだろう。この見渡す限り広がる王都の栄華からは想像もできないが、きっと、今よりもずっと戦争や魔物の脅威が強い時代だったに違いない。

「アレン君、聞いてる？」

俺がそんな年不相応な思いを頭に馳《は》せながら、吹き抜けていく風に目を細めていると、姉上が俺の肘《ひじ》辺りをツンツンと突いた。俺は苦笑することで、聞いていなかったという意を伝えた。

姉上は、も～と頬を膨らませて、東の方を指さした。

「あそこにある、大きな森みたいなのが王立学園だよって言ったの。あそこはセキュリティが厳しいから、ここからも内部の様子がはっきり見えない様に工夫されてるんだって」

俺は姉上が指さす方向へと目を向けた。そこには確かにうっそうとした森のようなものがあったが、いくつか建物が見えるくらいで、内部がどうなっているのか、その様子はよく分からなかった。

「で、そこから南側に少し行った場所に見えるのが王宮。あっちに見えるのは――」

姉上はそんな調子で、澱《よど》みなく王都の主要な場所を紹介していってくれた。魔道具以外にあまり関心のない人なのだが、俺を案内すると言って張り切っていたし、わざわざこの旧西城壁見張り塔跡に来た時のために準備をしてくれたのかもしれないな。

「それで――」

そう言って姉上は一度言葉を切り、目を細めて少しだけ微笑んだ。

「あの遠くに白く霞んでいる山脈を越えた遥《はる》か向こうにドラグレイドがあって。私たちの生まれ育ったロヴェーヌ領は、もっともっと、ずっーと先にあるんだよ。何だかこんなに遠い場所でアレン君と並んでいるのが、急に不思議な気持ちになっちゃった」

俺が珍しくセンチメンタルになっている姉上を笑うと、姉上はまたまた頬を膨らませた。

「もー！　何がおかしいの？」

俺はもう一度王立学園がある方角をきっかり見据えて言った。

「笑ってすみません、姉上。ですが……俺が王都にいることを不思議に思う気持ちは、もうすぐ消え去ると思いますよ？」

俺が不敵に笑ってそう姉上へと告げると、姉上は満面に笑みを湛《たた》え、俺と腕を組んだ。

「かっこいいぞ！　アレン君！」

俺たちはその後、塔を降りた。

あれほど遠かった王立学園は、ほんの指呼の間にあるように見えた。

◆

塔を降りた俺たちは、姉上が事前に調べておいてくれた、近くにある高級レストランで昼食をとった。何となくイタリアを想起させる、やさしい暖色のレンガで作られた外観のそのレストランは、子供が二人で訪れているにもかかわらず接客がやたらと慇懃《いんぎん》で、前世は庶民派で今世もど田舎子爵領出身の俺は、正直言って肩が凝った。

メニューは姉上が適当におすすめを頼んでくれた。味の方は、さすがに田舎子爵領で食べていたものよりはかなり美味しかったが、ＴＯＫＹＯのレベルを知っている俺からすると、驚くほどではないかな、というのが正直な感想だ。

だが味などはどうでもいいのだ。ロヴェーヌ領にも、もちろん日本にも無かった未知なる素材、未知なるスパイスが随所に感じられ、改めてここがあの田舎町でも、もちろん地球でもないと感じた。

このバカみたいに広い王都で、今後B級グルメ探しなどをするのが楽しみで仕方がない。

……夕食は、もう少しフランクな雰囲気のお店にしてもらおう……俺は密かにそんな事を決心した。

その後俺たちは、おしゃれな雑貨屋やブティックが立ち並ぶ通りをブラブラと歩いた。そのうちに姉上がよく買い物をするというブティックの前を通りかかった。

「では立ち寄りましょう！　今日王都観光に付き合ってくれたお礼に、何かプレゼントしますね！」

俺がそのように申し出ると、感極まった姉上はなんと人目も憚《はばか》らずに通りで泣き出したので、俺は慌てて姉上を宥《なだ》めた。

「うぅ～。だってアレン君からプレゼントだなんて、初めてじゃない。嬉《うれ》しいよう～」

勘弁してくれ……。

俺がいい歳して泣いている姉上に顔を引きつらせていると、そこにいかにも『自分は女にモテます』という顔をした、こじゃれた服装で二〇代前半ぐらいの、目鼻立ちの整った男が歯を輝かせながら近づいてきた。

「おいおい、こんな往来でこんなに美しい女性を泣かすんじゃないよ。お嬢さん、よろしければ私がお話を聞きますよ？　最近王都で話題の喫茶『ロースティン・ボックス』に行きましょう。普通は予約が無ければ入れませんが、私は特別顔が利きましてね」

そう言ってウインクした男は、いかにも高級そうなハンカチを姉上に差し出した。

だが姉上は男を完全に無視して、俺の財布の中身を心配した。

「でもここ少しお値段が高めだよ？　私は魔道具関係でたまにお仕事をしてるから大丈夫だけど、

アレン君まだお小遣いだけだよね？　この先にお気に入りの雑貨屋さんもあるから、そっちでお願いしよっかな」

俺は男に何かリアクションをするべきか悩みつつ、とりあえず姉上に話を合わせた。

「そうですか……。王都に来たらそのうちに探索者などを始めてお金を稼ごうと思っていたのですが、正直言って今は余り懐に余裕が無いですね。予算は大体二〇〇リアルを上限とさせてくれると助かります」

ちなみに一リアルは一ドルくらいの感覚だ。

するとイケメン男はそちらを見ようともしない姉上の正面に回り込みながら俺を挑発するように見て、さらに口をひらいた。

「ぷっ。二〇〇リアルとは情けない。私が君くらいの歳には、すでに月に三千リアルは自由に使えるお金を持っていたよ？　お嬢さん、私があなたに似合う洋服を見立てて差し上げましょう。あぁ自己紹介が遅れたね。私はこういうものです」

男はそう言って、一枚の名刺を差し出した。どうやらどこかの宝飾品を取り扱う会社のしゃちょーで名前はトニーさんらしい。

「いやぁ優秀すぎるというのも困ったものだ。あまりにも仕事が出来るものだから、父から二二歳の時に一つ店を丸々任されてしまってね」

トニーさんは前髪を掻《か》き揚《あ》げながら、ちっとも困っていなそうな顔でそう言った。

まずいな……。昔ならいざ知らず、今の俺はこういったマウント馬鹿に何を言われてもへっちゃらだが、姉上は俺が馬鹿にされるのはへっちゃらではない。

せっかく機嫌よく一日を過ごしていたのに、姉上の機嫌は目に見えて悪化した。薄い笑みを口元に浮かべてはいるが、俺から見たら一目瞭然《いちもくりょうぜん》だ。

さすがにこれくらいの事で他人を殴ったりはしないだろうが、この空気の読めないどこぞのボンボンが今後何を投入するかによっては、流血事件に発展する危険がある。

荒くれ者の探索者などが跋扈《ばっこ》するこの世界では、魔法や魔法素材由来の傷薬などでお手軽に治療可能なこともあり、素手での喧嘩《けんか》には非常に寛容なのだ。王都でもそうなのかは確信がないが……。

「は、早く入りましょう姉上！　もし姉上に似合うものがあれば予算二五〇リアルくらいまで頑張っちゃおっかな！　まぁ姉上には何でも似合いますけどね！」

俺が冷や冷やしながらそう言うと、姉上は少しだけ機嫌を直して『はえっ？　……アレン君、いつからそんなお世辞言うようになったのっ』と照れたように笑った。

だが男は俺のセリフを聞いて、納得したように笑みを浮かべた。

「なるほど、貴方の様な美しいお嬢さんには似つかわしくない男だと思ったら、弟か。見たところ田舎から遊びに出てきた弟の、王都案内かな」

男はそう言ってから俺のほうに爽《さわ》やかそうな、だがどこか胡散臭《うさんくさ》い笑顔で向きなおった。

「君の様な田舎者には分からないだろうが、君の姉君は今、一生に一度あるかないかの奇跡的な出会いを迎えているのだよ。ここはさりげなくこの場を外して、お姉さんを自由にしてあげるのが、王都流のスマートな対応、というものだよ」

トニーさんは自分の容姿、肩書によほど自信があるのか、姉上が弟の前だから無理して関心の無いように振舞っていると勘違いしたようだ。そしてあろうことか店の中にまで付いて来た。

いったいどういう神経しているんだ……？

と、そこで、柔和な雰囲気を醸し出している店員と思しき人物が、笑顔で近づいてきた。

「こ、これはこれはローゼリア様。ようこそいらっしゃいました。あの、そちらの方々は？」

お気に入りのお店というだけあり、それなりの頻度で通っているのだろう。姉上は店員に顔と名前を覚えられているようだ。

「あ、紹介するね、ベネタさん。弟のアレン君です。昔は可愛かったのに、ちょっと見ないうちにすっかりかっこよくなっちゃった弟と、王都観光も兼ねてデート中なんだ～」

この姉上のセリフを聞いて、途端に店員は弾けるような笑顔をその顔に浮かべた。

「これはこれは！　お話はいつもローゼリア様から伺っております。私、この店の主人でベネタと申します。お会いできて光栄でございます、アレン様」

……何でブティックの店長に、いつも弟の話などをするのかは全く分からんが、感じのいいベネタさんはニコニコと自己紹介をしてくれた。

もちろんこれはデートでは無いし、『お会いできて光栄』という部分は少々引っかかるが、おそらくは姉上がいつもの調子でブラコンを発揮して、尾ひれがついた話を聞かせているのだろう。

「初めまして、ローザ姉上の弟のアレンと申します。いつも姉上がお世話になってます」

俺が無難にそう挨拶《あいさつ》をすると、ベネタさんはにっこりと微笑んで、トニーさんへと目を向けた。

「……で、そちらの方は？」

「ローゼリアとはあなたにふさわしい、実に美しい名前だ。私はこういうものだよ」

そう言ってトニーさんはベネタさんにぞんざいな感じで名刺を渡した。

「ほうほう、サンマルシェ宝飾店と言えば、この王都でも中々歴史のあるサンマルシェ商会傘下の宝飾店ですな。そのお歳で立派なものだ。で、ローゼリア様とはどういったご関係で……？」

店長のベネタさんが営業スマイルを顔に張り付けてそう聞くと、トニーさんは前髪を掻き揚げながら『さきほど運命的な出会いを果たしたところさ』といった。

俺は姉上に、小声で聞いてみた。

「あの、トニーさんに興味がないなら、きっぱり断った方がいいんじゃないですか？」

すると姉上は少し困ったような顔をした。

「う～んそれはそうなんだけど……私ボーッとしてるから、強気に押せば言いくるめられると思われるみたいでね。少しでも相手をすると、最後には必ず殴って解決することになるから、なるべく無視するようにしてるんだ～。イライラしてると加減も間違え易いし、警察が来て事情を聴かれたりすると、デートの時間がもったいないもんねっ」

姉上は小声でそう言って、可愛らしくてへっと舌を出した。

なるほど、姉上も一応考えてはいるのだな。トニーさんがアホすぎて、すでに流血事件からの警察沙汰《ざた》まで覚悟を決めつつあったが、これはもしかしたら穏便に話が済むかもしれない。

そのように俺が未来に希望を持ち始めたところで、ベネタ店長は何となくこちらが迷惑している事を察したような顔をし、良かれと思ってかこんな事を口走った。

「なるほど。宝飾店という事でお仕事関係かと思いましたが……まぁよくよく考えてみると、特級魔道具研究学院に籍を置くローゼリア様が、サンマルシェ程度の個人商店から特殊効果付与の依頼を受けているなどあり得ませんな」

だがトニーさんは、姉上の特級魔道具研究学院所属という属性を聞いて、怯《ひる》むどころか目の色を変えた。

「あの王立学園卒業生の、しかも成績優秀者しか入学はほぼ不可能な、特級魔道具研究学院生だと！！　……ああ神よ。とうとう私は運命の人に巡り合ってしまったのですね！　……感謝したまえ、店長。今日からローゼリアが出入りしているこの店は、サンマルシェ商会の傘下となれるよう、私から父上に進言しよう。このような貧乏人が来るブティックの店長ではなく、一流を相手にする本物の経営者の仲間入りだ」

ベネタさんは即座にトニーさんのありがたい申し出とやらに首を横に振った。

「……ありがたいお話ですが。あいにく手前どもは、現在の仕事に誇りを持っております」

ちなみに、この国には貴族という身分制度は残ってはいるものの、いわゆる『無礼』がどうのということで強く咎《とが》められることはない。王立学園も庶民を受け入れているし、以前も言ったが、貴族の血を引く庶民も多い。

いい意味で経済力を含めた実力主義で国が回っているのだ。

特に石を投げれば貴族に当たると言われるこの王都では、『身分』というものにそれほど気を遣っていると、そもそも社会そのものが立ち行かないだろう。

流石に大きな勢力を統括するような侯爵家などはこの限りではないだろうが、それほどの大貴族が供も連れずに庶民も通うようなブティックに来ることもないだろうし。

トニーさんの強気な姿勢には、その様な背景があるという事だ。

「ふん。個人経営の小さなブティックごときが生意気な。ローゼリア。今日は君の好きな洋服を好きなだけ選び給え。なに、将来の伴侶《はんりょ》である私が支払いはすべて持つ。遠慮は無用だ」

そう言って姉上の腰に腕を回そうとしたところで、俺は割って入った。

もちろんこのまま放置してこの男が血祭りに上げられても、どう考えても自業自得としか言いようがないのだが、このまま見て見ぬ振りをするのは自殺幇助《ほうじょ》に近い。

俺は姉上に向かって伸びていくトニーさんの手をねじり上げて、静かに告げた。

「今日は姉上と久しぶりの姉弟水入らずなんです。申し訳ないのですが、今日はご遠慮いただけますか？」

だが俺のこの最後通告も空しく過ぎ去った。

「い、痛い！　……君はどうやらローゼリアの実力を、自分の力と勘違いしているようだね。この王都は力こそが正義の弱肉強食の世界だよ？　心配しなくても、君にもローゼリアの弟、私の義弟としてそれなりの立場を用意するさ。……だがその前に、どうやら教育が必要なようだ。どちらが上か、というね」

そう言って、『うぉぉぉおお！』とか言いながら魔力を練り始めた。

だが出力が低すぎてピクリとも動かない。

「ば、馬鹿な！　私は王都でも金持ちで且つ優秀な人間しか入れないルーンレリア総合上級学校の卒業生だぞ！　その中でも魔力量と最高出力には定評があったんだ！　こんな子供にこの僕が押さえ込まれるだなんて、ありえないっ」

そこで店長のベネタさんが唸《うな》り声を上げた。

「う〜む。流石はローゼリア様が、『春からは、王立学園に通う弟と一緒に暮らすんだ〜』などと、あの王立学園に合格するのを当然のようにお話しされていただけは有りますな。流石に半信半疑でしたが、長くこの王都で商売をしている私も、王立学園入学試験に王都へと来て、前日に姉と王都観光に繰り出す人物というのは聞いたこともない。いや恐れ入りました」

「ふふっ！　……まぁアレン君は、お友達と一緒に住みたいとか言って、学園の寮に入るみたいなんだけどね……ははは」

ちょいちょい地雷踏むなこの店長！

姉上の目から色が抜け落ちるのを確認した俺は、慌ててトニーさんに向かって怒り始め、必死に話を逸らした。

「こここ、この下郎が〜！　さきほどからの姉上に対する失礼な振る舞い、断じて許せん！　これ以上ガタガタぬかすなら俺が相手だ！」

全然ガタガタ言っていないトニーさんの腕をさらに捻じり上げると、トニーさんは苦悶《くもん》の声を上げた。

俺のこの正義の味方の様なセリフを受けて、店内から拍手と口笛が湧き起こる。

いやほんとやめて……恥ずかしくて死にそう。

「あ、姉が特級学院所属で弟は王立学園合格間違いなしだと！　そんな天才姉弟がいるだなんて聞いた事もない！　お前は、いや、君は一体、何者なんだ？」

「ふんっ。俺の名前はアレン・ロヴェーヌだ。文句があるなら来週にでも王立学園の寮に来い！」

俺はそう言って、トニーさんを優しく店の外へ叩《たた》き出し、ドアを閉めた。

ドアの向こうから『ロヴェーヌ家だと?!　…………聞いたこともないぞ！』なんて声が聞こえて

きた。

◆

「いや、お見事な対応でした。ローゼリア様から、アレン様は中々に勝ち気なご性格で、同世代の領民からは『猛犬』と呼ばれていると聞き及んでおりましたが……そのお歳にして実に貫禄《かんろく》のある紳士的な対応でしたな。私、ほとほと感服致しました」

店長はそう言って首を振った。

どうやら腕を捻《ひね》り上げて無理矢理店から叩き出す事を、この世界では『紳士的』と表現するらしい。

覚醒《かくせい》前の恥ずかしい過去を暴露された俺は、耳まで熱くなった。

ロヴェーヌ領は、ど田舎らしく、力を尊ぶ気風があった上に、母上が『子供は喧嘩するもの、たとえ領主の子供でも、いいえ、領主の子供だからこそ、やられたら自らの手でけじめをつけなくてはなりません』、なんて豪胆な教育方針だった。そのため覚醒前の俺は、喧嘩っ早《ぱや》い性格もあって結構腕白な少年時代を過ごした。

もっとも、魔力器官が完成する一年前くらいには、大体腕っぷしの強い同世代とは白黒をつけ、魔力器官の完成した頃にはあのど田舎の若いのには相手になる奴がいなくなっていたので、最後の一年は平和に過ごしていたが。ちなみに、覚醒前の『アレン』は誰も喧嘩して遊《あそ》んでくれる奴がいなくてつまらない、なんて痛いことを考えていた……。

今思い出しても恥ずかしい。

「わ、若気の至りというやつです。ここ一年は喧嘩などしていません」

俺がそう言って恥じ入るように頭を掻《か》くと、姉上はクスクスと笑った。

「お母様は喧嘩には寛容だったけど、弱いものイジメに厳しかったからなー。アレン君が五歳の時に、『姉上を虐めるな！』とか言って、私の同級生に突っかかってくれたのを思い出しちゃった。アレン君は、自分より強そうな子とばかり喧嘩してたから、魔力器官が完成したら相手がいなくなっちゃったんでしょ」

……その話も思い出したくない過去だ。今にして思えば、その男の子三人組は姉上の事が好きで、構ってほしくてちょっかいを出していたのだろう。姉上はガン無視していたが。

だがそんな九歳男子の複雑な機微など分からない俺が、姉を守ろうと喧嘩を挑み、姉上の前でぃきり散らした男の子たちにボコボコにされたのだ。そしてその俺をボコボコにした奴らは、姉上にボッコボコにされて、俺は何しに行ったのだろうという状況になった。

まあ姉上は俺の行動を喜んではくれたが、『次は勝ってね？』とか言われて、翌日から地獄の特訓が始まり――

とまぁ、勝者が誰もいない、苦い苦い過去の記憶という訳だ。

「ところで、今日は姉上に王都観光に付き合っていただいたお礼に、何かプレゼントできれば、と考えていたのですが……あいにく予算が二〇〇リアルしかなくって。何か予算内で姉上に似合いそうなものはありますか？」

話を逸らしてばかりだが、俺はまたまた話を逸らした。

「勿論《もちろん》でございます。ローゼリア様はお得意様ですし、アレン様にも面白いものを見せて頂きましたので、特別にお値引きさせていただきます。どうぞお好きな物をお選びください」

俺はこのベネタさんの申し出を固辞した。好意はありがたいが、自分の金でプレゼントをしないと俺からのお礼にはならないだろう。姉上も特にお金に困っているわけではなさそうだし。

俺がそのように告げると、姉上は嬉《うれ》しそうに俺と腕を組んだ。

「なるほど、私が浅はかでございました。しかしアレン様はますます一二歳とは思えませんな。実にしっかりとした自分の考えをお持ちだ。これが王立学園に合格するのが当然と思われる人材、という訳ですなぁ」

感心したようにそう言ったベネタさんは、予算内に収まりそうなものをいくつか案内してくれ、姉上は真剣な顔で悩み、結局スカーフを選んだ。

その後俺たちは肩の凝らない食堂で夕食を取り、早めに帰宅した。

少々問題もあったが、王都の空気感、人々の活気のある表情を俺は気に入った。中核をなす都市部の回りには、スラム街などもあるようで、今日一日ではとても全容を掴《つか》み切れるものではなかったが、その懐の深さも俺の好奇心を刺激する。

明日は、王立学園入学試験——

あとがき

この度は拙作『剣と魔法と学歴社会～前世はガリ勉だった俺が、今世は風任せで自由に生きたい～』をお読みいただきありがとうございます。

いやはや、人生は何につけても一期一会だなと、近頃つくづく思います。

まさか自分で書いたお話を、こうして書籍として世に出せることになるとは、昨年の春ごろには想像すらしていませんでした。

正直なところ、こうして第一巻の原稿を書き終え、あとがきを書いていても、どこか遠い異世界の話のような、不思議な心境です。

子供の頃から小説や漫画が好きでした。

描かれている物語の、剣と魔法のある世界、冒険と自由、そして青春といった、どこまでも広がる世界を想像し、わくわくし、吹き抜けていく風や、魅力的なキャラクターたちが、確かにそこにある手触りを感じることは、私にとって、欠かすことのできない娯楽でした。

いつかは自分でもそうした物語を書いてみたい――

自分の中にそうした漠然とした思いが存在することは認識していましたが、日々の慌ただしい生活にかまけて目を逸らしていました。

そんな筆者が、ある日ふと思い立って書き始めたのが、この『剣と魔法と学歴社会』です。

特に予感めいたものや、大きなきっかけなどがあったわけではなく、本当にふと思い立った、としか言いようがないのですが、なぜか『今しかないな』と強く思い、不思議なエネルギーが自分の中に湧き出してきたことを覚えています。

あの日、「よし、書く!」と勝手に決めて、創作を始めていなければ、私は物語を書くことはこの先もなかったかもしれません。

一方で、それより早く無理に始めていたとしても、おそらくは途中で挫折《ざせつ》していたような気もしています。

西洋には、見つめる鍋《なべ》は煮えない、という諺《ことわざ》があるそうです。まだかまだかと頻繁に蓋《ふた》を開けていては、いつまでたっても鍋は煮えない。材料を集めて鍋に放り込んだら、一度別のことに時間をかけ、『今』を待つ必要があったのだと思います。

本作品は、多くの方の支えによって、こうして形になりました。

書籍化のお声がけをいただき、ど素人の私を導いてくださった担当編集者様をはじめとしたカドカワBOOKSの皆様。キャラクターデザインを引き受けてくださり、筆者の想像以上の形で物語に色彩を与えてくださった、イラストレーターのまろさん。日々の生活を支えてくれ、様々な形で鼓舞してくれる家族。もちろん、Web上での連載中から拙作をお読みいただき、応援してくださった読者の皆様に、この場を借りて感謝の言葉を述べさせていただきます。

本当に、いつもありがとうございます。

このお話はまだ始まったばかりです。物語の世界の常識から少々ずれているアレンが、『自分が本当にやりたいことは何か』という問いにどう向き合い、第二の人生をどう生きるのか。筆者も続きを楽しみにしています。

風に運ばれてきた噂によると、なんと本作品のコミカライズが企画されている模様です。こちらについては確かな情報が入り次第、またどこかでご報告させていただきますね。

それにしても……。人生は何につけても一期一会だなぁ。

2023年7月吉日　西浦　真魚

カドカワBOOKS

剣《けん》と魔法《まほう》と学歴社会《がくれきしやかい》
～前世《ぜんせ》はガリ勉《べん》だった俺《おれ》が、今世《こんせ》は風任《かぜまか》せで自由《じゆう》に生《い》きたい～

2023年7月10日　初版発行

著者／西浦真魚《にしうらまお》

発行者／山下直久

発行／株式会社KADOKAWA

〒102-8177
東京都千代田区富士見2-13-3
電話／0570-002-301（ナビダイヤル）

編集／カドカワBOOKS編集部

印刷所／大日本印刷

製本所／大日本印刷

本書の無断複製（コピー、スキャン、デジタル化等）並びに
無断複製物の譲渡及び配信は、著作権法上での例外を除き禁じられています。
また、本書を代行業者等の第三者に依頼して複製する行為は、
たとえ個人や家庭内での利用であっても一切認められておりません。

※定価（または価格）はカバーに表示してあります。

●お問い合わせ
https://www.kadokawa.co.jp/（「お問い合わせ」へお進みください）
※内容によっては、お答えできない場合があります。
※サポートは日本国内のみとさせていただきます。
※Japanese text only

©Mao Nishiura, Maro 2023
Printed in Japan
ISBN 978-4-04-075005-7 C0093